致納蘭

納蘭的詞總是那麼美美得令人心痛
不忍卒讀在這雪花飄飛的季節
讓我們品一闋人生茗祇如初見重溫那
祇屬於我們的美好
這裏是納蘭的家廟斑駁的朱門精美
的石刻讀著你的詩篇尋著你的蹤迹
觸摸着每一個你曾經去過的地方

許是前世的緣份斷續今生的離愁
許是今生的弦音撥尋前世的宿果
這一世我來了你在哪
用筆墨畫你的樣子那是記憶中的容顏
歲月流光你獨愛梨花因它的聖潔似你心
而你卻與我遙遙相望剎那了三百餘年的
中最美的夢你尋夢而去而我卻在這裏
守候祇為讓更多的人讀到你夢裏的篇

章那是你給予我最美的記憶
今生我將為你留守守那一片天空守那一
方土地祇為這裏曾有你留下的溫度
任時光流轉任歲月變遷那一闋關用心
血結成的詞篇卻依然驚艷了無數人的夢
它是那麼美那麼真切那麼純粹

子菲 二零一五年元月十九日于納蘭家祠

纳兰文化研究中心主任　刘子菲

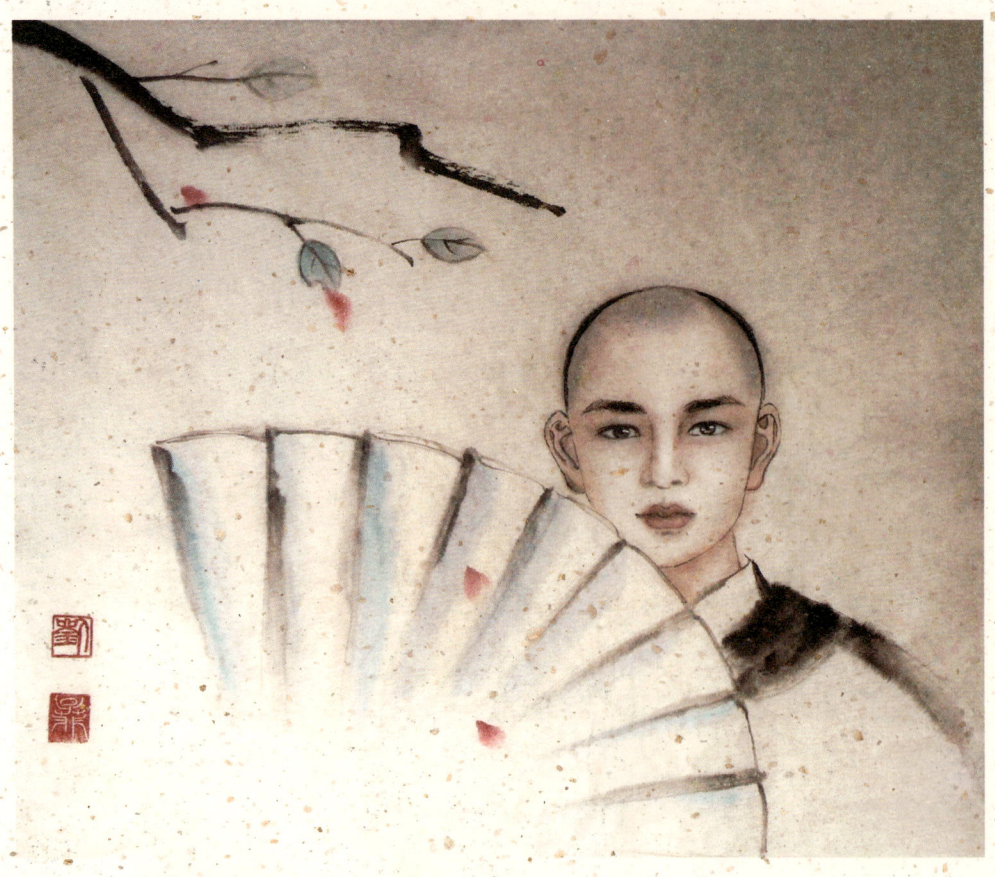

刘子菲手绘心中的容若"人生若只如初见"

纳兰文化出版中心编委会名单

总顾问　叶嘉莹

编委会主任　牛　颂

编委会执行主任　刘子菲

编　委（经典作品出版书目组）

关纪新　杨　雨　蒙　曼　赵志忠　李红雨　叶言材　尹小林

张敏杰　张玉璞　于佩琴　毕国忠　徐　征　王德盛　赵宝军

编　委（书画创作组）

张　娣　郭三步

纳兰容若传之

人生若只如初见

刘子菲 著

国际文化出版公司
·北京·

图书在版编目（CIP）数据

纳兰容若传之人生若只如初见 / 刘子菲著． —— 北京：国际文化出版公司，2018.6

ISBN 978-7-5125-1062-3

Ⅰ．①纳… Ⅱ．①刘… Ⅲ．①长篇小说－中国－当代Ⅳ．① I247.5

中国版本图书馆 CIP 数据核字（2018）第 102548 号

纳兰容若传之人生若只如初见

作　　者	刘子菲
总 策 划	丝路书院
责任编辑	戴　婕
统筹监制	李　莉　闫翠翠
策划编辑	孟卓晨
美术编辑	丁鍈煜
出版发行	国际文化出版公司
经　　销	国文润华文化传媒（北京）有限责任公司
印　　刷	北京文昌阁彩色印刷有限责任公司
开　　本	710 毫米 ×1000 毫米　16 开 18.5 印张　　　　　212 千字
版　　次	2018 年 6 月第 1 版 2018 年 6 月第 1 次印刷
书　　号	ISBN 978-7-5125-1062-3
定　　价	49.80 元

国际文化出版公司
北京朝阳区东土城路乙 9 号　　邮编：100013
总编室：（010）64271551　　传真：（010）64271578
销售热线：（010）64271187
传真：（010）64271187-800
E-mail：icpc@95777.sina.net
http://www.sinoread.com

作者简介

刘子菲,北京市海淀区纳兰文化研究中心理事长兼主任、纳兰文化出版中心执行主任。80后独立音乐人、音乐制作人,"天生就"原创手作服饰品牌创始人。生于北京,长于大运河畔,自幼喜读诗书、能歌擅画,少有才名,作文曾连续七年在全国青少年作文比赛中获奖,绘画作品亦曾多次获奖,并收录于"国际奥林匹克书法、绘画、摄影优秀作品选·中国卷"及各类全国青少年书画大赛获奖作品选集中,且代表中国少年儿童到国外进行艺术交流。常随父闲情于京津各大戏院茶社,听书看戏,对中国传统文化情有独钟。是一位集词曲唱于一身的全能型创作才女,诗词曲风独树一帜。

现已发行首张个人全创作专辑《乱红》、第二张个人全创作专辑《意·境·界》、精选辑《子菲》。主持编写了《海淀区纳兰文化资源梳理与评估》白皮书、担任原创历史剧昆曲《纳兰》的导演及服饰设计。

代表音乐作品:《若只如初见》、《蝶恋花》、《织女心丝》、《越女》、《乱红》、《奴归处》、《虞美人》、《无题·灵犀》等。

代表国画作品:《若只如初见》、《谁念西风独自凉》、《秋千索》、"心中的纳兰"《容若公子小像》、《卢氏小像》等。

代表服饰作品:昆曲《纳兰》系列人物服饰造型。

致纳兰

纳兰的词

总是那么美

美得令人心痛

不忍卒读……

在这雪花飘飞的季节

让我们品一阕

人生若只如初见……

重温那

只属于我们的美好……

这里是纳兰的家庙

斑驳的朱门

精美的石刻

读着你的诗篇

寻着你的踪迹

触摸着每一个

你曾经去过的地方……

许是前世的缘分

断续今生的离愁

许是今生的弦音

拨寻前世的宿果……

这一世,我来了

你在哪?……

用笔墨画你的样子

那是记忆中的容颜……

而你却与我遥遥相望

刹那了

三百余年的岁月流光……

你独爱梨花

因它的圣洁

似你心中最美的梦

你寻梦而去……

而我却在这里守候

只为让更多的人

读到你梦里的篇章……

那是你

给予我最美的记忆……

今生我将为你留守

守那一片天空

守那一方土地

只为这里

曾有你留下的温度……

任时光流转

任岁月变迁

那一阕阕

用心血结成的词篇

却依然惊艳了

无数人的梦……

它是那么美

那么真切、那么纯粹……

     子菲

  2015年1月19日于上庄纳兰家祠

119	第八章　江南拜师
135	第九章　青云圃
151	第十章　龙舟竞渡
169	第十一章　别绪离愁
187	第十二章　思乡念旧
201	第十三章　西狩获麟
217	第十四章　故人初见
233	第十五章　中华功夫
251	第十六章　智擒鳌拜
267	后记

目录

01 作者简介

02 致纳兰

01 前言

05 楔子

001 第一章 关家坟之谜

015 第二章 叶赫城之战

031 第三章 太后指婚

049 第四章 梦中得子

065 第五章 西山老僧

083 第六章 古老的歌谣

101 第七章 世外奇人

前言

  我是一个纳兰迷，从十二岁读纳兰词起，便被深深地打动，从此，心中便烙下了那个世间最美的名字——纳兰容若。无法形容自己当时的感受，只想长大了，能为他做些什么……

  许是因缘际会，许是心灵的感召，在二零一五年即纳兰容若诞辰三百六十周年之际，我有幸开始主持纳兰文化工作，驻守在纳兰家族曾经的封地上。从此，传承和发扬纳兰文化便成了我终身的使命。

  传记体小说《纳兰容若传》系列，是我创作的第一部小说，讲述被誉为"北宋以来，一人而已"的"宋后第一词人"、"清初第一学人"纳兰容若短暂而传奇的一生。共分三部，第一部《人生若只如初见》主要讲述容若幼年和少年时代的成长经历。第二部《一生一代一双人》主要讲述亲情、友情与爱情，揭开"我是人间惆怅客"纳兰悲情人生的缘起之谜。第三部《十年踪迹十年心》则主要讲述容若八年的侍卫生涯和他的心路历程。

  该书以正史为依据、以纳兰词为依托，参考了国内外专家学者数十年的研究成果，以"纳兰性德行年录"及《清圣祖实录》、《八旗通志》、《清史稿》等史实、史料性著作为参照，结合当时的历史背景、社会形态与风物人情，设计故事主线，并首次将我多年来结合红学、曹学与兰学的研究加以比对贯通，在书中予以表述。力求有史可寻、有证可查，尽可能为大家还原一个接近真实的纳兰容若。

纳兰容若传之人生若只如初见

本书为《纳兰容若传》系列的第一部。之所以取名为"人生若只如初见",我认为容若的这句词,本身就是一个颇具哲学意味的假设命题。这里的"初见",是一个广义上的"初见",而不局限于《木兰花令·拟古决绝词》的那首词境当中。

"初见"容若、"初见"明珠……"初见"书中那个时代的所有人,更"初见"自己。人最难得的便是不忘初心、保有初心!容若做到了!且是那么的纯任性灵!纤尘不染!可敬可叹!

本书开篇从纳兰寻踪关家坟之谜写起,回溯到四百余年前,明末海西女真与建州女真的那场著名的女真部落争霸战"叶赫城之战",再到封地上庄、明珠娶亲、容若出世及他幼年和少年时代的求学经历、成长历程。表现了少年容若勤奋好学、胸怀大志、尊师仁孝、团结汉人、重情守义的优秀品质和高尚情操。通过再现清初的社会风貌、满汉民族矛盾和跌宕起伏的政治环境,为容若此后的人生发展、命运走向及心路历程埋下了伏笔。在一定程度上,弥补了当下文学著作及兰学研究中,关于容若幼年和少年时代成长经历的表述不足。特别是对他幼年时期的求学经历,做出了大胆的想象和具体的描写。因文献资料及学界研究中关于此方面的内容极少,有记录的仅从他十三岁"得董讷教授,学业大进"时起,而他十三岁以前,则无迹可寻。

容若身为具有蒙古血统的满族人,在那个清王朝初入中原的时代,却精通汉文化,将自己置身于民族文化的交融点上,以满扬汉,以汉融满,对清初的社会稳定和民族融合做出了不可估量的贡献!他少有才名,且文武双全,绝非无师自通,亦非一日而就!启蒙时必得"高人"调教,方能至此。但"高人"是谁,却无从得知。故我遍查史料典籍,终于为书中的容若"请"来了两位启蒙先生,教习文武。这两位先生,历史上确有其人,也着实担得起学满天下的才名!只可惜身世隐秘,关于他们的记述太少,但他们的传奇经历和思想著述,却不该被人们忘记。故而,才将其"请"进了书里,编到了小说当中。

前言

该书前两章，通过我的亲身经历和史实、史料性记载来追根溯源、交待背景，第三章才是故事的真正开始。书中所涉及的历史和现实人物约九十余名，除虚构人物和没有确切名字记载的历史人物外，均用真名。

然而，小说必定不是史实，有演绎戏说的成分，但本书的演绎尽量以史实为依据，在正史没有详细记载或确凿证据的前提下，加以推测想象，虚构情节。部分人物或事件会根据故事情节的需要而做出相应的虚拟设计和调整，再将其编融到整体的创作布局之中，从而使人物更加立体、生动、饱满，便于人们的理解和赏读。

本书的故事有一部分是从纳兰词中挖掘而出，但并非信手拈来，所有涉及纳兰词的故事情节，均经过详尽的背景分析、解读研究，但求应情应景、合时合拍，并将诗词融汇于情节之中，与之浑然一体。我想，这也是对纳兰词的另一种诠释和对纳兰公子的尊重吧！毕竟，真实的容若已离我们远去，而他的内心世界，外人更无从得知，唯一的线索，便是他那传世的著作和那脍炙人口的三百四十九首词篇。纳兰的每一首词，都蕴含着关于他的故事，而他也将在诗词中永生！

本书虽为小说，但又不仅仅只是小说，我希望能借此书阐述我的研究观点和学术推断，帮助解开一些未解的谜团。如关家坟之谜、初恋之谜、纳兰容若出生地之谜、渌水亭之谜、沈宛离京南下之谜等，为兰学研究提供新的线索和方向，也为更多的兰学爱好者和兰迷朋友提供一部既经得住考验又有一定含金量的文学作品。并为红（《红楼梦》）兰（纳兰性德）文化的对比研究，抛砖引玉。然而本人资历尚浅，不足之处还望各位同道批评指正。

谨以此书，向所有为纳兰性德研究做出贡献的专家学者们致以崇高的敬意！

子菲

二零一七年冬月于北京

楔子

纳兰容若,一个世间最美的名字,写下了世间最美的词篇,拥有过世间最美的爱情,留下了世间最美的奇传。然而,这世间一切的美好于他而言,皆如过眼云烟,终不过"惆怅"二字。

他不是出身于皇亲贵胄的相门公子、不是康熙帝最宠信的一等御前侍卫、不是拥有惊世才华和盖世武功的大清第一才子,他只是劳劳尘世中的匆匆过客,用毕生的笔墨找寻着心灵的归依。

他渴望如骏马般驰骋在广袤的原野,如雄鹰般翱翔在蔚蓝的天空,如隐士般纵情于山泽鱼鸟,如黎民般与发妻偕老白头……然而,这看似平凡的一切,于他而言,却皆为奢望!好似镜花水月,欲得而不能。

他也曾满腔热血,也欲报效家国,然而命运却为他做了别样的安排;他拥有如花美眷,更兼得儿女双全,可心中却始终放不下最初的她。

他的世界,没有等级地位之分、没有富贵贫贱之别,有的只是一片冰雪晶莹……他乘雪花从天上而来,随知己弃红尘而去。用短短三十一年的青春岁月,为后人留下了传世的佳作和不朽的词篇!

他被誉为"北宋以来,一人而已"!以其自然真切、纯任性灵的词风,独步宋后词坛!倾倒万千众生!

他,就是纳兰容若。

然而,"家家争唱饮水词,纳兰心事几曾知?"当我们望着他策马扬鞭的背影，消失在历史的尘埃中时，谁又曾知道，那一篇篇美得令人心痛的词篇背后隐藏着怎样的故事？

　　让我们追寻纳兰的踪迹、翻开尘封的历史、穿越三百余年的岁月流光，走近他的内心世界，一起来探寻那些未解之谜和他那不为人知的心事吧！

第一章 关家坟之谜

秋日的午夜格外宁静,遥望天边,依稀星斗,一轮明月悬于中天之上,倾洒万千银辉。我沐浴在这如水的辉光中,竟不知身在何方。已记不清有多少个这样的夜晚,我思绪万千,不知是梦是醒,脑海中总会浮现出一些画面,似曾相识;总会涌现出一些人物,年代久远;总会放映着一些往事,百转回肠……而这所有的一切都和他有关——纳兰容若。

与公子结缘那年,我十二岁。一个偶然的机会,读了一首动人的词篇,从此便走近了他的世界,开始为之着迷,搜寻有关他的一切……

随着时间的推移,我渐渐产生了疑问,他为什么不快乐?他究竟是怎样的人?他真的有表妹吗?惠妃与他究竟是何关系?卢氏与他真的门当户对吗?关氏与他真的举案齐眉吗?他一生的牵挂又为何是她?……

然而,脑海中浮现的情景又似乎与传闻不符,仿佛断续的电影,诉说着一个尘封已久的往事。于是,我决定再次踏上那片土地,回到他的身边,倾听他的声音,寻找遗失的片段……

北京的西北郊有一片古老的土地，上可追溯汉唐西北古道，下可寻踪元明清榆河驿站，是纳兰容若家族的封地，更是纳兰家几代人的生活、归宿之所。纳兰容若在这里出生，亦在这里长眠……

　　此地清初称榆河乡，亦称玉河乡，隶属昌平州，今称上庄镇，属海淀区管辖。

　　那是二零一五年仲秋的一个清晨，我们从通州出发，驱车前往上庄镇的永泰庄村。这里不但有珍贵的遗迹——"纳兰氏家祠"东岳庙，还有临时的纳兰纪念馆，坐落于永泰庄村委会的大院里。

　　东岳庙，我已来过不止一次，距纳兰氏祖茔东北千米之处，原占地约两万平米，纳兰容若的牌位就曾供奉于此。这座庙宇的位置，曾是古代南北官道和妙峰山东西香道的交汇点。

　　据《重修榆河乡东岳行宫碑记》记载，此庙始建于唐代，到明末清初已沦于荒烟莽草之中。明珠（纳兰容若之父）每年都要到祖坟扫墓祭祖，见附近三座古刹年久失修，"几予鼎新之"，但因繁忙，一直未能如愿。临终前，嘱托总管安尚仁，定要完成修庙夙愿，安尚仁点头应诺，于十年后大兴土木，耗时三年之久，终于在康熙五十九年（1720年），将东岳庙、龙母庙、真武庙修葺一新，设香火道场，延请道人主持管理，使古庙再度兴盛。东岳庙正名为"东岳行宫"，属于民间庙宇建筑。清康熙年间改为纳兰氏家庙，供奉纳兰容若家族先人的影像牌位。

　　此庙坐北朝南，分东西两路，以西路为主，有殿三进，依次有山门、钟鼓楼（现钟楼无存）、前殿、正殿、后殿。前殿拱券雕有精美的五龙穿云浮雕图案，两个券窗也由青石雕就。东跨院有三进，四合式布局。庙前建有大戏台，为双卷勾连搭建筑，规模很大。如今的东岳庙，可谓历经千年风雨、世事沧桑！历史的变迁为"她"留下了深深的印记。

第一章　关家坟之谜

　　古庙的前殿已被改造，配殿被拆除改建，几座大殿的窗户失去木棱，被砖头与木板堵死，正殿被长期封锁用作仓库，破败不堪。院内还加盖了大量的违建，东岳庙的正门，原本左右各有一个山门，但在相关部队医院的使用过程中，右边的山门被拆除，修成了马厩。更为严重的是，与鼓楼相对的钟楼也被拆除，改建成了水塔。水塔和鼓楼形成鲜明对比，与东岳庙的厚重历史格格不入，令人叹惋！

　　每当看到那斑驳的朱门、破败的院落和那直到二零一四年春节还被人盗去的麒麟望月石雕的缺口，心中便会涌起莫名的伤痛！此庙虽已被部队医院弃用多年，但由于产权问题，却依然得不到有效的保护和修缮……

　　望着眼前的一派荒凉，不禁令我想起了曹公笔下，那甄士隐于《好了歌解》中的几句唱词："陋室空堂，当年笏满床，衰草枯杨，曾为歌舞场。蛛丝儿结满雕梁，绿纱今又糊在蓬窗上……"是啊！我们很难想象这里当年是怎样的一派鼎盛繁华，只愿如今"绿纱早日糊在蓬窗上"……

　　东岳庙往南，沿着小路穿过一排排的民居，便是永泰庄村委会了，临时的纳兰纪念馆便安置在这里。我们此行要拜访的主人便是纳兰纪念馆的馆长赵宝军老师。赵老师是土生土长的上庄人，见证了整个纳兰家族墓地的变迁，而他的家就在上庄村，离容若墓不远的地方。

　　赵老师虽已年过花甲却仍精神矍铄，对纳兰有着特殊的感情，像位老哨兵般从青春到白发，驻守在这片纳兰家曾经的封地上。之前，与他一同"并肩作战"的还有他的同学黄兆桐先生，但黄先生已于二零一四年突然离世，令赵老师深受打击。他常颇有感触地说："如今我们年岁大了，不定哪天就走了，往后还有谁知道这里呢？"……每到此处，便眼泛泪花，语塞难言，陷入沉思……

　　推开村委会的大门，我们径直朝纳兰纪念馆走去。其实原来的纪念馆并不在这里，而在上庄水库，名为"纳兰性德史迹陈列馆"，占地面积一万五千平方米，主体建筑面积一千七百五十平方米，是按照纳兰性德笔下的"郊园"设计建造的砖木结构仿清四合院。但后来由于种种原因，不得不闭馆整顿，而在永泰庄村委会建起了这个临时的纪念馆。

此馆为里外两层套间。里层为主题展室，由村委会的西厢房改造而成，主要以展板的形式展现纳兰家族史迹及纳兰性德的生平和诗词作品。外层则是封闭的檐廊，装有玻璃窗。正门过道又将檐廊分成了南北两间。赵老师就在北间的屋里，见我们来忙起身相迎，高兴地说："这么早就来啦！还不到八点哪！"

我笑答："是啊！为了避开早高峰，我们六点多就出来啦！不然堵起车来，恐怕三个小时也到不了呢！"赵老师点了点头，招呼我们坐下，并递上了茶水。

其实，赵馆长正常的上班时间是早上八点半，得知我们来，特意早到了一个小时。

短暂的寒暄过后，便切入了正题："赵老师，我们这次来是有一些疑问想请教您！"说着，我从包中掏出了一张"上庄地区古迹分布图"，这张图是上次来永泰庄时，从村口的展板上翻拍打印的。

赵老师接过图看了看，若有所思地说："有什么问题，就尽管问吧！我会把知道的全告诉你！"望着老人坚定的目光，我的心中涌起了一股暖意，忙起身，走到赵老师跟前，用手指着地图说："您瞧，这一整片都是纳兰家的封地。看！这是思源庄，这是明府花园，这是北寿地揆方、郡主墓，这是南寿地，纳兰氏祖茔，纳兰公子的墓也在这里。可是您再瞧这儿！"说着，便用手划向了容若墓的西侧，这是一处几乎与其平行的古迹，上面标着三个醒目的朱红小字——关家坟。

第一章 关家坟之谜

我不解地问:"纳兰家的封地上怎么会有关家坟?且还在纳兰氏祖茔的旁边?与纳兰家究竟有什么关系?若是他们家的人,为什么不入祖茔?若不是他们家的人,又为什么占用人家的封地呢?"

赵老师听后,脸上流露出了一丝笑意。只见他不慌不忙地拉开抽屉,从中拿出了一个长方形的锦盒,打开盒子,里面竟是一张年代久远、布满斑痕的羊皮纸卷。随着纸卷徐徐地展开,一张精致的手绘地图也逐渐映入我的眼帘!只见,上面用墨笔描绘了纳兰家墓地的详细情况,关家坟居然也记录在册!我更加疑惑地望向赵老师,而他却神秘地说:"这是纳兰家的守墓人留下的!"

据图上所绘,纳兰家族的墓地在京郊皂甲屯西,是由南寿地、北寿地和石牌坊、石像生、碑楼等几部分组成。经测算,墓地总面积约为三百四十亩,乃京郊名墓。

据史料记载,清初纳兰氏家族有五代十九人埋葬于此。一代词人纳兰容若英年早逝后,也长眠于此,从而使这里声名远播!但自雍正二年,纳兰揆叙因涉皇八子一案(虽然揆叙已于康熙五十七年去世),使其在京郊皂甲屯西,纳兰氏家族墓地内所立的神道碑,被谕旨改刻成"不忠不孝柔奸阴险揆叙之墓"后,此地便逐渐地荒落了。兼以自然和人为的破坏,令当年风光无限、素有"小十三陵"之称的纳兰氏家族的墓园沦为历史的陈迹。

地图显示,南寿地,即纳兰氏祖茔,有宝邸五座。宝邸前有享殿、石五供、神道碑等;宝邸后,为围墙和土山,整体建筑宏伟壮观,为京郊皂甲屯地区规模和档次最高的一处墓地。

纳兰氏祖茔以明珠之父尼雅韩立祖,墓地坐东朝西,背靠皂甲屯,面向阳台山,俗称南寿地。一条小河绕墓地蜿蜒而过,自西北流向东南。墓地有坟茔宝顶五座，主位是尼雅韩，按左昭右穆排列，昭位是郑库，次昭位是纳兰容若，穆位是明珠，次穆位是揆叙。

这时，就见赵老师戴上花镜，指着容若的墓说："这座墓的宝顶可谓建筑宏大，底座为青石砌成，宝顶中部为镌有花纹的汉白玉，上部为三合土夯实的半圆顶。我小的时候还见过呢！虽然多次被盗，但基本上保存完整。只可惜文革期间，遭到了严重的破坏！到了一九七零年冬天，就彻底被拆毁了……"只见他神情落寞地顿了顿，又将眼镜摘下来，边擦边说："除容若墓外，其余四座都有汉白玉或青石雕刻的墓围。尼雅韩墓前不远处设有供桌，再往前还有汉白玉雕的享殿，那叫一个气派！可惜，现在都没喽！"

听到这，我的心里竟有说不出的滋味，只默默地点了点头，又继续往下看。

只见，纳兰氏祖茔向北三百米偏西，是揆方、郡主墓，也就是上庄人俗称的北寿地。

北寿地坐北朝南，有宝邸四座，为"三穴连珠"式格局。主位是揆方和郡主淑慎，昭位是永寿，穆位是永福，次昭位是宁秀，揆方和淑慎墓正前方的两百米处有神道碑。

令人称奇的是，那关家坟正位于纳兰氏祖茔的正前方，距祖茔西界约百米，与明珠的两座碑亭隔道而峙。只见墓地呈长方形，上面标记：南北长一百五十米，东西宽一百三十米，占地三十亩。图上描绘，墓茔位于关家坟墓园的中央，坐北朝南，背靠环状土丘，周遭砌有坡岸，坟地南面的边缘处还有一座三门石牌坊。

"这么说，关家坟真的与纳兰家有着某种关系了？"我更加肯定自己的推测。

第一章　关家坟之谜

赵老师望着我，嘴角微微一扬，便陷入了深深的回忆："从前这里常被人称做朱家坟，也叫西坟地。在离这不远的北玉河村有座关帝庙，庙里曾有块石碑，碑中记载了雍正十二年重修关帝庙时，附近士绅百姓捐款捐地的事迹。其中记载了这样一段话……"说着，便伸手又从抽屉里取出了一个泛黄的本子，里面密密麻麻记满了文字。

他带上花镜，翻开一页，为我们仔细读道："安尚仁施地三十六亩，坐落关家坟西。东至坟，西至沟，南至道，北至旗地……"说着，便抬起头向我们解释道："这安尚仁是康熙朝大学士明珠家的大总管，明珠死后，次子揆叙当家，揆叙死后，这安尚仁便受托全权经理揆叙后人的家事，其中也就自然包括管理明珠家的祖坟了。那安尚仁又叫安尚义、安三儿，原是高丽人，因为善于经营，有头脑，会办事儿，才被明珠相中聘为管家。只可惜明珠后人凋零，这安三儿也就自然成了明珠祖茔的实际管理者。这么一来，以他的名义向庙宇施地捐钱也就不足为奇了。那安三儿死后就埋在离这儿不远的李家坟儿，过去叫安家坟儿的村里。"

听了赵老师的话，我不禁赞道："这安大总管也算是忠于主子，尽职尽责了！"随后又不解地问："那碑文里记载的关家坟又埋的是谁呢？"老人见我刨根问底儿，便笑着说："'关家坟'这地名儿上庄人可能没什么印象，但如果提'朱家坟地'，绝大部分老辈儿人就都知道了！其实所谓的'朱家坟地'说的就是关家坟。"

我越加迷惑，连忙追问："既如此，那为什么又叫'朱家坟地'呢？"

赵老师笑了笑说："呵呵，其实这支朱姓的人，祖辈儿上就是给关家看坟地的！时间久了，人们就习惯称"朱家坟地"喽！反倒淡忘了坟地主人的姓氏。这种事儿在我们这儿并不新鲜，你看凡是以某某坟命名的村子，那名儿啊，基本上都是这么来的！"

"哦，原来如此……"我似有所悟地点了点头。

赵馆长接着说："那碑文上清楚地刻着，安尚仁捐给关帝庙的香火地在关家坟以西。也就是说关家坟以西归纳兰家所有，而往东直到纳兰家的祖茔地界儿自然也都是纳兰家的，那关家坟又恰在这之间。可见，你说它占了纳兰家的封地是对的！"

我点了点头道："那又是什么人敢如此大胆呢？"

赵老师叹了口气，若有所思地说："这还要从我年轻时候的见闻说起。"

我拉近椅子，坐下来，继续听赵老师回忆过往……

"记得小时候，这里曾被大片的松林覆盖，树木繁茂也很粗壮！我和小伙伴们常来这玩儿。其中，马尾松至少得有几十棵，每棵直径少说也得一米来粗吧！墓地北边儿，还有几棵高大挺拔的白皮松，这些松树直到七十年代都还郁郁葱葱的。如果按松龄判断，这片林子起码也得有三百多年了！应该和纳兰家的墓地是同一时代的。你看这！"说着，赵老师又用手指向羊皮纸卷："出上庄村，过四虎桥，原来是一条通往前章村的古道。道东是大学士明珠家的祖坟，道边矗立着康熙为明珠撰写的谕祭碑碑楼，道西就是关家坟了。关家坟占地三十来亩，苍松翠柏绿阴森森。靠墓地南端，立有一座青石砌成的牌坊，牌坊下有石条砌成的驳岸，驳岸下就是那流淌千年的古榆河了。这关家坟的气势可丝毫不输明珠家的祖坟啊！可你知道吗？这样的一处风水宝地，最初竟毁在了看坟人的手里！"

我惊讶道："啊？不会吧！"赵老师见我一脸疑惑，便接着说："听这个羊皮卷的主人讲，民国初期，满人落魄，没有能力管理墓产。这姓朱的看坟人，就将他看的墓地当成了家产。先是将关家坟东边的一块地卖给了姓李的商人，号称神昌家坟地。抗战时期，又将墓地上的所有古树砍伐变卖。那时，除神昌家坟地外，关家坟已是一片荒野，只有几座被盗一空

第一章 关家坟之谜

的坟头儿和没被拆毁的牌坊，孤零零地立在那儿。五十年代合作化，人们又将坟头铲平，辟成菜田，此后便留下一句俏皮话儿：坟地改菜园子——拉平。到了六十年代初，不知什么人又将牌坊拆走。后来便经历了文革，到了七十年代末，平整土地，人们又将神昌家坟地内仅存的十几棵古松统统砍伐，从此，这关家坟儿就彻底消失了。"说到这，赵老师长长地叹了口气。

"啊？真是太可惜了！"我惋惜不已，随后又问："那后来还有什么线索吗？"

赵馆长想了想说："由于关家坟很早就被夷平了，关于墓主人的情况也没留下什么蛛丝马迹。翻阅清史古籍也没找到什么记载。但根据墓地的规模可以推测，关家坟的主人应该是位身份极高却又无官职的人。再根据墓地有牌坊而无碑记推测，这墓主人极可能是位女性。如果推测无疑，这关家坟中埋着的应该就是一位姓关的女人"。

"姓关的女人……"我若有所思地小声嘟囔着。

赵老师突然眼前一亮道："对了！忘了告诉你个重要的细节！"

"什么细节？！"我迫不及待。

赵老师笑道："哈哈！看把你急的！刚才不是说七十年代，关家坟这个地方是上庄一队的菜地吗？"

"对啊！"我用力地点了点头。

赵老师说："菜地田间的路边还有一眼水井，记得井旁埋有一根花岗岩的石桩，桩上刻有六个大字，'瓜尔佳氏坟茔'。由此可以断定，坟地的主人应该就是瓜尔佳氏的某位贵人，你再看这！"说着，赵老师又将手划向了羊皮卷："这个牌坊，我小时候还有，听老人们说这叫'贞节牌坊'！"

"贞节牌坊……"这时，我突然灵光一现，激动地说："赵老师，我有个大胆的推测！"

"你说！"老人充满了期待。

"这个关氏，很可能就是纳兰的继室'官氏'！"

赵老师赞许道："嗯，说得好！"

为了进一步论证这个观点，我连忙从包里掏出一本书，翻开插有书签的页面说："您看！在《通志堂集》卷十九，徐乾学撰写的纳兰容若墓志铭中有这样一段话'……配卢氏，两广总督兵部尚书都察院右副都御史兴祖之女，赠淑人，先君卒。继室官氏，某官某之女，封淑人'。而韩菼所撰的神道碑铭中也有这样的记载'……继官氏，封淑人，某官某之女。'那就是说，容若原配夫人卢氏去世后，又续娶了官氏。这里所说的'官'氏，应该就是'关'氏了！"

"嗯！不错！"赵老师听后，对我给予了充分的肯定，并补充道："这关氏，就是'瓜尔佳氏'，乃满洲八大姓之一。清朝早期，汉族文人翻译满语姓氏都是音译，没有规范，后来才以《八旗通志》为准。论起源，可追溯到金代，称得上是满族最古老的姓氏了！清入关后，瓜尔佳氏族人多取汉姓为'关'，也有写为'官'字的。有些清史专家说，满人启用汉姓，是在清朝灭亡以后，我认为不准确，别的咱们不说，就单说这关家坟的关（官）姓，早在三百多年前不就刻在石碑上了吗？"

我连连点头，随后又好奇地问："既如此，那'某官某'又是谁呢？为什么不将名字直接写出来呢？"

赵老师笑道："这就是封建时代的避讳闹的！"见我一脸迷茫，他继续解释说："古时候，那些封建王侯或宗亲显贵，不愿意让人们在说话行文时直呼其名而要以别的字代替，以此来显示他们的尊贵与威严。后来，人们为了表示对圣贤、长辈、长官的尊敬，也常不直呼其名，这就是避讳啊！"

我点了点头说："那这位'某官某'也一定是位显贵喽！"

赵老师笑道："你算说着了！根据咱们上庄出土的《通议大夫一等侍卫佐领纳兰君墓志铭》石刻中说，'继室官氏，光禄大夫、少保、一等公□□□之女，封淑人。'虽然在名字处用□□□代替，但因有"光禄大夫、少保、一等公"等记载，就不难猜出这'某官某'是谁了！"

"哦？这话怎么讲？"我愈发好奇。

赵老师喝了口茶说："在纳兰容若生前，瓜尔佳氏一族封爵一等公的，就只有图赖及其子嗣和鳌拜两家。而那鳌拜已于康熙八年被革爵治罪，直到雍正五年才由他的孙子达福袭爵，可见容若成婚时，绝不可能是鳌拜他们家，那就只有图赖这一脉了！而图赖这一等公的爵位在容若的有生之年，都是由他的儿子颇尔喷承袭的！哦，对了！你看这个。"

赵馆长忽然想起了什么，忙起身，从书架上拿出一本藏蓝色的书，递给我说："你看，这是赵迅著的《纳兰成德家族墓志通考》，当年北京文津出版社只印了1000册，上面明确地写着'继室官氏，光禄大夫少保一等公朴尔普之女，封淑人'……"

我接过书，仔细一看，果然不错！便高兴地说："这'朴尔普'就是'颇尔喷'吧？也是音译？"

赵老师点了点头："不错！他就是容若继室关氏的父亲！大清朝开国元勋费英东的孙子！曾任领侍卫内大臣之职。这关氏身为颇尔喷的女儿，可谓家世显赫，论身份仅次于王爷家的郡主啊！可惜，关于她的史料太少，也只有纳兰性德神道碑和墓志铭中的两句话罢了……好啦！我知道的就这么多，至于你问她为什么不入祖茔，这可就不好说喽！"

听了赵馆长的话，我的脑海竟如风起云涌般，瞬间浮现出许多似曾相识的面容和那一幕幕古老而又熟悉的画面。此时的我，不禁打了个寒颤，似乎明白了什么……谢过赵老师，便径直朝容若墓走去，我要到那里寻找更多的答案……

纳兰家族的墓地就在离永泰庄不远的上庄村北。放眼望去，这里早已没有了当年的气象。北寿地已建起了卫生院，南寿地则是一片萧条的农村商贸区，容若墓就淹没在这萧条的街区里，没有了一点踪迹。那条小河还在，只是早已不再蜿蜒。远处的河水依旧静静地流淌，那么的幽怨，那么的浑浊……

遥望"关家坟"，此时的我，竟不知身在何方。恍惚中，仿佛时光飞速流转，我又看到了那郁郁葱葱的参天古树，看到了那高高矗立的贞节牌坊……默默地诉说着那不为人知的前尘过往和那百转千回的恩怨情仇。那些遗失的片段又纷纷飘入我的脑海，带我回到那烽烟四起的年代，开启了那段尘封已久的……往事……

第二章
叶赫城之战

第二章 叶赫城之战

这是距今约四百年前,因叶赫部的一位传奇美人而引发的一场灭城之战!

此女名唤东哥,是叶赫部的一位公主,在她出生时,萨满曾预言:"此女可兴天下,可亡天下"。东哥果然很快就出落成了一位名扬四方、享有"满蒙第一美女"之称的绝世佳人!她的美可谓惊为天人、颠倒众生!然而,正是因为她那惊人的美貌和高贵的身份,使她沦为政治的筹码,招致女真各部加速灭亡!不但"助"努尔哈赤完成了统一大业,还为叶赫招来了灭城之灾!……

也许有人会问,一个弱女子怎会有如此能量?明明是叶赫公主却为何要"助"努尔哈赤?难道真的是"红颜祸水"吗?其实,一个部族乃至一个国家的兴亡,是由多种因素构成的,将罪责归咎于一个女人身上,显然有失公允。其实,东哥也不过是这场战争的导火索而已,真正助努尔哈赤攻下叶赫城的头号功臣,当属他麾下的一员大将!那就是享有"万人敌"美誉的"战神"费英东！然而，也正是这样的一位女子和这样的一位将军，在特定的历史时期和因缘际会下，验证了那个"可兴天下、可亡天下"的预言，也成就了各自名留青史的传奇一生。若论原由，还得从东哥的七度悔婚说起。

东哥，史称"叶赫老女"，生于明万历十年（1582年）。当时的女真分为建州、海西和东海三大部，而这三大部中又以叶赫为首的海西女真和以努尔哈赤为首的建州女真为最。

海西女真又称扈伦四部，这四部分别为乌拉、哈达、辉发和叶赫，因古人讲究"临河而居、涉水而活"，故这四部皆临河而居，并以河流命名。

东哥的祖先便是这海西女真叶赫部的王族，其先祖星根达尔汉原是喜峰口外蒙古土默特氏人，明初时，曾带兵灭女真扈伦国所居"张"地之纳兰姓部，遂居其地，遂冒姓纳兰。宣德年间，星根达尔汉率领族人及其部下迁往开原附近的叶赫河滨建城，名曰叶赫国，国主称贝勒。历史上，便将这支具有蒙古血统的纳兰族人及其部下子民，统称为叶赫纳兰氏。星根达尔汉传至六代孙清佳砮、杨吉砮时，国力强盛，兄弟二人绥服各部，凭借险要的地势修筑了两座城池。二城相距数里，清佳砮居西城，杨吉砮居东城，二人同继叶赫贝勒之位，成为海西女真的首领，并联合其余扈伦三国、蒙古科尔沁及周边二十八个部寨组成了强大的部族联盟。

在叶赫国强盛的同时，建州女真部落"满洲国"，也在努尔哈赤的带领下逐渐兴起。据说努尔哈赤在初起兵时，兵微将寡，常常求助于势力强大的叶赫。一天，他途经叶赫，国主杨吉砮见这个年轻人胸怀大志、相貌非凡，知此人定非池中之物，将来必有作为，便与他许下婚约，将自己最宠爱的小女儿，年仅八岁的孟古配与他为妻，并承诺，待小女长到婚嫁年龄，定将其送往建州完婚。努尔哈赤见能与强大的叶赫国联姻欣喜不已，

第二章　叶赫城之战

为了尽快壮大自己的势力，他迫切地恳求杨吉砮将长女嫁与他立即成婚！而杨吉砮却说："并非我推托联姻不愿将长女嫁你，实在是小女儿天资聪慧、品貌出众，非常人可比，与你十分般配，将来必成佳偶！望你耐心等待！"努尔哈赤闻言，对岳父感激不尽，欣然从命！临行时，杨吉砮不但赠予他宝马良驹、甲铠盔胄，还亲自派兵护送他回家，并有求必应，助他建立基业。

叶赫国称雄海西女真，引来了明朝的不安。为了遏制叶赫的势力，竟设"市圈计"将清吉砮、杨吉砮兄弟杀害。此后，清吉砮之子布寨、杨吉砮之子纳林布禄共继叶赫贝勒之位。

万历十六年（1588年）九月，纳林布禄亲自将虚龄十四岁的妹妹孟古，送至满洲费阿拉城兑现婚约。努尔哈赤喜出望外！亲自率众人出城三十里迎接，鼓乐齐鸣、大宴群臣，庆贺新娘的到来。

婚后，孟古果然庄重恭俭、聪颖柔顺、气度宽宏、品行出众，对努尔哈赤始终如一！且口无恶言、耳无妄听、待人宽厚，毫无过失！很快便由侧福晋升为大福晋。这孟古哲哲，就是清太祖努尔哈赤最为宠爱、最负盛名的大妃、清太宗皇太极的生母、清朝第一位被追封谥号并安享太庙二百七十余年香火的孝慈高皇后。

此时，叶赫国的两位贝勒却早有统一女真的志向。他们认为："叶赫、乌拉、哈达、辉发、满洲五国，言语相通，势同一体，岂有五主分建之理？！"于是，孟古的哥哥纳林布禄便遣使劝告妹夫努尔哈赤："尔等共尊我为盟主，不亦善乎！"努尔哈赤不从。此后，叶赫国又向满洲进行了多次挑衅，皆以失败告终。

万历二十一年（1593年）九月，雄心不死的叶赫贝勒，纠结了哈达、乌拉和辉发三部，"长白山二部"的珠舍里部和纳殷部，蒙古的科尔沁部以及锡伯部和瓜尔佳部，共计九个部落、三万余人，组成联军"九姓之师"，军分三路，向努尔哈赤的满洲国发起进攻，双方对阵古勒山。

面对"九姓之师"漫山遍野、铺天盖地而来，满洲士兵惊慌失措！而努尔哈赤却毫不畏惧，并使出"射人先射马、擒贼先擒王"的策略沉着应战，鼓舞士气。当叶赫西城贝勒布寨身先士卒，杀向满洲之时，却被一个树桩绊倒，跌下马来，一名满洲士兵趁机将其刺死。见布寨被杀，东城贝勒纳林布禄如五雷轰顶，昏倒在地。其余"九姓之师"首领忙将其救起，夺路而逃。满洲士兵乘胜追击，"九姓之师"就此溃败。

后来，布寨的堂弟纳林布禄向努尔哈赤索要哥哥遗体，谁知，努尔哈赤竟一怒之下将布寨的尸体劈成两半，只将一半还给了叶赫。纳林布禄见状悲痛欲绝，誓与努尔哈赤不共戴天！常年的心伤令他积郁成疾，最终也染病身亡。这场战役便被称做"九部之战"。

从此，布寨之子布扬古继西城贝勒，纳林布禄之弟金台石继东城贝勒。"九部之战"令叶赫元气大伤！自此，叶赫与满洲的实力发生逆转。而绝世美人东哥也便由此登上了历史的舞台！并上演了那段"一女亡四部"的传奇。

东哥本是西城贝勒布寨之女、布扬古之妹，也是孟古的堂侄女。倾国倾城的姿容和高贵的叶赫公主身份，令她如稀世珍宝般熠熠生辉！声名远播的她，早已成为各部贝勒竞相征婚的对象，而各部首领也皆以能够得到东哥而成为毕生最大的荣耀和向其他各部炫耀的资本。

万历二十五年（1597年），由于"九部之战"的惨败，叶赫贝勒布扬古、金台石慑于努尔哈赤的威力，为了修复关系、缓和矛盾，他们决定向努尔哈赤献上叶赫"国宝"——东哥。

努尔哈赤早已久仰东哥的"芳名"！得知"满蒙第一美女"将要属于

第二章 叶赫城之战

自己,强大的自豪感和征服欲瞬间膨胀了起来,连忙派人择定婚嫁吉日,厚礼相聘!

东哥虽容貌倾城却个性刚烈,父亲的惨死令她毕生难忘,又怎肯嫁给自己的杀父仇人?于是愤然悔婚,誓死不从。并发出征婚令:谁若能替她报杀父之仇,她就嫁给谁!布扬古见妹妹如此坚决也只得依她,于是,便将与努尔哈赤的婚事拖了下来。

此时的东哥虽只是个十四五岁的小姑娘,却已拥有三度婚约。

第一度是她九岁之时,叶赫部用"美人计"将她许婚给势力强大的哈达部贝勒傣尚,致使傣尚在迎亲的路上中计身亡,哈达部因此陷入混乱,首领易主。

第二度是叶赫部将她作为"诱饵"许婚给乌拉部的贝勒布占泰,以诱使他参与"九部之战"。不料,布占泰却在这场战争中被努尔哈赤俘虏。当他好不容易被释放,打算重新迎娶东哥时,却得知,东哥又被许给了努尔哈赤。

而这第三度,东哥又对努尔哈赤悔婚!即便如此,各部争夺东哥的热情非但未减,反而愈演愈烈!东哥的征婚令一下,各部贝勒纷纷响应、跃跃欲试!

首先应征的,便是哈达部的首领孟格布禄。他与叶赫定下婚约,要拿努尔哈赤的性命当做迎娶东哥的聘礼!万历二十七年(1599年)五月,孟格布禄正式向努尔哈赤宣战,可九月便兵败投降,努尔哈赤怎肯轻易饶他,不久便将其杀害,两年后便将哈达部也彻底吞并。

哈达部的命运,并没能警醒垂涎于东哥美色的首领们,他们依然无法停止前赴后继的步伐!

第二个应征的,便是辉发部的贝勒拜音达理。万历三十五年(1607

年），拜音达理宁肯背弃与努尔哈赤之女的婚约也要与东哥订婚，令建州女真怒火中烧！九月，努尔哈赤出兵扈尔奇城，灭掉辉发部。

接着，东哥又再次与乌拉部贝勒布占泰订下婚约。布占泰立即将自己与努尔哈赤六度联姻、七度盟誓的事全都抛到了脑后！为了表明态度，竟不惜用箭射向自己已有身孕的妻子——努尔哈赤的四女儿、和硕公主，爱新觉罗·穆库什，并将其囚禁！忍无可忍的努尔哈赤，终于在万历四十年（1612年）九月，亲率大军攻打乌拉部，将爱女接回。第二年正月，乌拉部灭亡。狼狈不堪的布占泰只得逃往叶赫寻求庇护，而高傲的东哥又怎会把一个亡国败将放在眼里？她毫不留情地拒绝了婚约，令布占泰羞恼至极，郁郁而终。

万历四十三年（1615年），东哥已满三十三岁。在那个早婚的时代，这个年龄多已为人祖母了，而东哥却并未因"年老而色衰"。东蒙古暖兔部首领之子吉赛，依然被她的美色所倾倒，不惜一切代价向叶赫求娶东哥。可东哥却并未看上吉赛，即便他以征讨叶赫相威胁，她也决不妥协！

而此时，在努尔哈赤心中，东哥依然最美！依然只属于他！又怎容他人染指？正当吉赛与努尔哈赤为争夺东哥而剑拔弩张之际，东蒙古喀尔喀部贝勒之子莽古尔岱也因痴迷东哥而向叶赫求婚。早已被妹妹折腾得精疲力竭的布扬古，见此形势，便决心嫁掉东哥，以支开努尔哈赤和吉赛，将他们的仇恨引向第三方，自己则坐收渔翁之利。主意打定，竟不顾明朝边将的警告，于当年九月将东哥嫁给了莽古尔岱。然而出乎意料的是，东哥嫁到蒙古不到一年，便香消玉殒了。

东哥之死，令努尔哈赤愤恨异常！大丈夫可杀而不可辱！深埋在他心底的仇恨之火，也由此被彻底点燃！若论这'仇火'的源头，真可令他抱憾终身！丝毫也不逊于东哥之死……

第二章 叶赫城之战

那是万历三十一年（1603年）的九月，爱妻孟古病重，阔别叶赫十五载，思乡心切！弥留之际，唯想见母亲一面。为了满足妻子的愿望，努尔哈赤连夜派人到叶赫去接岳母，不料大舅哥纳林布禄却因"九部之战"和布寨之死怀恨在心，又怎肯让他如愿？于是横加阻拦，坚决不让母亲前往！最终，只打发一名老仆前去了事。可怜年仅二十九岁的孟古，只得带着对母亲无限的思念，抱憾而去……临终时，她恳请丈夫善待叶赫的后人，努尔哈赤含泪应允。

爱妻的离世令他悲痛不已！可谓"伤悼之甚，昏旦悲泣，不饮酒食肉者逾月"。妻子的憾事成了他心中永远的痛！他决定出这口恶气，给纳林布禄以颜色！第二年正月，努尔哈赤因恨叶赫不许母女相会之仇，发兵攻城，俘获两千余人而归。可他依然无法抹平心底的伤痛！于是，便将妻子的棺木在院中整整停灵三年，才依依不舍地下葬。而这一次，他要雪耻！他要复仇！他要举倾国之力与叶赫决一死战！

东哥去世当年，即万历四十四年（1616年）正月，努尔哈赤正式称帝，建立后金政权。改元"天命"，国号"大金"，帝号"英明汗"，追封孟古哲哲为中宫皇后。

万历四十六年（1618年）即天命三年，努尔哈赤数次进攻叶赫，均因明朝干涉而不果。于是，努尔哈赤决定转兵伐明，临行写下"七大恨"祭告天地！这"七大恨"中竟有四恨都与叶赫有关，其中"明越境以兵助叶赫，俾我已聘之女，改适蒙古，此恨四也"更直指东哥事件。努尔哈赤之所以能够不断壮大、所向披靡，除了他自身的卓越才能外，更少不了智勇忠义的左膀右臂，这其中最著名的当属"万人敌"费英东！

费英东出身于满洲八大姓之一的瓜尔佳氏贵族，为苏完部首领索尔果之子。他骁勇善战、力大无穷，随父率部归顺努尔哈赤后，被授予一等大臣，并由"英明汗"亲自主婚，将皇长子褚英之女嫁与他为妻，从而成为额驸。

努尔哈赤的知人善任和知遇之恩，令费英东更加忠心耿耿！为满洲国南征北战、立下了赫赫战功！努尔哈赤创建八旗制度，命费英东隶镶黄旗，为左翼固山额真。后金天命元年，又任命他为理政大臣，成为后金开国五大臣之一。天命三年，费英东随努尔哈赤征讨明朝抚顺城时，虽被炮火击中但仍英勇作战，部下劝他撤军，他却旋马大呼："我建州无败退之将，只有战死之将！"部下见主帅如此，顿时士气大振！一举攻克抚顺城。

著名的"萨尔浒之战"，更是成为改变中国历史进程的里程碑式战役。

明廷从天下百万军中选出八万精锐参加战斗，可八旗大军却仅用五天时间，便击败大明全国精锐！令明军损失四万五千八百人、战死宿将军官三百一十名、丢失骡马两万八千匹，损失火炮鸟铳两万余支！使明军的实力受到毁灭性打击，叶赫部也因此陷入了孤立。

努尔哈赤终于迎来了复仇的机会，他对天发誓：不克叶赫，誓不回师！于是，战火冲天、悲壮惨烈的叶赫城之战就此上演！

万历四十七年（1619年）八月十九日，努尔哈赤亲率数万金兵，旌旗蔽日、浩浩荡荡，直奔叶赫城而来。二十一日夜，东、西二城均得知努尔哈赤将大举来犯，金台石与布扬古紧急部署防御，叶赫子民人心惶惶，纷纷入城躲避。二十二日清晨，努尔哈赤率大军直逼叶赫城下。由于叶赫凭借险要地势修筑了东西两座城池，易守难攻，努尔哈赤便因地制宜，兵分两路：一路由以皇太极为首的四大贝勒率领，进攻布扬古所据之西城；另一路则由自己与大将费英东率领，进攻金台石所据之东城。

战火就此在叶赫河畔打响！

第二章 叶赫城之战

西城贝勒布扬古见后金大军兵临城下，忙率兵出城迎战！双方大战于西山，难分高下，后金大军在皇太极的率领下气势不俗，很快就令布扬古招架不住，连连撤退。最后，竟鸣金收兵撤回叶赫城内，关上城门以守代攻。四大贝勒得胜心切，怎肯罢休？代善、阿敏、莽古尔泰与皇太极商议后决定，率八旗铁骑将城死死围住，令叶赫军民困在里面，消磨斗志，插翅难飞！

此时，东城贝勒金台石也与努尔哈赤亲率的后金大军展开了殊死搏斗！金台石利用易守难攻的有利地势，控制着局面，但后金大将费英东，却勇猛异常！很快便冲出重围，直逼叶赫城下，将东城死死围住。

努尔哈赤亲自劝说金台石出城投降，而金台石却全然不睬，反而讥笑他说："这可不是大明，任由你欺负！我堂堂叶赫贝勒出身高贵！顶天立地！就算战死也绝不降服于你！"气得努尔哈赤七窍生烟，麾兵攻城。金台石也毫不示弱，火力全开！只见城上雷石滚木箭火如雨，逼得后金大军层层后退，不得不屯兵于城边的小山之上。金台石则趁势猛击，指挥部众将后金大军困于山上不得撤离。

正在双方激战的关键时刻，大明辽东经略熊廷弼，接到战报，出于局势的考虑，不敢怠慢，连忙部署助援叶赫！命李如桢、李光荣、贺世贤三位总兵，依"围魏救赵"之计，率重兵抄努尔哈赤的后路，进攻后金的新寨。此计一出，果然奏效，努尔哈赤被迫率领精锐铁骑返回救援，前方战场则交与费英东。由于努尔哈赤预先在各个关口设有精兵，令明军很难攻破，最后只有贺世贤率领的军队与后金千余铁骑交战一场，却力不能支，无法深入其境，其余两位总兵则闻风丧胆，虚张声势一场便匆匆收兵，助援计划就此破产。努尔哈赤见明军已退，便返回头加紧进攻叶赫城。

费英东果然有勇有谋不负重托！面对叶赫城的金墙铁壁，他采用"明修栈道，暗度陈仓"之法：一方面带兵与叶赫交战，另一方面则启用楯车，将数层牛皮覆于车板之上，以防火石进攻，将八旗士兵掩于车板之下向前推进。临近城下则采用挖地洞，放火药之法，欲将城墙炸出豁口，一举攻下叶赫城。

当努尔哈赤返回叶赫，见前方战况危急，城上箭火如雨，滚木雷石齐下，而费英东却仍奋勇直前，他担心失去爱将，忙下令撤退，而费英东却说："我军已攻至城下，焉能撤兵？！"努尔哈赤又命再退，费英东又回报说："克城在即，绝不能退！"还没等努尔哈赤下达第三道撤退令，费英东已将东城挖开洞口，点燃火药，只听"轰"的一声巨响，坚固的叶赫城墙在浓烟火光之中，霎时坍塌了大片！后金大军顺势如潮水般蜂拥而入，瞬间占领了叶赫东城。努尔哈赤被眼前的一幕震惊了，不禁感叹道："费英东真乃万人敌也！"

此时，费英东已率八旗铁骑在叶赫城内，将金台石困于高台之上，与叶赫大军展开巷战。努尔哈赤见状心中大喜！忙率铁骑精兵飞奔入城，命费英东停止攻杀，招降叶赫子民。在努尔哈赤的亲自抚谕下，叶赫军民逐渐人心动摇，大部分士兵都纷纷放下武器，接受抚降。

随后，努尔哈赤又劝说金台石，只要他肯投降，便会念在九族相亲的情分上，不计前嫌、优抚恩养叶赫后人。金台石见大势已去，不禁百感交集，无限怅惘！他扪心自问：辉煌了近两百年的叶赫国，难道真的要断送在自己的手里吗？这叫他有何颜面去见列祖列宗！

面对妹夫的规劝，他无法低下高贵的头！鉴于之前与满洲的血海深仇，又怎肯轻易相信努尔哈赤的话？此时，他想起了自己的亲外甥皇太极，提出必须先见到四贝勒，与之盟誓后方肯议降。而此时的皇太极正在西城围攻布扬古，努尔哈赤之所以做出这样的安排，就是担心他因甥舅亲情而影响作战，如今东城已破，他顾虑全消，便连忙派人召皇太极前来劝降。

皇太极接到父汗的指令，不敢怠慢！快马加鞭来到东城高台之下，劝舅舅归降后金。在金台石的印象中，皇太极还是个乳臭未干的黄毛小儿，可眼前之人却是个年近三十的英武壮年！多年未见，竟已无法辨认外甥的音容。他心中生疑，便对努尔哈赤说："我与外甥多年未见，焉知此人是真是假？"这可难坏了努尔哈赤，还是大将费英东急中生智，对金台石说："你看这常人中有奇伟如四贝勒的吗？当初你们通好时，不是常叫四贝勒的乳母往来于叶赫，为你儿德尔格勒哺乳吗？何不将乳母找来一辨真伪？"

金台石听后，冷笑道："何必去找乳母！观此辈辞色亦非我亲甥，不过是你们设下的诱杀之计罢了！我石城铁门既被你们攻破，纵使再战，又安能取胜？我叶赫河水已被你们染满血腥，不再干净！此地是我先祖挣得，叶赫子孙世代安居于此，我生于斯，长于斯，就算死于斯又有何憾？！"任皇太极百般劝说，金台石仍誓死不降，唯想见妻儿一面。

皇太极见舅父心意已决，只得作罢。为了满足舅舅的最后要求，他征得了父亲的同意，前往城中将舅母与表兄弟带到。金台石与妻儿相会百感交集，做完最后的道别，将其送至台下，随后点燃高台，凛然自焚！浓烟火光之中，只听他仰天长啸，愤恨的诅咒响彻夜空："我叶赫子孙虽存一女子，亦必覆满洲！"……

这金台石便是纳兰容若的曾祖父。

他的诅咒如山谷中的回声，激荡在每个人的心中，久久难平……

西城贝勒布扬古听闻东城已破，叔父金台石自焚殉国，知大势已去，悲泪交加！在后金诸贝勒的劝说下，与弟弟布尔杭古出城议降，并请代善立誓不杀。代善应允，布扬古与其对天盟誓后，终于决心投降后金。然而，他毕竟是西城贝勒，努尔哈赤依然对其妹东哥之事耿耿于怀，义愤难消！又担心他狼心不死、东山再起，为除后患，最终，违背誓约将其缢杀。

其余叶赫军民皆降后金，被全部迁往满洲，离开叶赫故地，入籍编旗，成为努尔哈赤真正的臣民。而努尔哈赤也兑现了与妻子的承诺，对孟古的娘家亲眷一律给予了优抚恩养。东城贝勒金台石之子德尔格勒、尼雅韩、沙浑隶满洲正黄旗。西城贝勒布扬古之弟布尔杭古等人隶满洲正红旗，并均授予了官位要职。

至此，风光了一百九十年的叶赫国宣告灭亡！努尔哈赤终于完成了统一女真的大业。

瓜尔佳氏费英东也因其身先士卒，战必胜、攻必克，所向披靡的辉煌战绩，成为辅佐太祖开创帝业的第一功臣。死后被追封为信勇直义公，配享太庙。后来又被晋升为世爵一等公，子孙世袭罔替，成就一代"战神"传奇！

此后，叶赫子民随大金东征西战，皇太极继位后，更加忠心耿耿，为大清一统江山立下了汗马功劳。顺治皇帝登基后，纳兰容若的祖父即金台石的次子尼雅韩，以其姑母为清太宗皇太极生母孝慈高皇后而列为勋戚，随龙入关。又因在攻克文安城的战役中，第一个攻进城门，缴获大批战利品，立下战功，被授予骑都尉世职，官居四品。其家族，也在如今的海淀区上庄被赐予三千顷封地，建起了庞大的田庄宅院……

其实，自清入关定鼎燕京之后，清帝便效仿前朝，对宗亲、勋戚赐予大量封地，以示恩宠。据《八旗通志》"初集卷十八·土田志"记载："国家统一九有，建邦设都，一时从龙翼运，群策群力，莫不授以土田，俾聚室家,长子孙,诚古圣王分土锡田之盛典也。顺治元年,世祖章皇帝谕:拨近京州县民人荒田,及明朝皇亲、驸马、公、侯、伯、太监等庄田,赐给东来诸王、勋臣、兵丁人等。"

由此可知,赐封土田的目的,是仿效前朝,在京城以外设立庄田,以利诸王、勋臣和兵丁"俾聚室家",解决衣食之用,以减轻朝廷的负担。

从此,"上庄"这片土地,便与纳兰氏家族,结下了不解之缘……

第三章 太后指婚

第三章　太后指婚

十岁的明珠和哥哥郑库随父入关后，便与家人在所赐封地安顿下来。母亲墨尔齐氏在他六岁那年便去世了，原本还有一个哥哥和一个弟弟，也都不幸夭折，父亲常年随军征战，也未再娶，年幼的明珠只得依靠兄嫂度日。俗话说长兄如父，长嫂如母，郑库与妻子吉兰泰对这个幼弟也着实疼爱有加、关怀备至，甚至超过了自己的亲生儿子。父亲尼雅韩总算有了属于自己的家，他与长子郑库用心经营着这来之不易的田园和土地，所居宅院位于京师西北的皂荚屯（今海淀区上庄皂甲屯），名为思源庄。

这里依山傍水，风景优美，蓝天白云，鸟语花香，倒颇有几分"塞上江南"的味道！最为特别的是，到处都是皂荚树。年幼的明珠非常喜欢这个新家，高兴地对嫂子说："阿沙，以前咱们住盛京时，阿玛总是闷闷不乐，说那不是我们的家，这回阿玛总算笑了！"

吉兰泰摸着明珠的头，一脸慈爱地说："是啊！咱们再也不用漂泊度日了！"

"阿沙您看！这是什么？"调皮的明珠笑眯眯地看着嫂子，露出了两颗刚替完的小虎牙。

吉兰泰笑道："哈哈！这不是皂角吗！又淘气去啦？！"

明珠忙解释说："没有啦！我看这儿树多，随便爬上去就能摘好些呢！听说这东西能洗衣裳，我也想试试！"随后，又好奇地小声嘟囔道："阿沙，您说咱们这怎么这么多皂荚树啊？"

吉兰泰抬头，望着门外说："不然怎么叫'皂荚屯'呢？听阿玛和你阿珲说，这儿就是因为这种树而得名的！附近还出土过金代的石虎呢！元朝时，这里曾是皇家的行宫，史称'皂角捺钵'，到了大明朝啊，就变成了军屯，称为皂荚屯啦！"

明珠听罢，也模仿起嫂嫂的口吻调皮地说："到了大清朝啊，这里就成了咱们的家啦！哈哈！"叔嫂二人都开心地笑了起来。

随后，吉兰泰又拍着明珠的肩膀，语重心长地说："珠儿，以后别只顾着贪玩儿，也要像你阿珲一样，多在骑射、经史上下些功夫！咱们这支人丁单薄，以后就靠你们了！"

明珠眨了眨眼睛，坚定地说："是！阿沙。我不光要练骑射，还要学汉文，阿玛常说，'马上得天下，不能马上坐天下'。咱们是满洲人，又初入中原，要想坐稳江山，就要学好汉文化。只有言语相通、民族相融，百姓的民心才能真正归顺于咱们，天下才能安定太平！"看着兄弟小小的年纪，竟能说出一番治国安邦的道理来，吉兰泰欣慰地笑了。

"对了，阿沙，听说汉人管阿珲叫哥哥，管阿沙叫嫂子，以后我也这么称呼你们好吗？"明珠调皮地问。

吉兰泰笑道："好呀！你愿意怎么叫，就怎么叫！"

此后，父亲上任为官，哥哥经营田园，嫂子料理家务，明珠刻苦练功，发奋读书。由于当年皇太极的一道"凡子弟十五岁以下，八岁以上者，具令读书"的上谕，开启了八旗子弟"全民教育"的序幕。在盛京时，明珠曾跟随正黄旗的巴克什、巴图鲁们学习过两年的满、蒙、汉文及武功骑射，打下过一定的基础。由于刚刚入关，八旗勋戚各有封地，教育体制也不完备，无法继续之前的学习。为了增进儿孙的学业，尼雅韩费尽心思，为他们在家设立私塾，并请来了优秀的巴克什、巴图鲁，让他们继续学业，还托人请来了前朝的贡士，作为汉语教习，教他们四书五经、汉语书法。

功夫不负有心人，聪慧的明珠颇具悟性，勤奋好学。寒来暑往，竟已熟读经史子集，书法也写得有模有样！还说得一口流利的汉语，连哥哥也自愧弗如。此时的他，早已迷恋上了汉文化，常常追在教习身后，求知若渴，问来问去。这位前朝的贡士，对这个异族的学生也是喜爱有加。一天，他授课完毕，明珠又追在身后，他停住脚步，转回身，见这个孩子正冲他咧着嘴笑，便问："今日又有何事？"

"您看！这是何物？"明珠举起藏在身后的小手，在先生面前不住地晃动。

"我却不知，你说说看！"教习微笑地看着他。

明珠高兴地说："这叫萨琪玛！是我们满洲人最喜爱的点心，昨日嫂嫂刚刚做好，恩师教学辛苦，特意带来给您尝尝鲜！"

教习捋着胡子笑道："哈哈！难得你有这份孝心！那我就却之不恭了。"说罢，便接过点心，与他一同从书房出来，行至教习的下榻之处。

进屋坐罢，还没等先生开口，明珠便恭敬地倒上一杯热茶，奉到他近前。教习接过茶品了一口说："还有何事？一并讲来。"

明珠挠了挠头，笑道："嘻嘻，其实也没什么要紧的事，只有一事不明，特来请教先生。"

教习放下茶，听他细说端详。

明珠接着道："闲暇时，学生也常读些唐诗宋词，很是喜爱！对那些大诗人、大词人更是崇敬，却发现他们除有名外，竟还有字，比如：李白字太白，杜甫字子美，辛弃疾字幼安，苏轼字子瞻……而我却为何只有名而没有字呢？"

教习听后，开怀大笑："哈哈！问的好！问的好！不知你可注意到，他们不光有字，可还有号哪！"

明珠忙点头道："嗯！学生确有所见，比如王安石字介甫，号半山；柳宗元字子厚，号河东……"

教习捋着胡子，闭上眼说："嗯！不错！这古人之所以取名、字、号，简言之，无非是'名以正体、字以表德，而号则以明志'罢了。"

明珠听后似有所悟，教习顿了顿，又睁开眼道："依《礼记·檀弓上》所言'幼名，冠字'，也就是说，名是幼时所起，而字则在弱冠之年方可得。《礼记·士冠礼》中有言'冠而字之，敬其名也。君父之前称名，他人则称字也。'你可知何为弱冠之年？"见先生问，明珠眨了眨眼睛，摇了摇头。教习啜了口茶，接着说："古人以男子二十岁称为弱冠之年，要在宗庙中行加冠之礼，并由德高望重的尊长赐以'字'，以示成年。成年之后，这'名'可就不能随便叫喽……"

明珠忙问："那要如何才能叫得？"

教习皱了皱眉道："方才不是说过吗？君父之前方可称名，也就是说名是在尊长前用的，以示尊敬。而平辈或晚辈间就通常以'字'称之，若直呼其'名'便是冒犯了。"

明珠点了点头："哦！原来如此！"接着又说："汉人男子二十岁才

算成年，我们满洲男儿十几岁便可带兵打仗、在朝为官了！而且……也不兴什么弱冠之年，什么加冠之礼，更无尊长为我赐字……"这时，他忽然眼睛一亮，笑眯眯地说："学生仰慕先生才学，视先生为尊长，可否也效仿汉人的习俗，请先生为学生赐字？学生也想以字表德，以律言行！将来好成就一番事业！"说罢，便跪地叩头道："望先生成全！"

教习见他心诚辞恳，便笑着说："起来吧！看你小小年纪，倒颇有些志气！也罢，我便为你取一表字。"见先生应允，明珠忙起身，又深施一礼道："多谢先生！"

教习点了点头，捋着胡子，沉思片刻，意味深长地说："君子贵以'端'，品行堪以'范'！为人子需行得端、立得正，品行高尚、堪为典范，方能称为真正的君子、国家之栋梁！为师便赐你"端范"二字以表德，望你今后以此自律，若将来步入仕途，在朝为官，更应谨记为师的教诲，方能立住根基、成就大业、受人敬重，流芳百世啊！"

"是！学生谨记在心！多谢先生赐字之恩！"说罢，明珠倒身便拜，又连磕了三个响头，才站起身来。谢过先生，他高兴地进二门，朝东厢房跑去，边跑边欢快地呼喊："阿哥！我有字啦！我有字啦！阿嫂！我叫端范，我叫端范！"可当他推开房门，却见空无一人，便有种不祥的预感！又连忙朝正房跑去，那是阿玛的居所。

刚到门口，便听屋里传来呜咽之声，往里一望，竟跪满了人。明珠心里一沉，忙放慢脚步，走进屋去。只见，哥哥跪在床头，嫂子跪在床边，小侄子则跪在哥哥的身后，家丁奴仆跪了一地，众人皆悲伤不已，黯然垂泪。父亲形如枯槁，卧于病榻之上，闭着眼睛，微弱的气息起伏不定。

明珠不禁悲从中来，踱至床边，跪下身，湿着眼眶忍泪低问："昨日阿玛不是见好了吗？嫂嫂还亲自下厨，为阿玛烹汤煮饭，做他爱吃的点心，怎么今日就……"

吉兰泰拭了拭眼泪，哽咽着说："阿玛旧疾复发，自皇上恩准，从任上回来，便一日重似一日，连太医也无力回天……昨日阿玛突然精神大好，本以为老天慈悲，可怜我们，不想今日便是这般情形！"说着又垂下泪来。

郑库含泪道："方才阿玛，竟已交代后事，却独不见你，我命人去叫，他竟将我止住，怕误了你的学业，这才昏昏睡去，撑到现在。"说着又抽泣起来。

"是珠儿吗？……"尼雅韩慢慢睁开眼睛，苍哑的声音从喉咙里微弱地挤出。

"正是孩儿！"明珠连忙回应。

"来！到阿玛这来……"

明珠赶忙上前，握住父亲伸开的手，轻声说："阿玛，孩儿有字啦！孩儿叫'端范'了！'君子贵以端，品行堪以范'，端正的端，典范的范……"说罢，竟也忍不住哭出声来，泪水浸湿了父亲的衣袖。

"我儿有出息，终于如愿了。"尼雅韩那布满沧桑的脸上，现出了久违的笑容。

"嗯！先生说'字'以表德，我今后定会以"端、范"自律，成为真正的君子，为咱们纳兰家光耀门楣！"

听了明珠的话，尼雅韩竟老泪纵横："嗯！好……好！"孩子的话，正说到了心坎儿上，他合上眼，微笑地称赞着儿子。随后又强打精神，歪头看向一旁的长子郑库，用尽全身力气，艰难地说："我走后，这个家就交给你了，你要用心经营家业，抚养弱弟幼子成人，纳兰家的将来……就靠……你们了！……"

第三章 太后指婚

"是！孩儿定尽全力！不负阿玛重托！"郑库泣不成声，连忙叩头应允。尼雅韩望了望身边的家人，紧握明珠的手，终于渐渐地松开，缓缓地闭上了眼睛，安详地走了……

自尼雅韩病逝，长子郑库袭职，明珠仿佛瞬间长大，变得更加勤奋，更有担当。

春去秋来，又过了两个寒暑，清廷开始正式部署八旗京城驻防的方位，八旗官兵皆可在所属防地分配住房。郑库一家从此搬进城里居住，皂荚屯庄园则留给了明珠管理。十三岁的明珠，竟如小大人一般，精进着学业，管理着田园。日复一日，年复一年，他竟将田地经营得有声有色，庄园管理得井井有条。武功学业也突飞猛进，令人刮目相看！

一天，明珠练功回来，刚到正房，便听屋里有说有笑，议论纷纷。正自纳闷，一掀门帘，竟见兄嫂已从城里回来，他又惊又喜！忙上前施礼道："小弟给兄长请安！给嫂子请安！"

吉兰泰忙起身相搀："快起来！快起来！"见兄弟变得挺拔伟岸，满心欢喜道："呦！才数月不见，珠儿竟长得比你哥哥还高了！"

"嫂嫂过奖了！"明珠又施一礼道："今日不是哥哥当值么？怎么有空回来呢？"

"呦！这是不欢迎我们呀！"郑库故做嗔态。

明珠忙说："岂敢！岂敢！小弟高兴还来不及呢！天天盼着你们回来！我去叫人安排茶饭，一会儿咱们好好聚聚！"说罢，便高兴地朝屋外走去。

吉兰泰忙将兄弟叫住："珠儿回来！茶饭已经安排妥当！快进屋有正经事儿说。"不料，刚一回屋，便见哥哥起身笑道："贤弟大喜啦！"

明珠一脸懵懂："兄长说笑了！小弟每日读书骑射，管理田园，喜从何来啊？"

"贤弟有所不知，"郑库解释道，"昨日皇太后亲谕，为你指了门亲，猜猜是哪家的姑娘？"

明珠更加不解："太后亲谕？小弟惶恐，请兄长明示！"说罢，又深施一礼。

郑库忙上前相搀："珠儿请起！自家兄弟，不必客气！快坐下，待我慢慢儿说给你听。"

"哥哥请讲！"明珠又像个孩子般，坐在兄长的身旁，细听端详。

郑库啜了口茶道："要说这姑娘，你还认识！"

明珠愈发好奇："我整日在乡下田庄，哪有机会结识能令太后指婚的姑娘？"

吉兰泰忙笑着提示："小时候你最爱跟谁玩？受欺负时，谁替你打抱不平？过家家时，你要娶谁当媳妇儿？"

一句话问得明珠面红耳赤，忙说："不！不可能！我哪高攀得起！"不知是紧张还是害羞，他竟心跳加速，慌忙地低下了头。

郑库感叹道："要是以前，咱们确实高攀不起！但如今这世道变了……"

"哥！到底出了什么事？她还好吗？！她没事吧？！"明珠愈发紧张，通红的脸上竟渗出了豆大的汗珠。

吉兰泰连忙催促："哎！看把孩子急的！你就快说吧！别卖关子了！"

郑库长叹一声道："哎！真是人有旦夕祸福！"随后，便感慨地说："自去年冬天，摄政王多尔衮率英亲王阿济格等亲信大臣在边外围猎病逝后，阿济格便自恃功高，又是多尔衮一母同胞的哥哥，便欲趁机夺取摄政王之位，并暗中召其子劳亲调兵，封锁多尔衮病逝的消息。同时，还胁迫多尔衮所辖的两白旗大臣听命于自己，遭拒后又以兵戎相威胁。幸亏两白旗大臣向郑亲王济尔哈朗报信,大学士刚林,一马当先,日夜疾驰七百里,率先抵京,告发此事。才令朝廷采取紧急防御,在阿济格回京的必经之路,设下重兵。待多尔衮枢车进城时,皇上亲率诸王大臣,于德胜门外迎接,阿济格父子竟居首而坐、身带佩刀、大张旗帜、父子合军,环丧车而行。济尔哈朗见其举动叵测,便先下手为强,将其随从三百骑全数诛杀!这才避免了一场兵变动乱啊!后来,皇上下旨将其削爵幽禁,其子劳亲被革爵,降为贝子,以示惩处。"

"那五格格呢?五格格有没有受到牵连?"明珠迫不及待地继续追问。

郑库道:"别急,我这不是还没说完嘛!谁知,咱们这位王爷在幽禁期间,竟无一丝悔改,反而愈加猖狂!竟敢在监房私藏大刀、暗掘地道,还声称要火烧牢房!诸王大臣均认为阿济格悖乱已极,便奏请皇上将其立即处死,以绝后患。皇上准奏,除其宗籍令其自尽,并将其子劳亲也一并赐死,子孙皆除宗籍,被废为庶人。五格格则被太后指给了你!……"

"阿弥陀佛!谢天谢地!"明珠长舒了口气,提着的心,总算放下!忙走到窗边,双手合十,虔诚地向上天不住地祷告。

郑库见状不禁一笑,起身踱步道:"太后口谕,五格格虽被贬为庶人,但婚嫁仍按郡主待遇,这是多大的恩典哪!"

明珠闻言,忙跪地叩头道:"谢皇上圣恩!谢太后隆恩!"

看得吉兰泰不禁掩嘴儿一乐:"瞧这孩子!有了媳妇竟高兴成这样!"

此时的明珠,已顾不得许多,如坠云端,沉浸在这突如其来的天降之喜中……

不多时,菜已布好,一家人围坐一处,商议婚事。

"阿嫂,这不是在做梦吧!哥,你掐我一下,看疼不疼!"兄嫂二人,见明珠这副痴傻模样,真是又怜又笑。

郑库给兄弟夹了口菜道:"是真的!我们这次回来,就是奉太后之命为你操办婚事的!"

明珠不胜欢喜,忙起身举杯道:"谢过太后!谢过兄嫂!"说罢,一饮而尽!谁知,他因太过年轻,不胜酒力,喝得又急,竟呛得咳嗽不止,眼泪直流。

吉兰泰见状心疼不已,忙上前为兄弟捶背,又将丫鬟递来的热水,让他喝了几口压了压,才渐渐地缓过劲儿来。

郑库笑道:"这还没当上新郎官儿就喝成这样儿!要是当了新郎官儿,那还了得?"

吉兰泰坐下来刚要搭话,见明珠有些不对劲儿,忙捅了下丈夫使了个眼色。

郑库定睛一看,见兄弟正自发呆,口中念念有词,不知在叨咕些什么,便轻拍下他的肩膀道:"珠儿,怎么了?"只见明珠猛地一惊,羞红了脸,又沉思了片刻,不解地问:"太后怎么会单单把五格格指给我呢?"

吉兰泰笑道:"还不是太后圣明,知道你们自小打一处玩儿,青梅竹马的!"随后,又边给他夹菜边揣度着说:"这五格格的母亲是太后的堂姐,又是妯娌,听说太后幼时和这位姐姐关系极好!前两年姐姐过世,这五格格又是博尔济吉特氏王妃最小最疼爱的女儿,才刚丧母,今又丧父,还无辜受到牵连,家中遭此厄运!太后又怎么忍心,让外甥女的终身大事再受委屈!还不给她找个予心的人?这其中的苦啊,怕是再也没人比太后更清楚了!"

"嗯,言之有理!"郑库点了点头,又给弟弟斟上半杯酒说,"慢点儿喝!好日子还在后头呢!"

吉兰泰笑道:"是啊!太后心细,早已请人为你们合过婚了!你和五格格的生辰八字竟是极般配的！"

明珠不敢相信自己的耳朵，忙问："这是真的吗？！"见兄嫂纷纷点头，这才放下心来。

郑库见兄弟一脸欢喜，动情地说："珠儿，你要成家了，往后就是大人了！咱们父母亡故的早，哥哥为你高兴！来！干了这杯，为兄弟贺喜！"说罢竟眼含热泪，一饮而尽。

"是啊！嫂子也替你高兴！恭喜兄弟！"吉兰泰更喜不自禁，将酒干完，也流下泪来。

明珠忙起身举杯道："多谢兄嫂抚育之恩！端范铭记在心，感激不尽！"说罢，仰头痛饮，倒身便拜。兄嫂二人忙离座相搀："好兄弟，快起来！一家人，都是应该的！"

吉兰泰边说边拭泪道："你看，这大喜的事儿，怎么都哭了！"

"你没听说过喜极而泣吗？"郑库一旁道。

"哈哈！是啊！"三人又都欢快地笑了起来。过了片刻，明珠又不安地问："哥，既然英王府遭遇这等变故，那五格格如今何处安身呢？"

"哦，小弟大可放心！太后旨意，让五格格暂居宫中，下月十八便是吉日，令你们成婚哪！"听完郑库的话，明珠更加紧张："这么快！我还什么都没准备！咱们家人丁单薄，五格格是金枝玉叶，可别委屈了人家！哥！你说我该怎么办？！"见兄弟急得青筋直冒，吉兰泰忙笑着安慰："珠儿放心！我想过了，咱们这支虽说人丁单薄，但若将整个叶赫家族的亲友都请来，还怕这皂荚屯盛不下呢！"

郑库也说："是啊！我和你嫂子都商议过了，婚礼就按咱们满洲的习俗办，不便处，就按新俗！这事儿包在为兄身上！我们定将你的婚事办得风风光光！热热闹闹！你只管安心当好你的新郎官儿吧！"听了兄嫂的话，明珠总算放下了他那颗悬着的心。

从此，皂荚屯热闹起来，思源庄一派繁忙！明珠则如痴傻了一般，整日里魂不守舍，口中念念有词，时笑时癫，满心满脑都是他的五格格。他猜想着五格格如今的模样儿，想象着新婚的场景和婚后的生活，练习着与五格格初次见面时要说的话，谁知竟越练越紧张！

日月如梭，转眼婚期将至，大伯德尔格勒之子南楮、索尔和一家，叔父沙辉一家，提前十天便来到了皂荚屯，帮忙筹备婚礼事宜，原叶赫西城贝勒布扬古之弟布尔杭古一家也提前五天到来，融入了迎亲的大军！大家都夸明珠有出息！好福气！为纳兰家招来了金凤凰！纳兰家也因此在入关后，头一次迎来了大团圆，亲友们难得一聚，谈天叙旧好不欢心！原本冷清的皂荚屯，此时早已张灯结彩、车水马龙、欢声笑语、昼夜通明，笼罩在一派喜庆祥和的气氛中。

终于，吉日来临！太后命内务府送来了百二十抬的丰厚妆奁，行"过箱"礼。纳兰家隆重迎接、盛情款待，并燃香祭祖。晚上，吉兰泰便让小儿子披红挂彩，到喜房里打锣压炕，并点上长明灯、请全福人"铺床"，将一切礼仪都安排得妥妥当当。

次日凌晨，明珠便身着喜服，头戴缨帽，腰扎达荷带，身披红绣球，骑上高头大马，准备启程，迎娶他的新娘。吉兰泰忙将两位精心挑选的娶亲婆，扶上娶亲的花轿，并将小儿子作为"压轿童子"扶上挂有红绫飞翼并雕有麒麟送子喜轿的彩车。吉时一到，便由堂兄索尔和开道，率娶亲"大军"，鼓乐喧天、浩浩荡荡直奔京城而去。

吉兰泰送至村口，借着灯光，望着兄弟骑在马上的英朗背影，竟热泪盈眶，喜不自禁。突然想起还有很多未尽事宜，忙转身回府安排喜宴，并亲自下厨擀长寿面，照应内务府派来的两位嬷嬷，为新人包子孙饽饽，忙

第三章　太后指婚

得不亦乐乎。

时间飞快，不知过了几个时辰，天已蒙蒙亮，忽听小厮来报："来了！来了！大奶奶！新娘子的彩车离皂荚屯还不到三里地了！"吉兰泰闻言，顿时紧张起来，忙整理衣衫，走出房门，命仪仗队敲锣打鼓、鞭炮齐鸣，到村口迎接。

坐在车中的五格格，听到远处的鼓乐与鞭炮声，心中不知是紧张还是害羞，手心儿早已渗出汗来。明珠骑在马上更是心潮澎湃、激动不已！堂兄索尔和听家中已燃响迎亲的喜炮，忙命自己的娶亲"大军"也将鼓乐高奏起来。

此时的皂荚屯，已是锣鼓喧天、人山人海！十里八乡的人从未见过如此隆重的娶亲场面，都起五更爬半夜，纷纷赶至皂荚屯观礼看热闹！就这样，迎亲与娶亲的"大军"一经"会师"，便在鼓乐与鞭炮声中被人潮簇拥着来到了思源庄。

行至门前，明珠下马，五格格则被人搀扶着走下彩车，换乘八抬大轿，迎进门内。抬至喜房前，花轿落于红毯之上，明珠按照满洲的习俗，在族人的主持唱和下，弯弓搭箭，朝天虚射一支，谓"一射天狼"；朝地虚射一支，谓"二射地妖"；朝轿门虚射一支，谓"三射红煞"。接着又朝喜房四角虚射四箭，然后恭请新娘下轿迈马鞍，吉取"四季平安"之意，接着迈火盆、拜北斗、行坐帐礼。观礼的人潮将四周围得水泄不通，小孩儿的欢笑声与人们的欢呼声混成一片，好不热闹！

吉兰泰忙着招呼宾客，原本备下的三十六桌，早已远远不够！由于朝中的微官小吏及周边村落的财主乡绅，听闻皂荚屯郑库郑大人为兄弟娶亲，大办喜宴，虽未被邀请，也都想趁机攀攀关系，沾沾喜气。郑库虽只袭个四品骑都尉的官职，但在他们看来，已是了不起的大官儿！且是八旗勋戚，又再结皇亲，那还了得！都纷纷备下厚礼，不请自来。这可忙坏了账房先生，由三名，增至六名！连明珠的汉语教习，都被拉来写账救急。吉兰泰忙命人在院外搭棚加灶，又连开了二三十桌！

思源庄沉浸在一派觥筹交错、欢天喜地的气氛中，直至深夜，仍旧灯火通明，宴席不散。

闹过洞房，吃过子孙饽饽、长寿面，丫鬟嬷嬷们都退到屋外，五格格在喜房中与明珠相对而坐。忙了一天，竟都没有好好看看对方的模样儿，借着长明灯的光亮，五格格偷偷打量着自己当年的珠儿哥哥。只见他额头宽阔、鼻梁挺直、剑眉如墨，双目含情，正傻傻地看着自己，早已不是当年那个圆头圆脑的"小豆包"，竟已长成一个棱角分明的英俊少年！但眉目间似乎还能寻到些儿时的影子，心中有着说不出的亲切与喜悦。

四目相对，五格格竟如触电一般，满脸绯红，慌忙地低下头去。而此时的明珠，早已呆傻，望着儿时最好的玩伴、日夜思念的心上人，此刻就坐在面前，成为自己的新娘，出落得亭亭玉立，竟如画中人一般！他怎么也不敢相信这是真的！他宁愿相信是在做梦，并默默祈祷，永远不要醒来！

就这样，又过了许久，五格格见他还呆呆地望着自己不住地傻乐，心中不觉好笑。门外伺候的丫鬟婆子见屋内许久没有动静，也深感好奇。

忙了一天的吉兰泰，经过喜房，见这般情景，知道兄弟痴傻的毛病又犯了，便隔着窗户冲屋里使劲儿地咳嗽了两声。这下，还真把明珠惊回了神儿来！只见，他瞬间羞红了脸，忙起身深施一礼，柔声道："格格辛苦了！明珠不知几世修来的福气，能娶格格为妻！格格贵为金枝玉叶，竟肯委身下嫁，明珠此生就算为格格当牛做马也心甘情愿！"吉兰泰在窗外听兄弟如此说，差点笑出声来！不忍再往下听，忙匆匆走开。

五格格见他虽言辞不当，倒也情真意切，便笑着起身相搀："夫君言重了！我如今已不是什么金枝玉叶，虽有姨母疼爱，但已不比当初，既嫁夫君，便是夫家之人，不必多礼！"

明珠闻言，竟格外心疼！忙握住妻子的手，动情地说："格格受苦了！自闻格格家中遭遇变故，明珠没有一刻不对格格牵肠挂肚！寝食难安！"说着竟双膝跪地对天盟誓："黄天在上，神明为证！我纳兰明珠，今生只娶五格格一人！一辈子保护她、爱护她，绝不让她再受半点委屈！如有违誓，天诛地灭！"

五格格见状，忙跪下身来，捂住他的嘴，嗔怪道："别胡说！大喜的日子，起什么誓！"随后，又心疼地将他搀起，柔声道："富贵权势，本为浮云，变幻莫测，终不得长久！惟与夫君举案齐眉、白头偕老，方为我所愿……"

一席话，说得明珠热泪盈眶！深情地将妻子拥入怀里，两个久别重逢的心上人，沉醉在长明灯摇曳缠绵的光影中……

第四章
梦中得子

第四章 梦中得子

次日一早，觉罗氏便梳洗打扮，与明珠一起拜见兄嫂，并由嫂子吉兰泰领着拜见叶赫家族的各位长辈、亲友，敬烟奉茶。喜宴又持续了五天，亲友们才纷纷散去。到了第十天头上，兄长郑库与妻子吉兰泰，帮助明珠料理完家事后，也要回京归任，临行时与二位新人依依惜别。从此，思源庄又恢复了往日的平静。

婚后，觉罗氏协助明珠管理家事，并陪他读书、练武、吟诗作对，小两口夫唱妇随，恩爱非常！日子也过得有滋有味儿，愈发红火。太后听闻明珠文武全才、治家有道、胸怀大志，十分欢喜。皇上对这位姐夫也是器重有加，不到半年功夫，便授予他銮仪卫云麾使之职，官居正四品。这对纳兰家来说，无疑又是一桩天大的喜事，明珠也将由此步入仕途，施展满腔抱负。他深感皇恩浩荡，决心定要拼尽全力，效忠朝廷！觉罗氏也为丈夫高兴不已。

眼看就要上任了，明珠在家做足了功课，先是了解自己的职责，又向妻子请教宫里的规矩，生怕因一点疏忽而惹下事端。觉罗氏看在眼里，喜在心上，一面帮他收拾行李，一面为自己有这样一个勤谨、上进的好丈夫而感到欣慰。

明珠见觉罗氏为自己日夜操劳，很是心疼！忙拉着妻子的手说："夫人辛苦啦！行李差人来收便是，何必烦劳夫人贵体亲为呢！"

觉罗氏打趣道："咱们屋里的丫头个个笨手笨脚的，我怕她们不仔细，若是落了一样两样儿的，到时候儿你可找谁去？"

"找夫人呀！有夫人在身边，端范万事足矣！"

觉罗氏闻言，不禁一笑："谁要在你身边？"

这下，可让明珠慌了神儿："怎么？夫人不陪我一起上任吗？"

"我几时说要陪你上任了？"

见妻子如此说，明珠心中空落不已，竟如长草一般，没了主张。

觉罗氏见状，忙为丈夫奉上香茶，柔声道："我若随你去了，咱们这田庄宅院却又交给谁呢？好容易才有今日，人这一走，岂不又要荒废了？况且又没个得力的人可以托付。再说，你初入仕途，这官场的学问可大着呢！你是侍卫之职，不比兄长袭的是骑都尉世职。俗话说，伴君如伴虎，出入皇宫大内，要随时听候差遣，说话行事，都要谨小慎微，否则性命难保！你可知这其中的厉害？！"

一席话说得明珠如梦方醒，倒吸了口凉气，忙放下茶，躬身施礼道："夫人教导的是！端范愚钝！"

觉罗氏见他神色紧张，竟"噗嗤"一下笑出声来："好啦！快起来！你我夫妻，何必多礼？！"

明珠拉住觉罗氏的手，将她揽入怀中，沉默了片刻，才轻声说："只是才刚新婚，又要分离，叫我如何舍得？又怎么放心得下！"

第四章　梦中得子

觉罗氏柔声宽慰："眼下当以仕途为重，切莫因小儿女情长耽误了正事……"随后，又低眉细语道："为妻的也不舍夫君啊……"

明珠听后，心里竟如过电一般，将觉罗氏拥得更紧，怜爱地说："我这一去，也不知几时能回！你一个妇道人家，又如何撑得起这偌大的庄园呢？晚上若一个人害怕了，可怎么好？"

觉罗氏浅笑道："夫君放心，田庄的事我早已熟悉，况且还有孙嬷嬷、贵嬷嬷帮衬着，晚上也还有清儿、月儿陪着呢！"

觉罗氏的话语虽然轻柔，却字字敲在明珠的心上。因为他知道，妻子又何尝舍得？但为了自己的前程，她唯有如此，才能免去自己的挂碍！觉罗氏识大体的气度，令他这个七尺男儿也自愧不如，感佩之情油然而生……

终于，明珠带着家人的期望与妻子的嘱托，离开了皂荚屯，走进了那个神秘而又庄严的紫禁城，踏上了未知的仕途之路。

从此，封地上的一切事务，都落到了觉罗氏身上。别看她年纪虽轻，却持家有道！两三年的功夫，竟让皂荚屯庄园焕然一新！土地收成也翻了一倍，佣工骡马更是添了不少！明珠每次回来，都要称赞一番。小俩口虽各自忙碌，聚少离多，但却让两个年轻人的心贴得更近，倍懂珍惜！

一日晚饭过后，觉罗氏让清儿照例将《金刚经》拿来研读，并备上纸砚，抄经养性。原来，自英王府遭遇劫难，觉罗氏便深感人生无常。幸有姨母眷顾，接到宫中，每日陪在太后身边，诵经礼佛，才算正式接触佛法。渐渐地，她发现佛法中所蕴含的道理，竟能使她摆脱苦闷，豁然开朗。"一切有为法如梦幻泡影，如露亦如电，应作如是观。"《金刚经》中的句子，仿佛一语点醒梦中人，令她感同身受。从此，每日诵经抄经，成了她的必修课，一有闲暇，便手不释卷。

"格格,您的小楷写得愈发好了!"清儿一旁由衷地赞叹。

"那还用说!咱们格格天资聪慧,不但汉字写的好,这汉文也学得好!什么四书五经、唐诗宋词,没有格格不知道的!"月儿更加钦佩不已。

"你们两个丫头,少耍贫嘴!都过来几年了,还'格格'、'格格'地叫,说过多少次了,要叫夫人!念在你们从小服侍我的份儿上,暂且饶了你们,若是再改不过嘴来,看我怎么收拾……"

"好了!夫人!奴婢知错啦!若是再改不过来,任凭夫人处置!"没等觉罗氏说完,两个丫头便争抢着认错领罚。

"哎!真拿你们没办法!"觉罗氏见状,也只得摇头作罢。

约莫半个时辰,觉罗氏渐感身上疲倦,命月儿倒了杯茶来提神,喝了几口,却仍是抬不起眼睛。

"夫人想是乏了,早点安歇吧!明日再写也不迟。"清儿边说,边为夫人铺好被褥,月儿则打来温水,伺候夫人盥洗宽衣。

觉罗氏愈发困倦,躺在床上,很快便进入了梦乡。

恍惚中,她仿佛来到了一个世外桃源,此处仙乐缥缈、云雾缭绕、翠竹掩映、幽兰飘香,好个所在!正当她陶醉其中,忽觉口渴难耐,四处寻觅,竟闻远处,传来潺潺的水声。寻声望去,只见迎面一座小山坡,坡上有一凉亭,亭下白玉回栏,莲花朵朵,一泓清泉顺亭边涌下,汇入碧波之中。

觉罗氏心生欢喜,快步朝凉亭走去。只见清澈的山泉带着蒸腾的水汽,从泉眼喷涌而出,现出七彩虹光,恍若仙境一般。置身亭中,放眼望去,又见烟波浩淼,荷叶田田,微风袭来,水波荡漾,竟有漂移之感,仿佛仙岛浮于湖上,好生惬意!正当她忘情赏景之时,忽见一小儿从亭下走来,手捧瓷杯,端至跟前,请她饮水。此刻,她才想起口渴之事,忙接过

第四章　梦中得子

水杯，连声称谢，一饮而尽。只觉一股甘洌的清流顺五脏而下，蔓延全身，顿觉神清气爽，唇齿留香。

"这是什么水？如何这般好喝？"她高兴地将瓷杯递给小儿，随口问道。只见小儿接过杯子，忽闪着一双水汪汪的大眼睛，笑而不语。觉罗氏心生怜爱，仔细端详，只见他身着蓝衫，约有两三岁的模样，乌黑的眸子明亮有神！粉嘟嘟的小脸儿上，嵌着两个醉人的酒窝。觉罗氏看得心中发痒，竟忍不住想要抱他！谁知刚欲伸手，那小儿却没了踪影！正当她四处寻觅之时，忽听空中有人说道："那是你的儿子，不久便会与你相见……"觉罗氏又惊又喜！刚欲问缘由，竟觉脚下一滑，跌落山谷，她大叫一声，惊慌而起，睁眼一看，却是一场梦……

此时，天已破晓，清儿、月儿闻声赶来，忙问："夫人怎么了！夫人有何吩咐？"

见两个丫头如此紧张，觉罗氏竟不禁笑了起来："看把你们吓的！也没什么，只是方才做了个梦。"

"梦见什么了？"

"是呀！梦见什么了？不会是梦见老爷回来了吧！哈哈！"

见她们如此调侃，觉罗氏佯嗔道："小蹄子！再若浑说，看我不撕烂你们的嘴！"

吓得两个丫头一伸舌头，小声嘟囔道："是，夫人，奴婢不敢了。那您快说，到底梦见了什么？"

见丫头们好奇心切，觉罗氏回想起梦中的情景，又不觉羞红了脸。

"看，夫人脸都红了！哈哈！一定和老爷有关！"

"对！一定和老爷有关！"

见两个丫头又在胡乱猜测，觉罗氏正色道："休得无礼！才不是呢！"

说着又一脸幸福地笑了起来，"我呀！梦见了一位小阿哥！有人说那是我的儿子！你们说，我怎么就不疼不痒地有了那么一个可爱的儿子呢！"

清儿不禁笑道："哈哈！原来是夫人想要孩子了！"

"是啊！夫人与老爷成婚也有三年了，按说也该添个小阿哥了！对了！夫人不会是有喜了吧？"月儿忽然紧张起来。

"是啊！上个月的月事已经完了好一阵儿了，这次要是没来，八成就有了！"清儿也更加肯定。一席话，说得觉罗氏竟没了主张，想到自己将为人母，心中充满了期待与忐忑。

此后，觉罗氏的身上，总是懒懒的，人变得嗜睡起来。口味也在不觉中发生着变化，从前爱吃的东西，突然都没了兴趣，尤其不喜腥膻油腻，反而对瓜果时蔬充满了胃口，饭量也与日俱增。果然这个月的月事推迟了十几天都没有来，觉罗氏心中暗喜，两个丫鬟更是喜形于色，忙把当地最好的郎中请来为夫人把脉，而郎中的结论也证实了大家的猜测。这下可把觉罗氏高兴坏了，她刚要派人将喜讯告诉丈夫和纳兰家的族人们，却被贵嬷嬷悄悄地拦住了。清儿不解，忙问："明明是大喜事，为何不让人说？"

贵嬷嬷与孙嬷嬷对视了下，撩开帘儿见屋外没人，才神秘地说："夫人、姑娘们有所不知，老奴这么做，也是为了小阿哥好啊！"

"此话怎讲？"觉罗氏好奇地问。

"启禀夫人，老奴听闻，这汉人中流传着一种风俗，说是妇人一旦有喜，便有胎神庇护左右，可保胎儿健康生长，平安出世，直至婴儿百日之后，方才离去。但若将孕事讲得太早，恐惹胎神不悦，腹中的孩儿也容易受到惊吓，反而伤了胎气。"

"啊？还有这种说法！"觉罗氏一脸的惊奇。

第四章　梦中得子

"是啊！"孙嬷嬷接着说，"咱们虽为满人，但毕竟已入关多年，怎么也得讲个入乡随俗不是？况且，小阿哥是您梦中所得，想必来历非凡，定有神灵护佑，多些顾忌总是好的。"

众人听罢，深感言之有理，连连点头。

觉罗氏感激地说："还是两位老人家有见识！我们年轻鲁莽，差点冲撞了神灵，阿弥陀佛！菩萨保佑！"说罢，双手合十，虔诚地向上天祷告。

"那要何时才能讲得？"

"是啊！总不能等孩子出世后再让人知道吧！"两个丫鬟不解地问。

"哈哈！那倒不必，只需再等些时日，三个月后，待胎儿成形，胎气沉稳，便可将喜讯公之于众了！"

听贵嬷嬷这么一说，月儿高兴地笑了起来："好啊！到时候咱们也给老爷一个惊喜！"

"是啊！夫人！听说景仁宫的佟妃娘娘刚刚生了个小皇子，太后高兴得什么似的！若过段时日再听闻您的喜讯，不知得有多开心呢！"见两个丫头如此说，觉罗氏也害羞地点了点头。

光阴似箭，转眼三个月已过，觉罗氏有孕的消息一经传出，便被纳兰家视为大吉之事，欢喜不已。嫂子吉兰泰忙从城里赶来，听闻弟妹不喜荤腥，便带了各色的时令瓜果，甚至还托人弄来了岭南的荔枝和新疆的哈密瓜给弟妹尝鲜！

由于正值夏季，天气炎热，为了防止觉罗氏中暑，令瓜果清凉可口，还特意叫人运来了冰桶，并在宅院旁做了口凉井，以供水果冰镇保鲜之用。此外，吉兰泰还时常回皂荚屯陪觉罗氏小住，照顾她的饮食起居，帮助她为即将出生的孩儿做针线。

太后闻讯更是高兴不已，不仅赏赐了大量的绫罗绸缎和名贵的山珍药材，还担心外甥女住得偏远，请不到良医，特命太医院选派一名擅长妇科的太医，常驻思源庄，随时帮觉罗氏安胎请脉、调养身体，直至婴儿出生方可回宫复命。

明珠也是一有空闲，哪怕再晚都会快马加鞭、披星戴月地回来陪伴妻子，即使只能待上两三个时辰。觉罗氏沉浸在关爱之中，感到无比幸福。

一日夜里，明珠回来，见觉罗氏仍在灯下做针线，忙上前握住妻子的手，关切地说："看你！都七个多月了，还是闲不住，夜已深沉，快点儿歇着吧！别累着身子！"

觉罗氏笑道："瞧你说的！我哪有那么金贵！这几个月，嫂子常回来帮我料理家事，突然闲下来，反倒有些不习惯，总得找点事儿做啊！"

明珠心疼地说："你呀！就是不知道在意自己，眼下入冬天气转冷，你身子又重，要注意休息，保重身体才是！"

觉罗氏一脸的无奈："好好好！从今儿往后，我什么也不做，整天躺在火炕上，吃了睡，睡了吃，这下你总放心了吧？"

明珠满意地点了点头："嗯！放心了！"

听小俩口这么一说，清儿月儿站在一旁倒有些尴尬，忙端过茶说了声："老爷夫人慢用……"便偷笑着走开了。

明珠坐在觉罗氏身边，用手轻抚妻子的脸庞，借着烛光，竟觉越发的红润好看！皮肤细腻柔滑，散发着迷人的光泽……端详了好一阵儿，才深情地问："最近胃口可好？身上可有不适？"

觉罗氏懒懒地说："自从怀上小阿哥，身上并未有什么不适，胃口倒也还好，不像旁人讲的，有那么多反应……只是这小家伙调皮得很，时常在我肚子里头操练拳脚。"

第四章 梦中得子

明珠不禁笑道:"你怎么就那么肯定是个小阿哥呢?若是个格格又当如何?"

"不会的!梦中都有人告诉我了,况且我也是见过的,一定是个小阿哥!"说着,竟笑着羞红了脸。

明珠将妻子轻轻地揽在怀中,宠溺地说:"好!你说什么就是什么!就算生了小格格我也是一样的疼爱!"

"不会的!一定不是!"

见妻子撒娇,明珠忙说:"好!不是,不是!"随后又神秘地说:"其实啊,我也希望不是,若真是的话,人家这'礼'可就白送喽!"

"谁?送什么'礼'?"觉罗氏一脸的好奇。

"你看这是什么?"说着,明珠起身,从行囊里取出一个红色的包裹,拿到了妻子的面前。

觉罗氏借着烛光,将其小心地打开,不禁由衷赞叹道:"哇!好漂亮的针线!"

只见,里面是一套小阿哥穿的红色棉衣和一顶漂亮的小虎头帽及一双精致的小虎头鞋。棉衣选料相当考究,针工更是精妙绝伦!特别是那绣在前襟的一对金麒麟,在五彩云霞的映衬下,更加光华灿烂、栩栩如生!再看这顶帽子和这双鞋,可谓造型逼真、绣工巧妙、配色鲜艳、形象生动!鞋帮周围不但缀了一圈儿小金铃铛,那鞋底儿,竟还绣了个'鱼跃龙门带雨飞'!真是活灵活现、别出心裁!觉罗氏简直爱不释手,看了又看、摸了又摸,连连称赞!

"快说,这究竟是何人所赠?"见妻子好奇,明珠却笑而不答,竟反问道:"真有那么好么?我怎么没看出来,你倒说来听听!"

觉罗氏见他不识其中的奥妙,便笑着说:"我敢打赌,此人绝非寻常百姓。"

"哦？夫人何出此言？"见丈夫问，觉罗氏拿起锦衣凑到灯前，慢慢儿地说："且不论面料，只看这针法，便知此人非同寻常！"

说着，她用手指向那金色的麒麟道："你看，这用的是'平金打籽'的绣法。此法因以真金捻线盘成图案或结籽于其上而得名，乃宫绣技法，岂是常人所能为的？"。

明珠钦佩不已道："哎呀！夫人果然见识非凡！此乃我一好友的夫人所做。"

"哪个好友？"觉罗氏问。

"啊！此人姓曹，名尔玉，字完璧，乃汉军正白旗包衣，与我同任云麾使，虽比我年长十余岁，却十分投缘，平日里皆以兄弟相称。"

觉罗氏闻言，竟若有所思地说："曹完璧……这字取得岂不是借了'完璧归赵'的典？"

"哈哈！正是！正是！夫人真是博古通今！"明珠不禁连连称赞。

觉罗氏沉思片刻道："他可还有个弟弟，名尔正？"

明珠一脸惊讶："正是！夫人如何知晓？"

觉罗氏故作神秘地说："我不光知道他有个弟弟，还知道他的父亲名叫曹振彦。"

明珠更加迷惑不解，忙问："夫人对这曹家如何这般熟悉？"

觉罗氏笑了笑说："夫君有所不知，这曹家原是我英王府的包衣，曾出任王府的旗鼓牛录章京。幼时，常听父王称赞他办事干练，娴习满汉文，他的两个儿子也常来府中，与我兄长交好。从龙入关后，听说这曹振彦考取了八旗贡士，后来，好像又到山西，当了什么不知是知州还是知府的官儿。"

第四章　梦中得子

"哎呀！夫人说的正是！曹老爷如今正在山西阳和府的知府任上！哦！怪道曹兄说他与夫人府上素有渊源呢！"明珠听后恍然大悟。

"说的是呢！但我与这曹完璧并不熟络，更未见过她的夫人，想不到竟有这般绝技！不知他夫人现在何处？若有机缘，定要拜她为师呢！"见妻子这般，明珠笑笑说："他这夫人姓孙，确非寻常妇人，现在宫中，专职照料景仁宫佟妃娘娘生的三皇子呢！"

觉罗氏闻言，点了点头："哦，原来如此，难得她有这份心思！"随后，便从髻上拔下一支光华灿烂的累丝多宝蝴蝶点翠赤金簪，交给明珠说："我与孙氏素未谋面，却得她如此厚礼！这得花多少功夫！为妻无以为敬，且把这金簪赠她，聊表寸心吧！"

明珠接过宝簪，深情地说："这是夫人随身之物，怎么舍得就此送人？"

"拿去吧！代我谢过曹氏夫妇。"见妻子如此坚持，明珠只得遵命。

此时已入隆冬，雪后的西山，真是峰岭琼峦，银装素裹，红霞映雪，壮丽倍极！

一位老僧不知从何方而来，漫步山间驻足瞭望，不禁由衷感叹："真不愧为'神京右臂'啊！"原来这大西山乃是太行山脉的支阜，位于京西，蜿蜒起伏如腾蛇龙蟒，遥遥拱卫着北京城。

"师傅，山下有一古刹，日已西斜，我们就此落脚吧！"随行的沙弥一旁说道。

"也好！"老僧点了点头，便随徒儿朝山下走去。

行不多时，只见一座山门现于面前，虽不雄伟，却也颇有些年代，额刻"龙泉寺"三个大字。沙弥上前叫门，不多时一位小师傅应声而出，见是僧人，便恭敬地请进门来。只见整座寺院坐西朝东，乃辽代建筑。过山门，便见一座古老的单孔石桥和几棵高大的古树，那参天的翠柏，雪后更显苍遒。

老僧被引入殿内，方丈起身相迎，双方见礼落坐后，方丈开口问道："不知师傅如何称呼？从哪里来？要到哪里去啊？"

老僧双手合十："阿弥陀佛，老衲法名虚空，从来处来，到去处去。"

方丈闻言，便知此人绝非等闲，因又问："高僧至此，不知有何贵干？"

老僧道："老衲至宝方，是要等候一位故人，恐要讨扰些时日。"

方丈哈哈一笑："高僧哪里话来！古人云：'庵观寺院，本为我方上人的馆驿，见山门便有三升米分'谈何讨扰啊！只是不知这位故人现今何处，几时到达？"

老僧闭目微笑，双手合十："阿弥陀佛！天机不可泄露。"

这一日天色晴朗，傍晚却飘起雪来，思源庄的梅花竞相开放，冷香扑鼻。

"夫人！您说奇不奇？咱们园子里的梅花竟都开了！什么蜡梅、宫粉、朱砂、洒金、绿萼、玉碟……都开得可好呢！"听月儿这么一说，觉罗氏倒真觉着有些稀奇，疑惑道："此时正值腊月，蜡梅开花正当时令，那其他的花儿往年都是过了春节才开，怎么今年倒提前了呢？"

话音刚落，就见清儿惊喜地说："夫人！咱们屋里的兰花也都开了！可香呢！"随后又拍手笑道："今儿正赶上老爷回来，晚上定要陪着夫人看花、赏雪、踏雪寻梅啦！那情景，想想都跟画儿似的！"

觉罗氏羞得满脸绯红："你这丫头，少耍贫嘴！"转念，又忧心地说："只是才刚天儿还好好儿的，怎么这会子却又下起雪来？也不知你们老爷，行至何处了？路上是否好走……"

月儿抿嘴一乐，忙安慰道："夫人不必担心，这会儿刚到掌灯时分，雪也不是很大，老爷快马加鞭，一定很快就能回来！"

觉罗氏点了点头，忽又想起了什么，因又问："两位嬷嬷现在何处？"

第四章　梦中得子

清儿忙答："孙嬷嬷、贵嬷嬷正在厨房帮着张罗晚饷呢！"

觉罗氏轻声叮嘱："别忘了温壶酒，等老爷回来，好给他暖暖身子！"

"放心吧夫人！酒早就温上了！"月儿说完，便高兴地朝屋外跑去。

此时，晶莹的雪花在空中飞旋飘舞，越来越多，不一会儿，大地便一片洁白。

"夫人快看！这是您最喜欢的绿萼！美不美？"月儿边说边高兴地跑进屋来。

觉罗氏接过花，只觉一股清冽的香气扑面而来，沁人心脾！那花上的雪掉落在她的腕上，瞬间化为晶莹的水珠，滴落衣襟。

"君不见宣和艮岳绿萼梅，百花魁中此为魁……"觉罗氏不禁吟起宋人陈著的《绿萼梅歌》来，随后又说："快把它插入瓶中吧！"月儿接过花，只见觉罗氏眉头紧蹙，"夫人！您怎么了？"清儿连忙上前搀扶。

"我腹中疼痛不已……"

两个丫鬟闻言，瞬间慌了手脚。清儿忙说："夫人怕是要生了！快去请太医！叫孙嬷嬷、贵嬷嬷！"月儿应了一声，忙立即跑了出去。

思源庄顿时灯火通明，陷入了紧张忙碌的气氛之中……

西山古刹，老僧手持念珠，迎着漫天飘飞的大雪，走出门外，放眼望去，只见苍穹之上，一道彤光从天而降，落于二十余里外的东北方向，老僧双手合十，口中轻念："阿弥陀佛！他终于来了……"

第五章　西山老僧

第五章　西山老僧

明珠的骏马飞奔在回家的路上，昨夜的梦，令他整日心神不宁，更加归心似箭。

眼看行至皂荚屯村口，忽见一道彤光从天而降，落于思源庄方向，他心中大喜！快马加鞭，刚至门口，便听一声清亮的啼哭，划破了飘雪的夜空。

"这是婴儿的哭声！是我儿子！我有儿子了！"他激动得喃喃自语，门外小厮见老爷回来，忙上前迎接，他收缰下马，火速朝院中跑去。只见丫鬟婆子忙做一团，"老爷大喜！夫人生了位小阿哥！"听丫鬟来报，明珠更加兴奋不已。

"夫人！夫人！老爷回来啦！"觉罗氏闻言，疲惫的脸上，现出了笑容。

太医将小阿哥安置好，交与孙嬷嬷、贵嬷嬷后，便退出屋来。见明珠，忙高兴地说："恭喜明大人！贺喜明大人！夫人生了位公子！母子均安！"

听闻"母子均安"四字，明珠紧提着的心，才算放下！忙说："多谢太医！有劳啦！来人哪！重赏！"太医拱手谢恩，随丫鬟到账房领赏。

清儿忙将明珠迎进屋内，贵嬷嬷高兴地将孩子抱过来说："老爷您看！这小模样多精神哪！"

明珠小心翼翼地接过儿子，谁知小家伙一见他便笑了起来！一双水汪汪的大眼睛明亮有神，红扑扑的小脸竟如粉雕玉琢一般，浓密的头发乌黑油亮，白嫩嫩的小手在空中不停地挥舞……

明珠越看越爱，忙抱到妻子面前，激动地说："夫人！这是咱们的儿子！咱们有儿子了！"

觉罗氏被孙嬷嬷服侍着半倚在迎枕上，接过孩子，微笑着点了点头。

明珠轻轻地撩起妻子被汗水浸湿的头发，心疼地说："夫人辛苦啦！"接着，便坐到觉罗氏身后，用双臂深情地环抱着妻子，一家三口甜蜜地依偎在一起。

"夫人，这是刚熬好的红糖银耳羹，您身子虚，生小阿哥又耗费了那么多体力精神，快喝些补补吧！"月儿边说，边将汤盅呈上。

孙嬷嬷忙将小阿哥接过来，清儿刚欲服侍夫人用膳，便被明珠拦下，他慢慢起身，接过月儿手里的汤盅和银匙，舀起一勺放在嘴边轻轻地吹了吹，又浅浅地尝了尝，觉着不热了，才仔细地喂入夫人口中。两个丫头见状，都不禁抿嘴儿偷笑，知趣儿地站到了一边。

觉罗氏尝着丈夫喂过来的汤羹，感到无比香甜！喝了几口，忽又想起了什么，便问："贵嬷嬷呢？"

月儿忙答："贵嬷嬷正在堂屋，给'佛朵妈妈'上香，挂子孙绳子哩！"

清儿笑着说："是啊！我刚进来的时候，见贵嬷嬷将那红绳拴上公子箭，悬在咱们家屋门上，甭提多神气了！"

觉罗氏欣慰道："亏得她还记得这些老礼儿！"又说："方才厨房里不是已经备好饭了吗？快传上来，伺候你们老爷用膳吧！"两个丫头应了一声，便下去传饭。

明珠忙说："夫人，还是等我把这汤羹喂完再传吧！这会儿不饿。"

觉罗氏心疼道："看你！这么冷的天儿，从那么远跑来，进屋连口热茶都没喝，这会子又来伺候我。况且今日传饭本就比平日晚，你的身体要紧啊……"

"好！听你的！"夫妻俩会心地笑了。

这时，不知何故，小阿哥忽然哭了起来，凭孙嬷嬷怎么哄，也无济于事，大家都慌了神儿。贵嬷嬷上完香，忙跑进屋来，见孩子小脸通红，浑身发烫，也没了主张，便对天祈祷："神佛菩萨！保佑小阿哥平安吉祥！百病不侵……"

明珠斥道："这会子求神佛有什么用？还不快去传太医……"

话音未落，便听小丫鬟来报："启禀老爷夫人，门外来了位出家人，听说，是来化缘的。"

明珠纳闷："这大晚上，哪儿来的和尚？"

觉罗氏说："想是走夜路的，天冷饥寒，别怠慢了人家。"

明珠点头道："夫人说的有理！那就布施些斋饭和保暖的衣物，让他快些赶路吧！"丫鬟尊了声"是"，便走了出去。不多时，又折回来道："回老爷夫人，那僧人说：'化缘、化缘，化度因缘'，还说什么……哦！对了，'因缘而来，缘尽则去'现仍立于门外，打发不得。"

明珠闻言，正自纳闷，小阿哥却哭得愈发厉害，觉罗氏忙说："想必此人有些来历，快请进来吧！"

明珠道："对！对！快请进来！"说罢，便走出月房，来至厅内。

不多时，只见一位身披袈裟，手持禅杖的老僧和一徒儿，走进屋来。

明珠起身相迎："得闻高僧化度因缘而来，多有怠慢，还望见谅！"

老僧合掌还礼，三人落坐，丫鬟奉上茶来。

听闻屋中传来婴儿的哭声，老僧双手合十道："阿弥陀佛，明大人喜得贵子，可否容老衲一见？"

明珠忙说："长老有所不知，小儿才刚落草，竟发起烧来，啼哭不止，正欲传太医前来诊治！"

老僧道："善哉！善哉！老衲正为此事而来。"

明珠惊奇不已，忙叫人抱出婴儿。

说来也怪，这小阿哥见了老僧竟止住了哭声，只见徒儿取出一个掌心大小的金葫芦递与师傅，老僧拔出塞盖，倒出一粒形似甘露的滴丸，送入婴儿口中，随后又在耳畔不知说了些什么，小阿哥竟笑了起来，又过了片刻，烧已全退，发出汗来。

明珠大喜，不禁连声称赞："长老真是活神仙啊！"

老僧双手合十："岂敢，岂敢！只是老衲还有几句话，当叮嘱施主。"

明珠忙说："高僧尽管讲来！"

老僧道："此儿天生命中火盛，若得阴阳平和，需临水而居，方保平安。"明珠连连称是。老僧又道："此儿阳火之躯却于寒冬出世，待到来年寒衰春盛之时，其体内所蓄积的寒毒必将发作，如此年复一年，周而复始，恐成宿疾。"

明珠闻言色变，忙问："那要如何才能治愈？"

老僧摇摇头道："这却难了！此乃他命中的劫数……"

明珠深施一礼："高僧既知他的劫数，便定有破解之法！您此番化缘而来，想必与小儿缘分匪浅，还望高僧大发慈悲，不吝赐教！"

老僧口念佛号，合掌还礼，随后将金葫芦托于掌中，道："此乃'杨枝甘露'定心丹，今赠与你，令郎每到寒疾发作，便让他口含一粒，即可化解症状，但却难除病根。"

明珠接过葫芦千恩万谢，随后又说："只是不知这药方，如何配得？若吃完了，又当如何是好？"

老僧合掌道："此乃天机，这就要看令郎的造化了。"随后，又从袖中取一锦囊道："这是老衲赠与令郎的薄礼，权当护身之用吧！满月之日，方可打开，切记，切记！"

明珠连连称是，接过锦囊，施礼道谢。

此时，只见清儿端一红布托盘走来，行至明珠跟前，小声道："启禀老爷！这五十两银子是夫人的一点儿心意，特命奴婢取来赠与高僧。"

明珠连连点头，转身对高僧道："一点薄礼，不成敬意！还望长老收下。"

老僧见丫鬟将财物奉至跟前，捻髯微笑道："方外之人不恋这黄白之物，施主若发慈悲，何不将此物施舍给那些贫苦之人，也为府上积些福德。"

明珠闻言，忙躬身施礼道："高僧所言极是！明珠谨遵教诲。"

老僧还礼："善哉！善哉！因缘已化，老衲告辞。"说罢，便与徒儿向门外走去。

明珠苦留不住，只得恭送出门，刚欲回府，忽又想起还未问高僧法号，仙居何处，忙又转身追赶，谁知，却早已不见踪影……

夜已深沉，明珠的脑海中浮现起方才的情景，思绪万千……见妻子也在辗转反侧，便关切地问："辛苦了这一日，怎么还不睡？"

觉罗氏反问道:"你怎么也不睡?"

明珠叹了口气说:"我在想,这世上真的有神佛菩萨吗?……"

觉罗氏说:"有啊,你也可以成佛成菩萨啊。"

明珠苦笑:"我?怎么可能!"

觉罗氏道:"怎么不可能?你以为佛菩萨是什么?是那些有求必应、神通广大、腾云驾雾、受人香火的神圣吗?"

明珠好奇地问:"难道不是么?"

觉罗氏道:"非也,佛乃梵语,实为觉者之意,世间万物皆有佛性,只要明心见性,皆可成佛。"

明珠愈发不解,继续追问:"那又如何才能明心见性呢?"

觉罗氏说:"这便要修行'戒、定、慧'了,戒掉一切欲望、一切贪嗔痴慢,心方能得到安定与清宁,心若清净了,那自性之中本来具足的般若智慧,便会现前,你也就成为了觉者。"

明珠双手合十,闭上眼道:"阿弥陀佛!看来我这辈子算是不能够了……"

觉罗氏笑道:"我看也是!"

明珠长叹一声说:"只看这第一条……就难哪!不过,我倒担心这小阿哥……"

觉罗氏陷入了沉默,许久才开口道:"是啊!今儿小阿哥落草,我正愁给孩子找个妥当的踩生人,不想却来了个和尚……只怕日后,也是个看破红尘的……听!暖阁里还有动静,不,是小阿哥的哭声。"

明珠道:"看你,不是有两位嬷嬷照管着吗?放心地睡吧!"

觉罗氏平躺过来说:"不知怎的,感觉就像做梦……转眼间,我竟做了母亲。"

第五章　西山老僧

明珠也颇为感慨："是啊！从此我们也为人父母了……"忽又想起了什么，忙侧过身说："提到梦，昨晚我还真就做了个奇异的梦！"

觉罗氏好奇道："什么梦？说来听听。"

明珠说："我梦见苍穹之上，有一条青龙通体发光，遨游于浩瀚的星海之中，又见此龙腰部有一颗星，闪耀着红色的光芒。正当我看得入神之时，忽见此星从龙身飞落，划过天宇，发出万丈光芒，却不知降于何方……"

觉罗氏闻言，若有所思地问："此龙在何方位？"

明珠想了想说："好像位于东方……"

觉罗氏沉思了一会儿，揣测道："莫非是东官青龙？"

明珠惊奇地问："夫人如何知晓？"

觉罗氏道："你可知天有四象么？"

明珠惭愧地说："还请夫人赐教。"

觉罗氏道："古人按东南西北四个方位将全天的二十八星宿，分为四个部分，每七个为一组，又按这些星宿的组成形状，用四种与之相象的神兽为其命名，故称'四象'。这四象分别为：东官青龙、南官朱雀、西官白虎、北官玄武，听你方才的形容，故而有此猜测。"

明珠闻言，竟起身将灯点亮，举到妻子面前道："今晚，我倒要好好儿瞧瞧我的五格格，究竟何许人也？怎会如此博学多才？！"

觉罗氏羞嗔道："少胡闹！快熄了吧！刺眼睛。不过是些杂学旁收的罢了。"

明珠复又将灯熄灭，躺回觉罗氏的身边，对妻子更加钦佩！随后，又不解地问："你说那颗红色的星星……又是个什么来历呢？"

觉罗氏困意袭来，懒懒地说："大概是苍龙之心吧……"

"何为苍龙之心呢？"明珠继续追问，却许久听不到回答，仔细一看，原来妻子已进入了梦乡……

次日一早，明珠派人备礼报喜，忙得不亦乐乎。早饭时分，贵嬷嬷还特意为觉罗氏单备了一桌，觉罗氏望着炕桌上的饭菜，好奇地问："怎么吃这些？"

贵嬷嬷笑道："夫人莫嫌这膳食粗淡，对产妇却是极好的！"

只见，桌上摆了一碗澄黄的小米粥和九碟清淡的小菜，一碟炒熟碾碎的芝麻椒盐和一个切成两半的煮鸡蛋。

"这不像咱们满人的吃食，你又是从哪儿学来的？"见夫人问，贵嬷嬷忙说："您只管尝尝，看合不合胃口！"说罢，便坐在炕沿儿，服侍夫人用起饭来。

觉罗氏尝了口粥，觉得香糯可口，小菜虽只用了盐花和麻油调味，却将鲜蔬的原香，提调得淋漓尽致！而当鸡蛋蘸上芝麻椒盐，放在口中咀嚼所激发的那种肆意释放的香，更加令她无法抗拒！此时，再尝上一口粥，那种温暖幸福的滋味，真是令人无比满足！

觉罗氏不禁赞道："别说，吃了这东西，身上竟不那么乏了！"随后又说："到底从哪儿学来的？我要赏你！"

见夫人夸奖，贵嬷嬷忙笑着连连摆手道："这可不是我做的，老奴可不敢居功哦！"

"那又是谁？"觉罗氏好奇地问。

贵嬷嬷说："夫人可记得前些时日，老奴劝夫人为小阿哥找个奶妈吗？"

觉罗氏道："记得，那又如何？"

贵嬷嬷说："此人便是了！"

第五章　西山老僧

"哦？她几时来的？为何不回我？"见夫人问，贵嬷嬷忙下跪道："请夫人恕老奴擅作主张之罪！"

"请夫人恕罪！"抱着小阿哥的孙嬷嬷见状，也跟着跪了下来。

众人面面相觑，明珠也放下了筷子。

觉罗氏道："恕你们无罪，起来回话。"见夫人宽恕，二位嬷嬷这才站起身来。

贵嬷嬷顿了顿说："此人是咱们府里帮着收租子的大顺儿媳妇。"

明珠一抬眉毛，若有所思地问："这个大顺儿可是我那位汉语教习何先生荐来的顺子吗？"

孙嬷嬷忙说："正是！正是！听大顺儿说，这何先生也不是什么普通的前朝贡士……"

明珠好奇道："那是何人？"

贵嬷嬷神秘地说："此人大有来头！听说是那崇祯元年的一甲进士！哦对！还是个榜眼呐！"

明珠先是一惊，后又马上追问："那先生现在何处？"

贵嬷嬷眨了眨眼，又挠了挠头说："回老爷，这……老奴可就不大清楚喽！……"

孙嬷嬷见状，忙边拍着小阿哥，边补充道："自老爷上任，那何先生便从咱们府里搬出去了，临走时，老奴还问过他去哪儿……"

明珠眼前一亮："他怎么说？"

孙嬷嬷皱了皱眉道："他只说……去云游四方……"

这时，贵嬷嬷忽又想起了什么，忙说："若想知道这何先生的下落……倒也不难！恐怕……就只有问咱们园子里的大顺儿了！"

明珠好奇道："哦？此话怎讲？"

贵嬷嬷故作神秘地说："听说呀！那何先生原也在朝为官来着！那官儿呀，做得可大呢！可自从咱们皇上入关后，他便归隐山林了，借住在那西山脚下的大顺儿家里！这大顺儿啊……还是他的远房亲戚哩！"

"哦，原来如此。"明珠一旁点头。

觉罗氏问："那大顺儿媳妇又是几时来的呢？"

孙嬷嬷道："回夫人，这大顺儿媳妇是五天前来的，我们估摸着，小阿哥落草的日子快到了，可您又一再坚持要像那寻常妇人一样，自己喂养，不用奶妈。老奴思前想后，还是觉得咱们身边，得有个照应的人方才妥当。"

贵嬷嬷接着说："是啊！咱们祖上的规矩，生了孩子都要请奶妈喂养，您是我和孙嬷嬷一手带大的，自小金枝玉叶、锦衣玉食，我们疼都疼不过来，又怎么舍得让您受这份辛苦！既然非要破这个例，且不说照顾这落草的婴孩儿，夜不能寐，若万一奶水不足，那小阿哥，岂不要受委屈了吗？"

孙嬷嬷又说："况且，我和贵嬷嬷虽说是您的奶妈，但毕竟上了年纪，这眼神儿、腿脚都不灵光了！您那两个贴身的丫头又太过年轻，哪儿经历过这些？都不中用啊！"

觉罗氏点了点头："二位嬷嬷说的倒也在理，只是不知这大顺儿家里怎么个情形？"

见夫人问，明珠笑着说："提起这顺子，我倒是比你们还略清楚些。"

觉罗氏好奇道："哦？那就说来听听。"

明珠说："此人姓颜，来咱们府里也有六、七年的光景了……记得那会儿大哥才刚袭职，留我一人管理家事，何先生怜我年幼，不但教我文墨，还教我治家之道、用人之法，见我不懂农田经营，便把顺子荐来

第五章　西山老僧

帮我。听说他家祖上是个经商的，后来败落了，才在这西山脚下扎根务农。人老实忠厚，做事儿倒也认真勤快！这么多年收租子算账，从未出过差错。"

觉罗氏点头道："这么说来，倒是个可靠的人家，只是不知他这媳妇姓什么？养育过几个孩儿？"

孙嬷嬷边拍着小阿哥边高兴地说："回夫人，大顺儿家的姓张，生过四个孩子！头两个还是对儿龙凤胎呢！今年四岁了，第三个是丫头，今年两岁，最小的这个还不满三个月！她的奶水可足呢！好得很哪！"说话间，小阿哥似乎听到了什么，委屈地哭了起来。

这可让觉罗氏慌了神儿："嬷嬷，快看看小阿哥怎么了？"

贵嬷嬷一撇嘴道："要我说，八成是饿了！"

孙嬷嬷将小阿哥抱到觉罗氏跟前，轻声说："夫人，要不……您喂喂奶？……"

觉罗氏羞涩地接过孩子，扭过身儿解开衣襟，喂了一会儿，见孩子又哭了起来，不禁着慌道："嬷嬷你瞧！这是怎么话儿说的？！"

贵嬷嬷凑过来一看，苦笑道："嘿呦！我的夫人哪！您这奶水啊……还没下来呢！"觉罗氏闻言，更加满面羞红。

孙嬷嬷连忙接过孩子道："要我说呀，还是传张氏吧！今儿本就是给小阿哥开奶的日子。她孩子多，又儿女双全，最合适不过！"

"好！快去传来！"觉罗氏连忙催促。不一会儿，只见一个中等个头、体态丰满、布衣荆钗的妇人走进屋来，怯弱地给老爷夫人请安。

见她一直低着头，觉罗氏道："不必拘礼，抬起头说话。"

"是，夫人……"张氏这才慢慢地抬起头来。只见她圆脸盘儿，单眼皮儿，约有二十一二的年纪，肤色虽不算白，五官倒也周正。

见孩子仍在哭闹，觉罗氏忙说："快将小阿哥抱与张氏！"

张氏小心地接过孩子，娴熟地拍哄着，不一会儿，孩子便渐渐地安静了下来。

觉罗氏这才松了口气，忙吩咐："孙嬷嬷、贵嬷嬷，去帮张氏收拾间屋来，将她好生安置，月例就照着嬷嬷们的发吧。"

"是，夫人！"两位嬷嬷应了一声，便走出屋去。

张氏忙下跪谢恩。谁知这一跪，竟又惊扰了怀里的小阿哥，不停地哭闹起来。

觉罗氏忙说："起来吧！不必多礼，想是孩子饿了，快给小阿哥开奶吧！"

"是，夫人！"张氏应了一声，赶紧背过身儿去，喂起奶来。

觉罗氏见丈夫在此，多有不便，忙说："清儿月儿，将张氏暂且带到暖阁吧！小阿哥才刚落草，不能受风，更不能着凉，你们要好生照应。"

两个丫头应了一声，便将张氏带了出去。小丫鬟们见老爷夫人饭毕，忙将桌子收拾干净，奉上茶来，退到屋外听差。

见四下无人，明珠这才凑到妻子身边儿，小声儿说："看你！就知道逞能！也不知道疼惜自己！这回尝到厉害了吧？"

觉罗氏不屑道："这有什么？我偏要破破那个规矩！不但要亲自喂养，还要亲自抚养自己的孩儿，做个世上最好的母亲！在这儿，可是我说了算！"

明珠望着妻子那憔悴而又溢满幸福的脸，宠溺地说："好好好！你说了算！我的五格格不但是这世上最好的母亲，还是最好的夫人！"说着便将觉罗氏深情地拥入怀里……

两位嬷嬷办完事刚欲进屋回话，见门口的侍女直冲她们摆手使眼色，便知趣地站在帘外说:"回夫人话,张氏的房间已收拾妥当。"

觉罗氏说:"知道了,以后每晚就让她在暖阁里照顾小阿哥吧!不必回房了。白天由我亲自哺育,让她帮衬着也就是了。难为你们想得周全!时候儿不早了,快去用饭吧。"

嬷嬷们答应个"是",刚欲退下,便听明珠说:"且慢。"嬷嬷们又麻利儿地转身回来。明珠道:"叫小厮把大顺儿传来,我有话问他。"

"是。"嬷嬷们应了一声,这才走了出去。

不一会儿,只听一阵急促的脚步声由远而近,帘外的丫鬟报:"大顺儿来了。"

明珠放下茶杯,从炕褥上下来,走出房外。只见,厅中一个二十多岁,高个子、红脸膛的壮汉向明珠跪拜道:"小的给老爷请安!"

明珠走上前说:"快起来吧!这几年家里也多亏了你。"

大顺儿起身拱手道:"这是小人的福分!不知老爷叫小的有何吩咐?"

明珠说:"不必多礼,坐下说话。"

大顺儿受宠若惊道:"小的不敢!"

明珠笑笑说:"但坐无妨。"大顺儿这才就着老爷侧边的椅子上坐下。

丫鬟奉上茶来,明珠一面吃茶一面问:"听说何先生自离府后,便去云游四方了,你可知他的下落?"

大顺儿恭敬地说:"回老爷,小的不知。"

明珠皱了皱眉,放下盖碗儿道:"听说,他也不是什么前朝的普通贡士……"

大顺儿忙起身拱手道:"回老爷,的确不是。"

明珠笑了笑:"坐下,坐下。"大顺儿忙又坐回原处。

明珠压低声音问:"那他到底叫什么名字?究竟何许人也?"

大顺儿想了想道："据小的所知，先生名叫何瑞徵，因他是我的远房亲戚，又都是河南汝宁府的老家，听我爹说，先生年少时便是俺们那出了名的大才子，后来参加科举，更是高中了榜眼呐！甭提多风光了！"

明珠点头道："何先生是哪年高中的？可曾在朝为官吗？"

大顺儿忙说："这我知道！是崇祯元年的榜眼，当过好些个大官儿呢！什么翰林院的编修啊……国子监的祭酒啊，哦，对了！还当过什么科举考试的主考官儿！"

"那后来呢？"明珠问。

大顺儿说："后来，闯王李自成就攻进了北京城，这先生又当了个什么……什么文什么馆的学士。"

明珠道："是弘文馆么？"

大顺儿说："对对对！就是弘文馆！还是老爷有学问！嘿嘿……"说完便傻笑着挠了挠头。

明珠刚欲搭话，就见他又皱了皱眉，想了想道："再后来，再后来，还当了个……什么礼……什么右的……侍郎！"

明珠道："礼部右侍郎？"

大顺儿高兴地说："对对！就是这个官儿！嘿嘿！"

明珠问："这官儿又是哪年当上的？"

大顺儿忙说："就是咱们皇上入关那年！"

明珠不解地问："既然如此，那后来又如何是这般情形？"

大顺儿挠挠头道："小的是粗人，实在琢磨不透先生的想法儿，只知道他的朋友和家里人都骂他不忠不义、叛国投敌！但在先生看来，只要老百姓过的好，谁当皇上还不都是一样的么？虽说是在朝为官，可谁承想却落了个众叛亲离，有家难回的下场啊！后来，他就干脆辞官不做了！在这

第五章　西山老僧

京郊当起了什么隐士,借住在小的家中。"

明珠点头道:"原来如此!我有一事相托,不知可否?"

大顺儿忙跪地道:"承蒙老爷瞧得起小的!甭说是一件事儿,就是一百件,小的也愿效犬马之劳!"

明珠忙说:"快快起来!不必多礼!"大顺儿这才站起身来,听候吩咐。

明珠道:"我想请你帮我找到何先生,无论如何也要将他请到府里来!你可办得到吗?"

"是!小的一定照办!就算找遍天涯海角,也要将何先生给您请来!"大顺儿拱手应诺。

明珠微笑着点了点头。

午后,太医为觉罗氏请脉,见母子安好,便要告辞,回宫复命。明珠厚礼相赠,并备车马亲自护送,与太医一同进宫,向太后报喜……

第六章
古老的歌谣

第六章 古老的歌谣

吉兰泰接到喜讯,高兴不已!忙叫人装车备马,并将自己精心挑选的吉祥姥姥请来,迫不及待地乘轿马直奔皂荚屯而去。傍晚进了屯子,只听外面脚步声声,议论纷纷,她掀开窗帘,朝外瞧去,只见人们三两成群的走在街上,有说有笑的不知在谈论些什么。

将近思源庄,远远就见小厮们,里里外外抬锅搭灶,忙个不停,门前已聚满了围观的人,心中愈发好奇。到了门口,停车下轿,守门的小厮忙向院里通报,四五个伙计上来,给大奶奶见过礼后,便帮着搬卸车物。不一会儿,贵嬷嬷已带着丫鬟婆子们一脸喜气地迎了出来:"给奶奶请安!给奶奶道喜!"吉兰泰高兴地边走边说:"这两日辛苦你们了!"随后又指着那些小厮问:"干什么呢这是?莫非有什么讲究不成?"

贵嬷嬷忙说:"回奶奶话,我们夫人要为小阿哥积福行善,明儿个一早,就要在咱们园子前搭棚施粥呢!这不,大伙儿正忙活着嘛!"吉兰泰高兴地说:"那好啊!难得她有这份善心!"

说话间，已至正房，丫鬟们争着打帘子，纷纷问奶奶好。一进东屋，见弟妹正拍着小阿哥睡觉，便放轻了脚步。

"嫂子来了！快请坐！"觉罗氏热情地招呼着。

清儿忙将热茶奉上。吉兰泰摆手示意，又指指小阿哥，叫她们不要惊扰到孩子。随后，小心地坐在弟妹身边，轻声说："辛苦你了！怎么自己带孩子？身子可还好么？"

觉罗氏笑着说："托嫂子的福，一切都好。"

吉兰泰放心地点了点头。随后，又凑到孩子身边，仔细地端详起来："瞧我们这小模样儿，生得多英俊哪！将来一定是咱们大清朝的栋梁之材！"

觉罗氏不禁笑道："瞧您说的，这刚落草的小儿，哪有什么模样啊？"

吉兰泰道："怎么没有？瞧我们睡的多甜哪！再看看这眉毛、这眼睛、这鼻子、这个嘴儿，生得多周正！多精神！"

正说着，就见小阿哥在睡梦中竟眯着眼皮儿、滚着眼珠，咧开小嘴儿，笑了起来。

吉兰泰兴奋地低声说："呦！你们瞧，这是怎么话儿说的，是听见我夸他了，还是在做梦哪？！"众人见状都小声地笑了起来。

随后，妯娌间又叙了会儿家常，吉兰泰忽然想起了什么，命贴身丫鬟果儿叫人将她带的朱漆大箱子抬了进来，打开一看，嚯！里面的宝贝可真不少！只见精美的悠车里，放着一个明晃晃的金盆，旁边还有一个三层抽屉的螺钿大漆盒，另有一个香樟木的小箱子。

觉罗氏不禁笑道："嫂子这是要搬家不成？"

吉兰泰抿嘴一乐："你年纪轻，哪儿懂得这些！明儿就是哥儿洗三的日子，这可是大吉之礼，马虎不得！这盒子里装的都是洗三之物，那木箱子里装的是我给哥儿做的被褥、针线，到了七天头上，就要上悠车了，铺盖着岂不暖和！"

觉罗氏高兴地说："还是嫂子想得周全！多谢嫂子！"

正说着，就见月儿拿起那只金盆惊喜地说："哇！好漂亮的物件儿！夫人您看！多精致啊！"

觉罗氏扭头看去，只见金色的洗盆光华闪耀、盆底錾刻的高浮雕"麒麟送子"图案栩栩如生！忙说："快拿近些，让我好好儿瞧瞧！"

月儿应了一声，便高兴地将盆呈到了夫人面前。仔细看去，只见，一个童子怀抱如意、手持莲花坐于麒麟之上，那麒麟角挂玉书、身缠火焰、立于祥云之间，盆檐上则錾满了如意云纹与飞翔的仙鹤，精美非常，活灵活现！

觉罗氏不禁点头称赞："真是巧夺天工！"

吉兰泰神秘地说："这还看不出它的好处，若是放满了水呀！那盆底的'麒麟送子'随着水波的晃动，竟真如活的一般呢！"

清儿拍手道："好神奇啊！这盆一定花了大把的银子和功夫吧？"

吉兰泰笑着说："花银子费工夫我倒不怕！别说，还真想把它给做成金的呢！怕上头说咱们越制不是？这盆虽说是银鎏金的，却也是请京城最好的师傅做的，不然哪有这么好的工？"众人连连点头。

觉罗氏感激地说："难为嫂子费心了！"

吉兰泰笑道："客气了不是！自那日走后，没干别的，净忙活这些了！这回好了！我可要住过满月才走喽！"

觉罗氏道："要我说，直住下去才好呢！我也有个伴儿！"

吉兰泰佯嗔道："你若这么贪心，就等着你大哥把我休了吧！"说着妯娌俩都笑了起来。

次日清晨，天刚蒙蒙亮，思源庄的门前早已炊烟升腾，人头攒动，排起了长龙。原来，皂荚屯的百姓们听说明珠大人喜得贵子，施粥一月，都笑逐颜开，交口称赞！又听闻今日行"洗三之礼"，不但施粥，午后还赏汤面，更是高兴不已！一早便都拿着家伙什儿争先恐后地赶来了，真比过节还要欢喜！

人们捧着热气腾腾的米粥，心中充满了感激。一些饥寒的老人和孩子不待回家，便站在棚边大口大口地喝了起来。吉兰泰怕他们摔着，碰着，还特命小厮，找来桌凳让他们坐下。陆续道贺的亲友们，见此场景，也都无不赞叹！

此时，红色的朝霞布满天空，一轮旭日冉冉升起，金色的光芒笼罩大地，思源庄一派欢乐祥和。

明珠进宫报喜，太后闻讯凤颜大悦，重礼相赐，明珠千恩万谢。又到任上处理些事物，便快马加鞭、飞奔回家，见此情景惊奇不已！

谁知，刚勒住缰绳，便听人群中有人高喊："快看！明大人回来了！"话音一落，就见百姓们蜂涌而至，将自己团团围住，纷纷施礼拜谢道："明大人真是活菩萨啊！""祝小公子洪福齐天、长命百岁！""好人必有好报呀！"呼声此起彼伏。

他被眼前的一幕惊呆了，一面笑着回应，一面拱手还礼，小厮们见状忙过来牵马开道，这才进得门来。只见院内一派喜庆，丫鬟婆子忙里忙外，亲友们也都陆续到来，相互寒暄问好。吉兰泰更是忙得不亦乐乎！不但要招呼亲友，还要忙着行礼之事，生怕有一丁点儿的疏忽。郑库一早赶到，见兄弟回来，忙迎上前去，不待他进屋，便将他拉到一边，接礼待客。

摆过宴席吃过喜面，午时一到，便开始了隆重的洗三仪式。

第六章 古老的歌谣

只见，吉祥姥姥抱着小阿哥坐在盆边，吉兰泰将用槐枝、艾叶、花椒、草药煎成的热汤，倒于盆中。别说，那盆底的"麒麟送子"随着水波的晃动，果然呼之欲出，竟如活的一般！

众亲友们围成一圈，纷纷往盆中投放吉祥果子、金银锞子、钱币等物"添盆"，众人一边投，吉祥姥姥一边说着吉祥话儿，以送上亲友们美好的祝福。随后，才用手巾蘸着热汤，为小阿哥擦洗身体，边擦边说："洗洗头做王侯，洗洗腰一辈更比一辈高……"然后，又用姜片和艾蒿粉与绿豆粉及名贵香料制成的澡豆为小阿哥擦拭关节，再用手巾蘸着热汤将其洗净，以求强身健体、百病不生。随后，又见吉祥姥姥拿起金梳子为小阿哥梳头，边梳边说："三梳子，两拢子，长大戴个红顶子……"接着又用温热的鸡蛋为小阿哥滚脸，边滚边说："鸡蛋滚脸，一生无险……"

奇怪的是，一般的小孩都边洗边哭，据说哭声越响越吉利！谓之"响盆"，可这孩子却始终乖乖的，还不时冲着众人笑，任凭姥姥有多少道程序说辞，都始终睁着水汪汪的大眼睛，好奇地看着这个陌生的世界，从不哭闹。

待一切礼毕，吉兰泰将那套曹尔玉的夫人为小阿哥绣制的衣服穿上，并将小虎头帽和缀满金铃的小虎头鞋也为孩子穿戴整齐。

众人看后，都不禁连连称赞："小哥儿这一打扮，真像天上的童子下凡呀！"

"是啊！说不定真是麒麟送来的呢！"

吉祥姥姥笑道："那还用说！怕是连观音菩萨身边儿的善财童子也比不上呢！"

正说着，小阿哥突然哭了起来，众人一通好哄，才止住哭声。

这时，只见明珠小心地从锦盒里取出一个累丝多宝赤金麒麟长命锁，道："这是太后恩赐的！"说着，便将其为儿子仔细地戴在了胸前。

众人齐赞皇恩浩荡！此时，就见丫鬟来报："启禀奶奶，屯里的百姓们分完汤面，又都围着咱们家的大门儿，讨洗儿钱呢！"

吉兰泰一拍脑门儿，笑道："瞧我这记性，怎么把这事儿都忘了！说着让果儿取了三十吊钱，分赏给下人及众乡邻。随后又重金酬谢了吉祥姥姥，并将那用红麹连壳煮熟的鸡蛋和擀好的喜面，分送给亲朋好友，众人方才散去。

晚上，觉罗氏终于在孙嬷嬷与张氏的帮助下，让小阿哥吃上了第一口亲娘奶，体会着初为人母的甜蜜和喜悦。喂完奶，张氏将小阿哥抱至暖阁安睡，丫鬟婆子们也都退至外间上夜听使唤。

明珠好奇地问妻子施粥的缘由，觉罗氏道："自老僧走后，我就一直琢磨着如何用那五十两银子扶弱济贫，在与张氏的叙谈中得知，原来这皂荚屯的百姓们，竟过得如此清苦！眼下天气寒冷、年关将至，却还有衣不蔽体，食不果腹的！于是，便发愿施粥一月，除夕为全屯的乡亲们包饺子吃，也让他们过个好年。"

明珠听后，对妻子敬佩不已！忙说："夫人真是菩萨心肠！过了满月，银子若还有剩余，就叫人置办些衣物来，顺便叫府里的人也看看，谁有不穿的旧衣物，都挑出来，一并也发给那些穷苦百姓吧！"

觉罗氏笑道："如此这般，甚好！"

此后，思源庄日日门庭若市，皂荚屯明大人乐善好施的美名，便传了出去。

眼看到了满月，可小阿哥的名字，却依旧没个着落！众人都在为起个满人名儿还是汉人名儿而各持己见。

第六章　古老的歌谣

吃过满月酒，一家人聚在一处商量了起来。见众人仍没个主意，吉兰泰笑道："要我说哪有那么麻烦？学了半天汉人的繁文缛节，又是看五行，又是测八字的！结果怎么样呢？名儿倒是没少起，还不是一个也没瞧上？"

郑库道："是啊！咱们必定是旗人，还是按照老祖宗传下来的规矩，以小儿落草时，爹娘第一眼所见之物为名，不就结了？！"

果儿忙凑过来说："对对！听人说，这名儿越贱，孩子越好养活！"

吉兰泰斥道："你懂什么？少多嘴！"果儿一伸舌头，退到了一边。

觉罗氏想了想说："依我之见，要两者兼顾才好！既合老祖宗的规矩，又能引经据典，这名儿叫出来，要有深意内涵，让汉人听着也得像那么回事儿！毕竟咱们已入关多年，不比从前了。"

明珠拍手道："正是！正是！自先皇即位以来，便极力推崇汉文化，就连当今皇上的名儿，都取五福临门之意。我们原为海西女真，我的名儿也是阿玛依'江出大贝，海出明珠'所起，希望我不要忘了根本，有朝一日也能光耀门楣！"众人听后，都连连点头。

吉兰泰忽然灵光一现道："要不这么着，你们夫妻俩先说说，小哥儿落草时，最先看到的是什么？然后，咱们再依满语的发音，寻个汉文的典，岂不两全其美？！"众人都一致赞同。

觉罗氏道："还是让他说吧！我在炕上，能见着什么？"

明珠道："别说，那一日，我倒真有所见！"众人都睁大了眼睛。

只见，他接着说："我看见一道红光从天而降。"

吉兰泰惊奇道："阿弥陀佛！这么玄乎！咱们哥儿莫不是天神下界啊？"

郑库忙问："此话当真？"

张氏一旁证实道："老爷，是真的！奴婢在院子里也瞧见了！红光一落，就听见了小公子的哭声！"

众人听罢，都议论纷纷，啧啧称奇。

觉罗氏忽又想起了什么，忙说："记得当晚，你还跟我说做了个什么梦？"

明珠一拍手道："对对！我梦见天上有条青龙，一颗红星异常闪耀，却从龙身滑落！记得夜里还请夫人解梦，夫人说，那是苍龙之心……"

"不错！我猜那是东方青龙的心宿商星……"

众人闻言，都向觉罗氏投来了惊异的目光。

吉兰泰好奇地问："此话怎讲？"

觉罗氏若有所思地说："古人将全天的二十八星宿，依东、南、西、北四个方位分为四个部分，并用四种与之相象的神兽为其命名，称为'四象'，这'四象'分别为：东官青龙、南官朱雀、西官白虎、北官玄武，每一'象'又由七个星宿组成，记得那晚他说青龙现于东方，这红星又在龙腰之上，故而猜其为'心宿商星'"。

众人听罢，无不叹服！

吉兰泰称赞道："哎呀呀！想不到弟妹竟是个上知天文、下知地理，满腹经纶的女翰林呢！"

觉罗氏笑道："嫂子过誉了！我打小喜欢看星星，这些不过是在宫里，听一个洋道士说的，他倒是学贯中西，精通天文历法。"随后又眉头一皱："只是我也有疑惑之处……"

明珠忙说："夫人快快讲来！"

觉罗氏道："心宿本有三颗星，正中主位又大又红的为商星。另有两颗小星在其左右，古人说'心宿三星，天之正位也。'若主星离位，不知是何征兆？且这心宿商星，本应夏季出现，又如何会落于冬夜？"众人面面相觑不明所以。

第六章 古老的歌谣

吉兰泰见众人都木在那里，便急忙说："哎呀！先别管什么星不星的了！眼下起名儿要紧！对了这星用咱们满语怎么说来着？"

郑库道："chengde。"

吉兰泰忙说："对对！chengde，端范，快想想有什么汉文对应的典没有？"

明珠想了想道："chengde，汉文的译音便叫……'成德'"。

觉罗氏问："可有典故么？"

明珠笑着说"要论这典还真有！"

众人高兴地连忙催促："快说！快说啊！"

明珠想了想道："记得年少时，何先生常对我讲'君子以成德为行，日可见之行也'，意思是说，人若想成为一个君子，就要以成就德行，作为自己行为的根本，而德行的修炼，便要在日常的行为之中，处处以君子的标准来要求自己，方可成就。"

郑库拍手道："这个好！就叫'成德'吧！"众人都一致赞同。

此时，就见悠车里的小阿哥摇着摇着突然哭了起来！张氏连忙抱起来哄，却怎么也哄不好，又到暖阁里喂奶，却依然无济于事。

此时，觉罗氏忽然想起了什么，忙说："清儿，快将玉匣里的锦囊拿来。"清儿应了一声，便将锦囊拿出交给了夫人。

吉兰泰好奇地问："这又是什么物件儿？"

觉罗氏道："这便是我和您说过的锦囊了，高僧叮嘱非满月而不能打开，也不能戴，才刚想起，今天正是日子！"说着，她小心地将其打开，只见里面有一颗红色的丹丸，似是朱砂，随后又见一小卷白绢，展开一看，原是一首诗，便轻声念道：

明心见性不染尘，因缘前定哪由人？

且容三千花落去，般若楞伽山上寻。

众人见状，忙凑过来看，却都不明所以。明珠边看边小声重复着："且容三千花落去，般若楞伽山上寻……般若楞伽山上寻……"

此时，觉罗氏忽然灵光一现道："我给哥儿取个字，叫'容若'如何？"

明珠忙说："妙哉！妙哉！这两字竟可生出无限意来！"

觉罗氏道："是啊！那'般若（Bo re）'虽为梵音，但实为智慧之意，汉字的'若'，又饱含无限的可能；'容'字就更好解，《尚书》言：'有容，德乃大'！况且，那《千字文》中也说：'容止若思，言辞安定'，只愿这孩子别像他果洛玛法（外公）那样……"说着，竟不禁潸然泪下。

明珠轻抚着妻子的肩膀，吉兰泰忙安慰道："好啦！好啦！今儿是哥儿大喜的日子，都过去了！别难过了……"

郑库一旁说："不错！'容'与'若'合二为一，取其意，又不局其意！竟可生无限意，令人回味无穷！"

这时，觉罗氏擦了擦脸上的泪道："这字，好虽好，可这诗……又为何意呢？"

吉兰泰也疑惑着说："是啊！听着像是偈语，令人琢磨不透……"

见孩子仍在哭，明珠道："这锦囊为高僧所赠，专为我儿护身之用，想来必有非凡之处。快将它收好，给小儿戴上吧！"

月儿忙将锦囊拿了过去，刚要戴在小阿哥身上，就见这孩子竟止住了哭声，挥舞着小手一把将其抓了过去，玩着玩着，嘴里竟还咿咿呀呀地说个不停，众人见状都笑了起来。

春去秋来，小容若已开始蹒跚学步，不满周岁便会开口叫人，两岁可拿笔写字，三岁竟能背唐诗百篇，众人无不称奇。

一天晚上，觉罗氏正在灯下做针线，忽听小容若说："慈母手中线，游子身上衣……"此时，就见灯花一跳，清儿忙用剪刀将其剪断，而蜡烛却已燃了大半，烛泪不断地涌下，堆积了厚厚的一层。这一幕正好被小容若看见，只见他像小大人儿似的说："春蚕到死丝方尽，蜡炬成灰泪始干……"

觉罗氏闻言，忙将儿子叫到跟前，一脸慈爱地问："你刚才说的是什么诗呀？"

小容若稚气地答："一首是唐代诗人孟郊的《游子吟》，另一首是李义山的《无题》"。

她满意地点了点头，接着又问："那你知道它们是什么意思吗？"

小容若道："怎么不知？诗中所说，便是孩儿眼中所见呀！"

觉罗氏听后，心中欢喜不已。随后，便放下手中的针线，将他抱在了怀里，轻声问："那你能告诉我，最喜欢哪首诗吗？"

这时，就见小容若趴到桌上，用尽全身的力气将蜡烛吹灭。正当众人不明所以时，小容若早已跑到了窗边，爬上了凳子，指着外面说："额莫，您看！"

顺着孩子的手望去，只见初秋的夜色分外和美，窗外花树婆娑，皎洁的月光倾洒进来，所照之处都蒙上一层银霜。这时，小容若慢慢地从凳子上下来，走到月光之中，背着小手吟诵道："床前看月光，疑是地上霜。举头望山月，低头思故乡。[1]"众人见此情景，都不禁鼓起掌来。清儿又将灯重新点上，小容若跑到母亲跟前稚气地说："额莫，您知道我为什么最喜欢这首诗吗？"

1、注释：此版《静夜思》为清康熙皇帝钦定的《全唐诗》所载，与宋代版本相同，应是李白的原诗。现今流行的版本，则为清乾隆年间蘅塘退士所编的《唐诗三百首》所载，为后人改动版本。

觉罗氏微笑着摇了摇头。

小容若眨了眨眼睛，认真地说："因为这是额莫教给孩儿的第一首诗呀！"

一句话说得她心里痒痒的，不禁高兴地将儿子一把抱起："是嘛，原来是这样呀！"说着，便朝儿子的小脸儿上不住地亲了起来，小容若被亲得咯咯直笑，众人见状也都跟着笑了起来。

玩笑过后，就听小容若问："额莫，诗里说'举头望山月，低头思故乡'，那我们的故乡在哪儿呀？"

一席话，问得屋里瞬间安静了下来。

觉罗氏抱着儿子坐在了床边，沉默了许久才缓缓地说："额莫的故乡在满洲，容儿的故乡在……在遥远的大草原上……"

小容若一脸的好奇："咦？我不是额莫生的吗？我们的故乡不在一处吗？"

觉罗氏望着儿子稚嫩的小脸，慈爱地说："容儿说得对！我们是在一处……都在……大草原上……"

小容若接着问："那大草原长什么样子？好玩儿吗？"

觉罗氏柔声说："好玩儿呀！有蓝蓝的天空、白白的云朵、飞翔的雄鹰、成群的牛羊，还有……奔驰的骏马和……动听的歌谣……"

小容若睁大了眼睛，兴奋道："哇……那么美啊！我最喜欢阿玛带我去骑马啦！那咱们什么时候回去呀？"

觉罗氏微笑着摇了摇头："太远了……你还小，等容儿长大了再去，好不好？"

小容若皱着眉头，撅着小嘴道："那要等好久！我现在就想去嘛！"

觉罗氏摸了摸儿子的头，轻声说："那额莫给你唱支歌好不好？听着

第六章 古老的歌谣

它，就能回到故乡的草原了……"

容若高兴地拍着小手说："好呀！好呀！"

这时就听觉罗氏唱道：

（蒙古语译音）

（Botguni duu）

<1>

Jergelgend tunuljah aluscasaa

Jirbishin toroljaho ej mini uu de

Buliyen sugee ibluulseer

Bung bung tesuulseer irebuu de

<2>

nararan huruilah hundeigeren

Nashilanghan toroljahn ej min uu de

Ulemjin hairan ibluulseer

Ur dee yaarsaar irebuu de

<3>

borcaglan shirgaldoh gobesee

Boilanghan toroljahn ej min uu de

Nalgarhan shirgal talaasa

Nadadaa yaarsaar irebuu de

【歌词大意】

《驼羔之歌》
多想那 迷雾中 飘忽的美景
是妈妈 那无限 温柔的眼睛
多想那 空气里 淡淡的清香
是妈妈 哺育我 甘甜的乳汁
多想那 高山间 飞越的流云
是妈妈 寻找我 坚定的脚印
多想那 天空中 漫舞的清风
是妈妈 心里面 牵挂的呼声
多想那 常浮现 脑海的嘶喊
是妈妈 真切的 长长的思念
多想那 在耳边 萦绕的驼铃
是妈妈 期盼我 脉脉的温情
多想那 空气里 淡淡的清香
是妈妈 哺育我 甘甜的乳汁

悠扬的曲调婉转动听，令小容若如痴如醉，一曲唱罢，屋里的人也都被深深感染。小容若抬起头，见母亲的眼中竟噙满了泪水，忙用小手为母亲擦拭，边擦边说："额莫您怎么了？额莫不哭……"

觉罗氏握住儿子的小手，放在唇边，轻吻着说："额莫没哭，只是额莫也想额莫了……"

第六章 古老的歌谣

小容若好奇地问:"额莫的额莫是谁?她在哪儿?"

觉罗氏擦了擦眼睛,微笑着说:"额莫的额莫就是容儿的果洛玛姆,也就是汉人口中的外祖母,她在遥远的科尔沁大草原上……"

小容若眨了眨眼睛,关切地问:"那就她一个人吗?会不会害怕?"

觉罗氏笑着说:"不会呀!因为她是大英雄成吉思汗的后代,那是她的故乡……容儿刚才听的歌,就是额莫小时候,你果洛玛姆唱给我的。"

小容若眨了眨眼睛,羡慕地说:"哇!真了不起!额莫,容儿长大了也要当大英雄!"

觉罗氏笑道:"好呀!容儿一定会成为了不起的大英雄!"

随后,又见他好奇地问:"这歌唱的是什么?我怎么听不懂?"

觉罗氏笑了笑说:"这是一首流传在大草原上的古老歌谣,是用蒙古语唱的。听说在很久以前,草原上的母驼每逢产子却又不愿喂养它的小驼羔时,人们就会用温柔的嗓音唱起这支歌,而疲惫不安的母驼每当听到这动人的旋律,便会流下感动的泪水,唤起母爱,然后打起精神去喂养它的孩子。"

小容若听后,连忙抱紧了母亲,撒娇地说:"还是额莫好!母驼真坏!"

觉罗氏搂着儿子宠溺地说:"好了,我的小驼羔!快去睡吧!"

小容若撅着嘴巴道:"不嘛!我要跟额莫睡!我要额莫拍拍,还要听额莫唱歌……"

觉罗氏怜爱地说:"好好,额莫拍拍……"说着便将儿子搂在怀里,边拍边又唱了起来:Jergelgend tunuljah aluscasaa……

第七章 世外奇人

第七章　世外奇人

　　容若的超凡天资令明珠夫妇引以为傲,视若珍宝。不到五岁,便已熟读宋词,过目不忘。什么《三字经》《百家姓》《千字文》《千家诗》《增广贤文》……更是倒背如流!父亲的书房,成了他最好的去处,每日里求知若渴,手不释卷,小人儿还没桌子高,竟已开始读起《元曲》来,众人见状都忍俊不禁、啧啧称奇。觉罗氏深知,容若天赋异禀,如今自己已无力引导孩子的学习,他进步得太快,必须为儿子找到一位学识渊博、德才兼备的好老师方可促进他的学业。

　　可喜的是,功夫不负有心人,经过几年的寻找,何先生终于有了下落。明珠忙派大顺儿南下去接,并花重金请来了最好的满、蒙语教习和巴图鲁,教容若满、蒙语和武功骑射。

　　从此,五岁的容若生活得倍加充实。每日寅正起床,陪母亲上香诵经后,便开始到父亲的书房读书,由母亲陪着背诵经典。卯正练拳习武,辰正学习满、蒙历史及语言文字并练习书法,中午休息一会儿,下午便开始跟随巴图鲁跃马西山，练习骑射，晚上则一头扎进诗词的世界，如痴如醉……

一个暮春的午后，小容若刚要跟随巴图鲁出门骑射，忽见垂花门处有个小女孩，扒着半开的门扇朝里边望。

"你是谁？是来找我玩儿的吗？"小容若好奇地问。

只见女孩摇摇头，怯生生地躲到了门后。

小容若三步并做两步地跑上前去将门推开，小女孩吓得刚要往外跑，却被容若一把抓住："别怕！我不是坏人，能告诉我你是谁吗？到这里做什么？"

不待女孩回答，门外的小厮却闻声跑来，忙问："少爷有何吩咐？"

容若道："这没你们的事，下去忙吧。"

小厮应了一声，刚欲转身，却看到了躲在容若身后的小女孩，厉声道："哎？这是哪来的野孩子？谁让你进来的？！"

女孩儿吓得瑟瑟发抖，而小容若却不慌不忙地说："哦，她是我朋友，骑射时认识的，是我请她来的。"

小厮们见状，连连称是，忙退到了门外。

见两下无人，小容若转身道："看！我是好人吧！"说完，便咧开小嘴儿嘿嘿地笑了起来，露出了两个迷人的小酒窝。小女孩儿也似乎不那么怕了，冲着他报以浅浅的微笑。

"这下你该告诉我你是谁了吧？"

见小公子问，女孩用细微的声音说："我叫妞妞，是来找我娘的。"

容若好奇道："你娘是谁？我认识吗？"

女孩说："我娘是这里的奶妈。"

容若惊讶道："不会是我的奶妈吧？"

小女孩点点头又犹豫地摇摇头。

"那你找她有什么事吗？"

谁知，女孩儿闻言，竟忍不住哭了起来。

这下可让小容若着了慌，忙拉着她跑进院儿里，边跑边叫："张嬷嬷，张嬷嬷，您女儿来找您啦！"

张氏闻言，忙从厢房跑出，怕冒犯了夫人刚要把她拉进屋里问话，却被闻声走来的觉罗氏止住。张氏见状忙拉着女儿跪下，口中连说："夫人恕罪！夫人恕罪！"

觉罗氏在丫鬟婆子们的陪同下，走到院中，将张氏和小女孩搀起，笑着说："你何罪之有？别吓着孩子，起来说话。"

张氏连忙叩头谢恩。

觉罗氏见小女孩脸上还有未干的泪痕，便用手绢轻轻地帮她拭去，边擦边说："瞧这可怜见儿的！今年几岁啦？到这干什么来了？"

小姑娘吓得忙躲到了母亲身后，张氏用力将她拽出，斥责道："没规矩的东西！夫人问话，还不快说！"

这时，小女孩才忽闪着湿湿的睫毛，怯生生地说："我叫妞妞，今年七岁，来找我娘。"

"找你娘有什么要紧的事儿吗？"觉罗氏接着问。

谁知，小姑娘竟又抽泣起来，张氏照着她的后背就是两下子，"哭什么哭？快说呀！"

小姑娘哽咽着说："我奶奶和姐姐都病了！弟弟得了天花，烧了两天了！家里只有哥哥，是他叫我来找娘的！"说着又抽泣起来！张氏一听也傻了眼，半天回不过神儿来。

原来，这大顺儿的父亲，已于多年前过世，如今家中只有一个老母亲。自张氏出来后，家里的境况虽说宽裕些，但照顾四个孩子的担子却都落到了婆婆身上。再加上小儿子不到三个月就断奶，自幼体弱多病，而老人家也由于长年的积劳成疾，终于倒下了。

觉罗氏听完妞妞的话，心里不是滋味，忙叫账房支出二十两银子送与张氏，嘱咐道："快回去吧！这些年也辛苦你了！"

张氏以为夫人要赶她走，吓得连忙下跪，不肯收钱。

觉罗氏看出了她的顾忌，忙说："这银子是给老人孩子瞧病的！你丈夫南下不在家中，有什么难处尽管找我。等家里没事了，再回来！"

张氏闻言，这才把心放下，千恩万谢。刚要起身拉着女儿走，却被觉罗氏止住，"这孩子留下吧！"张氏不明所以。

觉罗氏道："亏你还是个当娘的！家里人出了天花，孩子们避之不及，你却还让这丫头回去！若是染上了可怎么好！"

张氏连忙下跪，将妞妞也拽着跪了下来："没眼色的东西！你可有福啦！还不快谢过夫人！"妞妞忙给觉罗氏叩头谢恩。

这下可乐坏了小容若，忙拉着妞妞的手说："往后你就在这陪我玩吧！"小女孩起身，擦干脸上的泪痕，点了点头。

此后，妞妞就留在了觉罗氏的身边，由清儿月儿教她规矩，学习针线。虽然只比容若大两岁，但每日里，却像个小大人儿似的把小主人照顾得无微不至，容若也因为身边多了个玩伴而开心不已。

半个月后，大顺儿终于将前朝榜眼何瑞徵从南方接了回来。明珠欣喜万分！思源庄大宴三天，为何先生接风洗尘。

大顺儿也因此得到了重赏，可没过多久，迎接他的，却是长女、幼子相继夭折，母亲过世的消息。大顺儿悲痛万分，明珠极力安抚，不但赏银帮他料理家人后事，还将他妻儿接入府中，让他永无后顾之忧。

从此，张氏继续在思源庄照顾容若，长子茂儿则陪容若读书骑射，颜氏一家对纳兰府更加感恩戴德，尽心尽力！

明珠对奉何先生为上宾，尊崇备至。师生多年未见，感慨万千，自有许多说不完的话。

在与先生的交谈中得知，原来何先生这几年，果然云游四方！不但走访了全国的名山大川，甚至到访过西藏、台湾、朝鲜、爪哇等边境及附属国，真是眼界大开，见多识广，更与从前不同！如今，还在江南结交了众多的文人才俊，令明珠钦佩不已。然而，当他得知明珠要让他来教不满五岁的容若时，却提出了三个条件：

第一、先要看看孩子的资质，便于因材施教；

第二、孩子年龄尚幼，需以基本功为主，即便从前学得再多，也要由他从头调教，从零学起；

第三、自己既已隐世，便与名利无关，今后不许对任何人提起他的姓名和身世。

明珠连连点头，一一应允。而当小容若走到先生面前时，他还是被眼前的这个小人儿，深深地触动了！

行过拜师礼后，只见何先生端坐在太师椅上，捋着胡子眯起眼睛问："都读过什么书呀？"

小容若毕恭毕敬地深施一礼道："回先生，弟子未曾读过什么书。"

何先生惊讶道："哦？不是说，你已熟读诗词，能默百篇吗？"

小容若又深施一礼道："回先生，学生以为的书是指四书。"

先生点头笑道："嗯！听说你喜欢唐诗宋词，那就背上一首来听听！"

小容若随口诵道：

"田家少闲月，五月人倍忙。
夜来南风起，小麦覆陇黄。
妇姑荷箪食，童稚携壶浆，
相随饷田去，丁壮在南冈。
足蒸暑土气，背灼炎天光，
力尽不知热，但惜夏日长。
复有贫妇人，抱子在其旁，
右手秉遗穗，左臂悬敝筐。
听其相顾言，闻者为悲伤。
家田输税尽，拾此充饥肠。
今我何功德？曾不事农桑。
吏禄三百石，岁晏有余粮，
念此私自愧，尽日不能忘。"

何先生听罢，惊讶地问："那么多诗词，为何独背这首？"

小容若指了指外面的天气说："此时正值五月，天气炎热，每当我随巴图鲁出去骑射时，见到田园中的景象，便会想起白居易的这首《观刈麦》，那些人真是太可怜了！"

随后，又歪着小脑袋问："先生，您说为什么同样是人，我们就不用那么辛苦地劳作，而他们却要忍受烈日的灼晒和辘辘的饥肠呢？"

一席话，竟问得先生沉默了许久……

明珠见状，忙让容若退下，拱手施礼道："犬子无礼！恩师莫怪！"

何先生却站起身，摆摆手说："贵公子如此早慧，令老夫汗颜哪！我何怪之有？难得的是，他小小年纪，竟有如此悲天悯人的情怀！实在难能可贵!"

明珠忙施礼道:"恩师过奖了,还望先生严加调教!"

何先生点了点头。

明珠又迟疑道:"犬子虽说聪慧,但抓周时却抓了个海红豆的菩提手串,不知是何征兆?着实令人忧心啊……"

不料,先生却笑了笑说:"世间最难得的,当是一个'情'字,贵公子小小年纪,便懂得惜弱怜贫,将来必是一位至情至性的真君子!此乃你明大人之福!本应高兴才是啊!"

明珠闻言连忙施礼:"学生愚钝!恩师教诲的是!"

从此,何先生正式成为了容若的塾师。见他基础扎实,便直接从四书教起,更教他临摹名家碑帖,研习书法,闲暇时还为他讲天文历法和自己这若许年来游历天下的奇闻异事,听得小容若如醉如痴!

何先生视容若为百年一遇的奇才,真可谓知无不言言无不尽,将全部心血都扑在了他的身上!而小容若对何先生更是无比的敬重,亲如祖孙。在他幼小的心目中,先生就是天底下最有学问的人!他求知若渴、勤奋好学、天资聪颖、爱好广泛,短短两年的时间,竟已熟读四书,成了上知天文、下知地理,远近闻名的'小神童',连父亲明珠也问不倒他!先生看在眼里,喜在心间!

每逢腊八至春节,思源庄都会施粥济民,人们都说,这是小公子洗三施粥后,留下的惯例!如今更能以得到小容若的春联、福字为荣!坊间都说他天生慈悲,是观世音菩萨送来的小福星。

顺治十八年辛丑,清世祖福临驾崩,皇三子玄烨继位。以索尼、苏克萨哈、遏必隆、鳌拜为辅政大臣。罢十三衙门,复设内务府。

二十六岁的明珠,终于结束了十年的銮仪卫云麾使生涯,成为内务府郎中。六岁半的儿子，成了他最大的骄傲与自豪！他决定要大规模扩建纳兰封地的庄园，为儿子营造更好的生活环境！于是他不惜重金又建造了一座新的田庄，取名新庄。并请风水先生为儿子精心挑选了一处三面临水的宝地，据说此处，曾是明朝榆河驿的粮仓。在何先生的建议、指导下，占地两百余亩，建起了一座颇具江南风韵的花园宅邸，专供儿子读书之用，取名"纳兰郊园"，后人称之为"明府花园"。

郊园建好后，小容若非常欢喜！觉罗氏也饶有兴致地带着众人将园子逛了个遍。

只见，整座庄园布局考究，幽雅别致。园外建有花园大道，一座大影壁立于道南正对着大门。大门一间，角门两座，青砖围墙，一条甬路由正门直通内院，整座四合院为五进式，雕梁画栋，气势非凡！两侧又与多个跨院相互联通，真是错落有致，四通八达！院落西侧为庄园的更道，此道南达玉河上的永通桥，北达龙湾子上的小桥。更道的西北部建有花园，佳木茏葱、奇花烂漫、山坡起伏、曲径通幽。西南部则为莲池，碧波荡漾，雕栏水榭、荷叶田田、楼阁翼然。在花园与莲池之间铺有青石小路，设有西门口。更道的东北部则为马圈、车库和下人的居所，在马圈与车库之间又设有东门口。

小容若就像一匹脱了缰的马驹儿，在园子里尽情地撒欢儿，跑来跑去！妞妞和茂儿则紧随其后，上气接不上下气地连声说："小公子慢点儿！小公子慢点儿……"

觉罗氏见状不禁笑道："看孩子们多开心哪！这的确比旧宅子宽敞了许多！"众人也都笑着连连称是。

从此，容若一家正式搬到了这里，而思源庄则成了明珠收取田租的"凉银场"。

为了更好地经营田庄、管理郊园，觉罗氏开始大规模地招募佣工仆役。消息一经传出，十里八村的穷苦百姓都跃跃欲试，道是苦日子有了盼头儿。纳兰家的乐善好施有口皆碑，对待下人又极好，众人皆以能到明大人家做工为荣，无论男女老少，都纷纷争相应聘。就这样，经过一轮又一轮的精挑细选，纳兰家又多了数十名佣人，分管各处。而大顺儿则由于办事得力，深受信任，荣升为纳兰家的大总管。但他并未因此恃宠而骄，反而深感责任重大，更加兢兢业业，尽心尽力。

从此，莲池与西花园成了小容若的读书习武之所，而何先生却并未教他"五经"，而是让他继续研读"四书"。

小容若不解地问："先生，《大学》《中庸》《论语》《孟子》学生均已读过，为何还要读？"

何先生却笑笑说："那算不得读，只能算是浏览罢了！知其然，还要知其所以然，方为真学问！但如何才能知其所以然呢？"

小容若想了想，突然眼睛一亮，道："子曰：温故而知新可以为师矣；古人云：书读百遍，其义自见。"

先生听罢，笑着点了点头，随后又说："光读百遍还不行，为师还要让你会背、会写、会解，你可做得到吗？"

"嗯！学生做得到！"小容若坚定地点了点头……

光阴似箭，又过了两个寒暑，容若不但在学业上大有长进，骑射的功夫也已相当了得！可以百步穿杨，箭无虚发。摔跤更是深谙要领，就连成年的壮汉也将他奈何不得！

而他却并不满足于此。闲时不但研读兵法，更由衷地倾慕中华武学。不仅对历代武林高手如数家珍，更梦想成为一个文武双全、拥有绝世武功的大英雄！像辛弃疾那样金戈铁马，气吞万里！像戚继光那样大展雄略，保卫家国。

俗话说，知子莫若父，容若的心思，明珠又怎会不知？只是新皇登基，自己忙于政务，又受形势所限，很难为儿子去找一位称心的师父，为此苦恼不已。

一日傍晚，明珠与何先生漫步园中，见容若正独自一人在莲池高处的碧波亭内读书，便沿着石阶走上前去，而小容若却由于太过投入，竟未发觉。明珠笑问："不是去骑射了吗？怎么倒在此处读起书来？"

容若闻言，吓了一跳，忙起身施礼道："儿子不知阿玛到此，请阿玛原谅！"随后又说："见过阿玛，见过先生。"

明珠与何先生相视一笑，便坐了下来。小容若却毕恭毕敬地继续说："儿子方才骑射回来，见此处烟柳斜阳山如黛，风定池莲自在香，好个清幽的所在，便退却旁人，读起书来。"

"嗯。"明珠点点头接着问："读的什么书啊？"

容若双手将书呈上："回阿玛，是戚大将军的《纪效新书》。"

明珠接过书，翻了几页，皱着眉头道："既是兵书，为何不读《孙子兵法》？"

小容若眨了眨眼睛说："孙武兵法，孩儿也在读，但此书是戚大将军在承习孙武之法的基础上，结合其所练士卒的实战经验，总结而出。言语通俗，易学易记，故而拿来研读。"

明珠点了点头，又将书还给容若。

何先生则眯起眼睛，捋了捋胡子继续问道："那么何为'纪效'何又为'新书'呢？"

容若道："所谓'纪效'即说明非口耳空言，乃实用有效之法。所谓'新书'即说明其出于孙武之法又不泥于其法，合时措之宜也。"

第七章 世外奇人

何先生闻言连连称赞:"说得好!说得好啊!"

可是小容若却皱着眉头说:"书中要求将帅不但要有带兵制敌的文韬武略,而且还要精通各种技艺,做士卒的表率,可是学生虽然倾慕中华武学,却只懂得摔跤骑射,对十八般武艺,则无一精通……"说着,便落寞地低下了头。

此时,就见一个丫鬟来说:"老爷、公子,夫人那里传晚饭了。"

明珠起身,刚欲请先生一同前往,却听容若说:"阿玛,这里景色宜人,又比内院凉爽,何不在此用饭呢!"

明珠笑道:"这个主意好!即可赏景纳凉又可把酒言欢。"

何先生也一旁笑着点头称是。

不一会儿,酒菜摆上,觉罗氏也在丫鬟婆子们的跟随下来到亭中,一同落坐。她看了下四周,笑着对众人道:"别说,之前还真没在意这里,放眼一看哪,你们猜怎么着?"

众人不明所以,都向她投去了好奇的目光。

就见她用手帕掩嘴"噗嗤"一乐:"还真像我怀容儿时,梦中的所到之处!只是这水面窄了些,莲池也小了点儿。"

明珠笑道:"夫人所见,乃梦中仙境。眼下这莲池虽小了些,但若想梦境成真,也并非难事。"

觉罗氏疑惑地说:"难不成这刚建好的园子,还要拆了重修吗?"

明珠摆摆手道:"夫人莫不是忘了,自任銮仪卫后,咱们在城里原本分有房子,只是受官职品阶所限,院落尚小,且咱们家人丁单薄,这里又有田庄,恐无人照料,才未入住,但那位置却极好。"

觉罗氏点点头道:"是啊!虽说离后海不远,但毕竟不临水,宅子还是闭塞了些。"

可明珠却说:"那片地,是皇上分给咱们正黄旗人的,虽说现在闭塞了些,今后我若升了官,保不齐还能换个临海的大宅子,到时候怎么建还不是夫人说了算吗!"

众人听后,都哈哈笑了起来,共同举杯,祝明珠早日升官。

酒过三巡菜过五味,众人的话题,又回到了容若的身上。

何先生说:"贵公子小小年纪竟有鸿鹄之志,实在难能可贵!明大人既已改任内务府,何不趁职务之便,为公子觅一位如意的武师,传授中华武学呢!"

明珠却放下酒杯,若有所思地说:"先生有所不知,这也正是学生的为难之处。"

"哦?说来听听!"

见先生不解,明珠道:"如今前朝的永历帝虽被吴三桂擒获,残明的政权也终至灭亡,但朝廷有令,汉人不得聚众习武。而那南少林寺也因参与反清复明而被朝廷镇压,且因'迁界'政策,被烧得灰飞烟灭!嵩山少林寺又受到监视,寺僧亦不可习武。各武林门派皆隐于民间,不敢出头啊!"

觉罗氏道:"难不成这世上,竟无授武之人了吗?"

明珠摇摇头:"也不尽然,如今货运繁多,漕运发达,唯有押送货物的镖局尚有授武之风。"

觉罗氏笑道:"那你从镖局为容儿寻个师父不就结了。"

明珠苦笑:"谈何容易!那镖局事务繁忙,好的武师供不应求,哪里寻得出人来?"

小容若一听,顿觉没了希望,神情更加落寞。

何先生闻言,放下了手中的酒杯,若有所思地说:"老朽在游历江

第七章 世外奇人

南之时，倒结识过一位世外奇人！堪称真正的文武全才！想我如今年过半百，也算有些个见识，但如此奇人，纵观海内，云文云武，真是罕有与之匹敌者。"

觉罗氏好奇地说："哦？奇在何处？"

何先生道："此人不但高才博学，诗文了得！更通经史，武功绝世！最奇的是，竟可将天下武学汇集于心，融会贯通！且对兵法与武学的研究更是颇有建树！达到了炉火纯青的境界！"

明珠闻言，惊喜地说："世间竟有如此人物！不知此人姓甚名谁，所居何处？"

小容若也顿时来了精神，眼睛不眨地竖起耳朵认真倾听。

只见先生笑了笑说："此人行踪不定，江湖人称'真如武仙'。姓吴名殳字修龄，本为江苏太仓人，后因入赘到昆山，遂占籍昆山是也！"

听到此处，明珠早已心潮澎湃，激动地说："若能将此高人请到舍下，传授小儿武艺，学生愿倾尽所能，与恩师一同，奉为上宾！"

不料，先生却皱起眉头，捋着胡须，长叹一声道："这却难哪！"

众人面面相觑，不明所以，急得小容若差点哭了出来，颤声问："这是为何？"

先生说："众位有所不知，此人生性孤桀傲岸，视金钱如粪土！淡泊名利且重前朝气节，莫说是您明大人请，只要沾上'满清'二字的边儿，就算是当今皇上去请，料他也绝不出山！"

"这便如何是好！我容儿学个武怎么就这么难哪？！"觉罗氏轻抚着儿子的肩膀，焦急地说。小容若也充满期待地望着先生。

只见何先生眨了眨眼睛，轻叹一声道："需想个变通之法才是啊！……"

明珠闻言，顿觉有了希望，忙起身离座，深施一礼道："先生既举荐此人，想必定有变通之法，若能如我儿心愿，学生全家定当感激不尽！"

何先生见明珠一家都站了起来，忙起身还礼道："明大人言重了！夫人公子快快请坐。"说罢，众人又重新落坐。何先生沉思了许久，面露难色地说："老夫倒有一法，只是要委屈小公子了！"

容若忙下跪施礼道："先生只管讲来，只要能拜吴先生为师，学生莫说是受什么委屈，就算吃再多的苦，也甘之如饴！"

明珠夫妇见儿子如此，也都点头称是。

何先生见状忙将容若双手挽起，怜爱地说："若让你隐姓埋名，远离父母，寄人篱下，布衣粗茶，你可愿意吗？"

不料，小容若却高兴地说："学生愿意！只要能学到真本事，就算再苦再难我也愿意！"

何先生赞许地点了点头，拍了拍容若的肩膀道："好样的！"

第八章 江南拜师

第八章　江南拜师

何先生所言，令明珠夫妇摸不着头绪，尤其当听到"远离父母"时，觉罗氏更觉心神不宁，忙问："不知先生何出此言？还望明示。"

何先生捋捋胡须说："那吴修龄虽说孤傲，但却是性情中人，与老夫颇有些交情，偶尔也有书信往来……"

明珠道："那恩师岂不暴露了行踪？"

何先生笑道："好在此处乃山野郊园，接我的大顺儿，也确是老夫的远房外甥。我此番前来，只道是去北边探亲访友，行踪隐蔽，他并不知实情。"众人这才放下心来。

先生接着道："前不久得知他又回到了昆山，若委屈令郎以我远房孙儿之名，随老夫南下拜会，想那吴叟岂有不收之理？只是不知明大人与夫人是否舍得？"

谁知，不待父母答话，小容若便高兴地说："此计甚妙！阿玛、额莫，孩儿正想去江南看看！看看是否如诗里说的'日出江花红胜火，春来江水绿如蓝'！还要去听听那寒山寺的钟声，乘着乌篷船，感受那月落乌啼、江风渔火……"正说得起劲儿，却见父母面色凝重，容若心里一沉，眨着一双无辜的大眼睛，不情愿地闭上了小嘴儿。

过了片刻，明珠才开口问："不知此去几时能回？"

何先生笑了笑："这就要看令郎了……"

小容若顿时又来了精神，高兴地说："阿玛，孩儿此去，不但要学武艺，还想到各处走走，长长见识！孩儿会与阿玛、额莫常通书信，阿玛若想儿子了，孩儿回来便是。"

"嗯，也好！"明珠点了点头。

觉罗氏却在一旁忧心地说："如今南边儿的残明政权虽已灭亡，但保不齐那些高举'反清复明'旗号的前朝遗老和汉族文士，还大有人在！我容儿年纪尚幼，这一去倘若暴露了身份，岂不危险？"

何先生闻言，哈哈大笑道："这就要看夫人与明大人，是否信得过老夫喽！"

明珠夫妇见状连忙满脸赔笑："那是自然、那是自然……"

从此，明珠一家便开始忙起小公子南下之事。觉罗氏心疼儿子，生怕容若吃不好，穿不暖，命人备下了大量的衣物和盘缠，还指派了两三名丫鬟书童、家丁保镖，一同前往。

何先生见状苦笑道："若是这番阵势，莫说是去拜那吴殳暴露身份，恐怕南边儿没到，便被那盗匪盯上了！"

明珠深感有理，对妻子宽慰道："何先生所言极是！若想如我儿心愿，保我儿平安，此事万不可声张！咱们家上下也要三缄其口，不得对外人提起，免得走漏了风声！"

觉罗氏点头思量道："那容儿身边，总得有人伺候，要不让茂儿和妞妞跟着吧！"

何先生笑道："普通百姓家的孩子怎会有佣人？况且人多嘴杂，言多语失，难免露出破绽。"

"那这衣物和盘缠……您看？……"

见明珠犹疑，何先生道："盘缠不宜多带，多则生祸。倒是这衣物，你们却真该好好地准备准备……尤其这路上，穿得越破越好！身上的贵重物件儿也要通通取下！"

觉罗氏马上领会了先生的意思，忙叫嬷嬷们为儿子重新赶制粗麻布衣，并向大顺和茂儿借了几件最为破旧的衣服，以备路上之用。

就这样，半个月后，觉罗氏派人为儿子包了艘船，小容若与何先生，终于在大顺儿的护送下，踏上了南下的旅途。为免招眼，明珠夫妇皆未送行，纵有万般不舍，为圆爱子心愿，也只得默佑平安，任他远去。只有张氏带着妞妞和茂儿，在运河码头的岸边，对着容若不住地挥手，目送他渐行渐远……

此时，另一艘船也紧随其后，慢慢起航……

小容若踏着碧波，迎着清风，像只出了笼的小鸟，兴奋地站在船头，欣赏着两岸初秋的景色，愉悦的心情溢于言表。可当他回过身，见千帆争渡的港口离自己越来越远，妞妞和茂儿的身影慢慢消失在岸边，远处的燃灯塔在视野中越变越小、渐渐模糊的时候，一种莫名的感伤竟不禁涌上心头……

自儿子走后，觉罗氏的心仿佛一下子空了！整日里无精打采，茶饭不思，晚上更是辗转反侧，彻夜难眠。

"夫人，看您的眼圈都黑了，人也瘦了不少，有什么针线，我们替您做吧。"

"是啊！夫人，时辰不早了，身子要紧，还是快些安歇吧！"任凭清儿月儿怎么劝，觉罗氏也无动于衷。

"夫人，喝口茶吧！"

直到妞妞过来，她才放下手中的针线，望着小姑娘，出神儿地问："丫头，你说他们现在到哪儿了？"

妞妞不知所措地眨了眨眼睛，咬着嘴唇，摇了摇头。

贵嬷嬷一旁道："夫人莫不是忘了，上次大顺儿去南边接先生，这往返就用了小半年哪！"

觉罗氏点点头说："是了，这才刚过一个来月，想是还有一半儿的路程……听说那边儿冬天阴冷潮湿，没有暖炉和火炕，容儿带的衣物都过于单薄，这些棉袍做好后，要快快叫人寄去才是！"

月儿忙说："夫人放心吧！何先生说的地址，奴婢都让人记下了，到时候儿就以张氏之名寄去。再说，小公子到了，也会马上给夫人写信的呀！"

"是啊！小公子吉人自有天相，一定不会有事的！夫人放心吧。"

见张氏宽慰，觉罗氏长叹一声道："儿是娘的心头肉，自容儿落草，没有一天离开过我的身边儿，他才这么小，就去了那么远的地方……"说着，又垂下泪来……众人也都跟着抹泪。

"倒是你们，这些日子陪着我提心吊胆，寝食难安的！我没事儿，都去睡吧！"

众人面面相觑，哪里敢走，直到夫人再次催促，才各自散去。

大运河闪着粼粼的波光逶迤南下，拍京津沙岸、跨冀鲁平原，连海河、穿黄河、过淮河、越长江，经过两个来月的漫长行程，终于抵达苏州。

"先生您看！姑苏驿！咱们到了！咱们到了！"小容若指着岸上的牌

楼兴奋地叫着。

"是啊！终于到了！"何先生也捋着胡子，露出了笑容。

泊船停稳，小容若兴奋地跳上了岸，"咦？这地面怎么感觉是软的？走在砖石上还是一波一动的？！"

众人闻言都笑了起来，大顺儿道："那是小公子坐船太久的缘故！"

"哎！说错话了吧？咱们船上怎么讲的？"

见小主人问，大顺儿挠挠头，一脸的懵懂。

何先生笑道："要改口！改口！"

他这才恍然大悟，拍头道："瞧我这记性！可我……可我……张不开嘴啊！"

容若笑着说："实在不行，就叫我'容儿'，'容儿'也叫不出口吗？"

大顺儿嘿嘿地傻笑了两声，随后又绷起脸，赶紧摇了摇头。

容若无奈，何先生笑道："那就别言声儿！记住啦？"

大顺儿这才笑着"嗯！"了一声，痛快地点了点头。

容若见日已西斜，拜师心切的他恨不得马上见到传说中的"世外奇人"，也不顾左右，仰着头，快步朝前就走，大顺儿扛着行李，疾步紧追。害得何先生跟在后面，连走带喘地喊道："容若慢点儿，你要去哪？"

听先生叫，他这才放慢脚步，大声说："去找吴先生呀！"

可当他回头望去，那熙熙攘攘的街上，却已不见何先生的踪影，不禁纳闷儿："咦？先生呢？先生哪去了？"

大顺儿也朝后望了望说："刚才还在，怎么眨眼就不见了？"

正当容若疑惑之时，就觉肩上被人狠狠地拍了一下，随后便听到了那熟悉的声音："哈！臭小子！只顾自己，就不顾老夫了吗？"

小家伙这才意识到自己的失态，忙躬身赔礼道："学生一时心急，望先生见谅！"

"嗯！"何先生语重心长地说："出门在外，不比一人在家，不但要兼顾左右，凡事都要三思而行啊！"

小容若忙说："先生教训的是，学生谨记在心，下不为例。"

何先生点点头，低声问："你可知吴先生的住处？"

容若顿时愣住了，呆呆地摇了摇头。

"那你着急走什么呢？"

小家伙不好意思地傻笑起来，露出了两个没替完的小豁牙。

何先生也不禁笑道："看你那副模样儿，跟个小叫花子似的！这吴修龄远在昆山，距此地还有不少路程。现在天色渐晚，依我之见，还是先找个客栈住下，让大顺儿雇辆车，明日再走吧！你们也好换身衣裳，休整休整。"

容若觉得有理，忙点头称是。主仆二人这才注意到彼此的样子，望着额顶长出的头发，都不禁笑了起来。

次日一早，天刚蒙蒙亮，小容若高兴地从床上爬起，见先生和大顺儿还没动静，便一个人悄悄地溜到了街上。此时，卖早点的铺子已掌起了灯火，飘出了袅袅的炊烟，空中还挂着一弯残月和几点晨星。随着断续的鸡鸣，小贩们也开始陆续地出摊儿。

容若呼吸着清润的空气，自由地张开臂膀，奔跑在古老的街头。来到姑苏驿的河边，他尽情地踢了踢腿，打了套拳，连月的疲劳竟都一扫而光，人也变得精神无比！坐在岸边，遥望东方升起的朝霞，他竟感觉比任何一次看到的都美！因为这里，是传说中的江南，一切都是那么的神秘、新鲜！充满了希望与未知……

忽然，他想起了先生的训诫，心里一紧，忙起身，转回头朝客栈跑去。刚到门口,就听先生叫:"容若,容若……"

小家伙暗想:幸亏回来的早!忙答:"先生,我在楼下!"

这时,就听一阵下楼的脚步声,由远及近,容若忙迎上前去,躬身施礼道:"学生给先生请安!"

"嗯!吃过早饭,收拾一下,准备启程吧。"

小容若高兴地应了一声。何先生一捏小家伙的鼻子道:"我还以为你又跑出去了!"

容若一伸舌头,缩着脖子,"嘿嘿"地笑了起来。

早饭后,大顺儿已将车马备好,众人乘车又走了半天儿的功夫,才到达传说中的昆山。

午后的天空飘起了绵绵细雨,远山近树都罩上了一层蒙蒙的雾色。小容若掀开轿帘,被眼前的景色深深地吸引了,不禁由衷地感叹:"真是上有天堂、下有苏杭啊!这烟雨江南,粉墙黛瓦,小桥流水,田园村舍,果然如诗如画,恍若仙境一般!"

何先生坐在一旁,闭目养神,笑而不语。

又不知过了多久,穿过几座村落,转过几条街巷,车马才在一户人家的门前停下。

"哦!终于到喽!"小容若高兴地欢呼着,随后便小心地搀着先生下了车,大顺儿前去叩门,可是叩了许久,也不见有人来开。容若道:"莫不是没人在家?"

大顺儿侧耳趴在门缝,仔细听了听说:"不像啊!里面好像有动静。"

何先生道:"待老夫叫来!"随后,便走上前去,叩动三下门环,高声喊道:"修龄老弟,为兄何瑞徵前来拜会。"

这下,果然奏效!不一会儿,就见一个书生模样的年轻人,将门打开，抱拳施礼道："不知伯父前来，小侄多有怠慢，还望见谅！"

何先生摆手道："不必多礼！无妨，无妨！"

众人这才在书生的引领下，进得院来。

小容若好奇地打量着四周，只见院子不大，却也精巧别致。迎面正房三间，中央一间为敞厅，两侧厢房各五间，前有檐廊贯通，与大门合抱相连，将小院围成天井。外部木构皆为褐色，青石铺地，点缀花树幽兰，与白墙灰瓦相映成趣，更显素雅明净。

未到正房门口，便见一老者，手持拂尘，发髻高束，迎出屋外，抱拳道："瑞徵兄，多年未见，别来无恙！"

何先生回礼道："承蒙修龄老弟惦念，一切安好！"

容若定睛一看，只见此人身着灰布长袍，脚踏云头皂履，凤目银面，骨骼清奇，花白须发，神清气朗。心下暗想：怪道人称"真如武仙"，今日一见，果然仙风道骨、气韵非凡！

行至厅内，两个道人模样的老者纷纷起身，吴先生介绍到："这位是'弓马精绝'的朱熊占，这位便是我常向你提起的'渔阳老剑仙'！"

何先生连忙施礼见过，众人好一阵寒暄……而此时的小容若，却早已沉浸在了自己的世界里，他的心情无比激动！传说中的人物，就这样出现在面前，真像做梦一般！忽然，他发现，两位高人的对面，竟还有两个座位，几桌上的茶杯里，依然飘着热气，心想：莫非还有高人不成？

这时，忽觉有人拽了他一下，只听何先生说："还不快快见过吴先生！见过各位尊长！"小容若一惊，忙回过神儿来，跪拜行礼。

吴殳笑道："快快请起。"容若这才站起身来。

众人落坐，书生忙把残茶撤下，为客人奉上新茶。

何先生笑着说："修龄老弟，这就是我在信中，向你提起的孙儿，容若。"

听到自己的名字，小家伙儿紧张地站在一旁，不知所措。

吴殳仔细地打量着信中的孩子，只见他年纪虽小，却相貌非凡，衣着朴实，却难掩贵气。便点点头，眯起眼睛，慢声问："在读什么书啊？"

只见小容若走到吴殳面前，深施一礼道："学生正在读五经。"

"哦？那你讲讲这五经当中，哪部最妙？"

见先生问，小家伙儿紧张的心情，竟渐渐平复下来，从容地说："学生以为，这五部书皆为经典，难分伯仲……"

吴殳闭目不语，容若接着说："但学生更喜欢研读《易经》。"

吴殳慢慢睁开眼道："这是为何？"

小容若说："学生以为，《易经》讲述的是天道。"

那'奇人'顿时眼睛一亮："哦？说来听听。"

容若继续道："'易'乃变化之意，《易经》则为阐述变化之书，一阴一阳之谓道，阴极成阳，阳极生阴，通过阴阳的变化，告诉人们自然的规律和世间万物的生克转换之法，从而可以使人们更好地修身养性，顺天而行。"

众人听罢，都连连点头。

吴殳道："你方才说，《易经》讲述的是'天道'，为何不是'天地之道'呢？"

容若拱手说："天地之道，固然不错，但学生以为的'天'不仅指天地的天，还指整个宇宙、自然。"

吴殳听罢，哈哈大笑道："瑞徵兄，你这个孙儿，果然不简单哪！"

何先生抱拳道："过誉啦！还望老弟多多调教，也不枉我等此番千里之行啊！"

吴殳点了点头："那是自然……"

何先生忙说:"容若,还不快跪拜师父!"

小家伙这才醒过闷儿来,忙跪地叩头道:"师父在上,受弟子一拜!"

吴殳笑笑说:"起来吧!"

容若站起身来,激动不已!心想:这就算就收下了?!不会是在做梦吧?……

大顺儿也没想到会如此顺利,提着的心总算放下了!高兴地站起身,从行囊中取出一个沉甸甸的红布包道:"乡下人,无以为敬,这点心意,还请先生收下!"说着,便将布包捧在手心,双手呈至"武仙"面前。

吴殳见状,脸色一沉道:"这又何必?快快拿走!"

何先生忙说:"这是他几年的积蓄,只为圆孩子学武的心愿,全当容若的伙食费吧!"

见吴殳仍不表态,何先生忙给大顺儿使了个眼色,大顺儿心领神会,转身走向一旁的书生,说:"还请您收下!"

何先生一旁帮衬道:"是啊!能收孩子为徒,他已感激不尽,又怎么忍心再让府上为孩子破费!快收下吧!"

书生见状,笑道:"既然如此,反倒却之不恭了!我代家父谢过了!"说着,便将银子接了过来。

大顺儿这才如释重负,为赶路,也为避免言多语失,傍晚便匆匆离去,踏上了返京的归途。

晚饭过后,小容若被安置到了厢房休息,他迫不及待地展开纸砚,为母亲写信报平安。何先生则与众人在客厅叙谈。

待旁人走后,吴殳低声说:"瑞徵兄,有句话不知当问否?"

何先生放下手中的茶杯道:"老弟只管讲来!"

吴殳啜了口茶,眯起眼问:"那孩子究竟什么来历?"

第八章　江南拜师

何瑞徵一愣，忙镇定下来反问道："怎么？之前信中说得还不够清楚吗？"

吴殳放下茶，笑了笑："哪里，哪里，只是观其言谈，看那通身的气派，着实不像普通人家的孩子！"

何先生这才长出一口气道："他确实不简单哪！"

吴殳甚感好奇："哦？说来听听！"

何先生道："这孩子天生聪慧，四五岁便由我亲自教导，所读文章过目不忘，且悟性颇高！老夫年过半百，阅人无数，这样的孩童，着实不多啊！"

吴殳点头道："哦，原来如此！可那五十两银子……"

何先生笑道："老弟有所不知！那大顺儿早已今非昔比！如今可是纳兰郊园的管家了！"

吴殳疑惑道："'纳兰郊园'？……"

何先生说："就是纳兰明珠家的园子。大顺儿先前是那里的长工，后来因为能干，被提拔成了管家。"

吴殳厉色道："哼！就是饿死，也不去当那满人的奴才！"

何先生笑了笑说："乡下人，为了糊口，也是没有办法的事。老弟你就多担待吧！"随后，又眉头一皱："为兄也有一事不明，特请赐教……"

吴殳余气未消道："只管讲来！"

何先生压低声音说："那两位究竟什么人？你是真当了道士，还是不愿剃发？"

一席话，问得吴殳惊讶不已！过了好一会儿，才若有所思地说："唉！一言难尽啊……如今，小弟法号'沧尘子'，仍潜心武学，在此了完事后，恐怕便要游走四方了！……"

次日黎明，小容若一觉醒来，便听院中有练武之声，忙穿衣跑出，定睛一看，瞬间被眼前的景象所惊呆了！只见那"吴仙人"，时而走转腾挪、盘旋起伏，时而手引身形、刚柔并济，时而拳密如雨、疾若闪电，时而臂似游龙、行云流水。看得小容若眼花缭乱，心潮澎湃！刚欲拍手叫好，就觉身体一倾，瞬间被一股强大的气流，吸入漩涡之中，也不知过了多久，只觉眼冒金星、天旋地转，终于体力不支，"啊呀"一声摔倒在地。

何先生闻声，连忙披上衣服，跑了出来。刚欲上前搀扶，就见小家伙儿一个鹞子翻身，站了起来，摸摸头说："好晕哪！师父，这是什么功夫？"

吴殳一收式道："你学过功夫？"小容若红着脸，不知如何作答。

何先生见状，忙说："是啊！他在纳兰郊园，陪着明珠家的公子，学过摔跤，但那都是满人的功夫。"吴殳点了点头。

小容若继续道："师父，还没说您练的是什么拳法呢！"

吴殳微微一笑："你看呢？"

容若想了想道："戚大将军的《纪效新书·拳经捷要》中说，'古今拳学，宋太祖有三十二势长拳，又有八闪翻，此亦善之善者也。'观师父之拳变幻莫测，好像融合了很多种拳法，却又摸不着头绪，弟子才疏学浅，还请师父赐教。"

吴殳点了点头，朝院中的石凳慢步走去，忽又好奇地问："你读过《纪效新书》？"

容若笑着说："正是！弟子喜欢研读兵法，十分景仰戚大将军！长大后，也想成为像将军那样……"正说着，就觉衣角被何先生狠狠地拽了一下，他意识到自己又险些语失，忙将话咽了回去。

吴殳转头道："怎么不说了？"

容若眨了眨眼道："像将军那样……那样……文武双全之人。"

第八章　江南拜师

吴殳坐下身来，持起桌上的拂尘，笑了笑说："既然如此，老夫便先教你'拳经三十二式'、'八闪翻'如何？"

小容若兴奋不已，连忙拍手称好！吴殳忽又将脸一沉道："只是你要记住，进我门下，便要遵循武学之道，习武之人，当以'武德'为先。所谓'习武先习德、尚武不尚力'！你可知何为'武术'？"

容若摇摇头："弟子不知。"

吴殳说："武，止戈为武；术，思通造化、随通而行为术。武术虽被视为战争之术，但我中华的武术，却遵循自然之道，饱含了易经中的智慧与哲理。武德，仁也，习武者既要有自强不息的精神，也要有厚德载物的修为，只有达到'天人合一，物我不二'的境界，方为真正的高手！你可记下了？"

容若忙跪地叩头道："承蒙师父教诲，弟子记下了！"

那吴殳这才手捋长髯，满意地点了点头："嗯！起来吧！"

何先生终于放下心来，慢慢落坐，随后又若有所思地说："方才提到《纪效新书》，为兄记得，你在信中也曾谈起要为此书诠译之事，不知进展如何啊？"

吴殳笑道："正是，正是，拙作去年业已完成，取名《纪效达辞》，不过只是手稿而已，还不曾刊印。"

容若高兴地说："既如此，可否容弟子一观？"

何先生也说："是啊！为兄也想先睹为快！"

吴殳思忖片刻，手持拂尘，起身道："且随我来……"

师生二人随吴殳步入书房，只见他从柜中取出一叠厚厚的书稿说："拙著在此，请多指教！"

何先生忙一抱拳："指教不敢当，实乃荣幸之至啊！"说着忙双手小心接过，坐在桌前，观阅起来。

小容若也迫不及待地凑过来仔细品读，只见开篇赫然写道："明定远戚继光元敬立法后学古吴叟修龄达辞。"卷首为戚继光十八卷本《纪效新书》的自序，其后为吴叟之序，序中说，自古治军者多不讲旗鼓营阵之法，唯戚继光《纪效新书》言之最详，又说"人能熟读而精思之，虽老于行间者不过是也"。容若深以为是，越看越喜，竟不禁由衷地拍手赞叹："师父！此书甚妙！甚妙！"

何先生抬眼道："哦？妙在何处？"

容若兴奋地说："此书不但对戚大将军的兵书，解读精到，清晰明了！内容上，更有所疏解调整、删节补益，使人读之甚快！"

吴叟坐在一旁点头微笑，何先生则哈哈大笑道："容若所言甚是！甚是啊！"

而小容若却不好意思地低下了头，走到吴叟面前，小声说："师父，弟子有个不情之请，不知当讲否？"

吴叟手捋长髯道："只管讲来。"

小容若鼓足勇气说："弟子斗胆，想将此书……誊抄下来，时刻带在身边，拜读学习……不知可否？"

此言一出，令二位先生一怔，随后又相视一笑。

吴叟道："瑞徵兄，不想你这孙儿竟如此好学啊！"

何先生拱手道："还望老弟成全！"

吴叟起身，手捋长髯，踱了几步道："既如此……也罢！"说着，便转回身，行至桌前，将书递到了容若手上。

小容若如获至宝，忙跪地叩谢。

从此，容若对吴叟更加敬仰，吴叟对容若也另眼相看。

第九章
青云圃

第九章　青云圃

　　腊月的西山，飘起了鹅毛大雪，郊园里的腊梅竞相开放，喷吐着阵阵寒香。明珠勒缰下马，直奔正房而去。见丫鬟婆子们忙里忙外，心中甚是纳闷儿，进屋，又见已摆好丰盛的酒席和热气腾腾的火锅，便打趣道："夫人真是神机妙算！莫非知道我今日回来，为我设宴接风不成？！"

　　觉罗氏笑了笑，握着暖炉，从屋里款步走出。倚门望着院中的皑皑白雪，叹了口气道："今儿是容儿的九岁生日，也不知他在南边儿冷不冷，过得好不好？"说着竟不禁垂下泪来。

　　明珠轻抚夫人的肩膀，宽慰道："既是容儿的生辰，夫人理应高兴才是！"

　　觉罗氏依然呆呆地望着门外，出神不语。

　　这时，就见张氏急匆匆地跑进二门，兴奋地说："夫人！老……老爷！小公子来信啦！"

　　觉罗氏不敢相信自己的耳朵，忙激动地问："你说什么？"

张氏笑道:"小公子来信啦!"

觉罗氏这才擦了擦眼角的泪水,高兴地说:"信在哪里?快拿来我看!"

此时,屋里的妞妞和丫鬟婆子们也都一涌而出,欢喜不已。

张氏忙走上前来,小心翼翼地从怀里掏出书信,递予夫人。清儿忙将手炉接过,觉罗氏将信打开,只见上面写道:

"父母亲大人膝下敬禀者:

自京城一别,两月有余,此去行船三千三百余里,方才到达苏州,孩儿一切安好,请双亲莫念。此时虽已至冬月,但江南气候温润,翠色依旧,果然如诗如画。孩儿现已至昆山,拜于吴先生门下,并有缘结识了武功高强的朱大侠和渔阳老剑仙,甚为幸矣!儿定当谨遵双亲教诲,勤学苦练,不负厚望!只是,时常思念双亲,夜不能寐,待双亲收到信时,恐已至隆冬时节,天寒地冻,孩儿不能侍奉左右,承欢膝下,赧颜惭愧!只望父母亲大人身体康健,夙夜戒护,勿我为念。不孝儿成德敬叩金安。"

众人见夫人的表情一会儿哭一会儿笑的,都争着问:"小公子可好?信上说了些什么?"

觉罗氏擦了擦眼泪,笑着说:"容儿长大了,十分孝顺懂事!信上说他已到达昆山,如愿拜师,一切安好!"

众人这才松了口气,欢喜不已。

觉罗氏转回身,高兴地说:"来!大家都入席吧!今儿是容儿的生日,咱们共同庆贺!……"众人都应声朝屋里走去。

明珠凑近妻子的耳畔说:"夫人,书信可否容我一看……"

觉罗氏佯嗔道:"瞧你!还信不过我不成?拿去!"

明珠接过信,反复揣摩,只见他眉头紧促,若有所思。

觉罗氏疑惑道:"怎么?可有不妥?"

第九章 青云圃

明珠将夫人叫到暖阁，低声说："不瞒夫人，自容儿走后，我便安排了巴图鲁和几名心腹，暗中跟随。一来保护容儿，二来则去窥探江南的情势和民生。据目前得到的消息，那信中的'朱大侠'，恐怕就是朱熊占，此人身份可疑，他与那渔阳老人和吴先生，交情莫逆！还有那翁惠生、项元池等人皆非等闲之辈！这些人往来密切，行踪诡秘……"

觉罗氏越听越怕，见明珠停了下来，忙抓住丈夫的手问："怎么不说了？后来呢？后来怎样？我容儿可有危险？"

明珠意识到，若再说下去，夫人定会不安，反而坏事，忙话锋一转，叹了口气道："哎！后来，却并未发现有何不妥之处，也未见有何逆反的蛛丝马迹……或许，是我多虑了！"

觉罗氏这才放下心，说："多虑总比不虑强，只是别总草木皆兵，一惊一乍的，让人心慌！"

明珠连连称是，忙岔开话题道："夫人，可还记得那曹完璧吗？"

觉罗氏坐下来，道："不是与你同在内务府吗？"

明珠笑了笑："非也，曹兄如今已被皇上派往江宁府，任'驻扎江南织造郎中'了！"

觉罗氏微笑道："哟！那可是个美差啊！"

明珠说："是啊！不过朝廷的真正目的，恐怕是让他去南边儿稳定形势、提供情报，给皇上当个耳目吧！"

觉罗氏点了点头，起身踱步道："太后可真是深谋远虑！"

明珠跟在夫人后面，若有所思地说："如今朝中鳌拜专权，党羽遍布朝野，皇上总得培养些自己的心腹近臣，方才妥当，说不定哪天也为我升迁呢！"

觉罗氏回身，拍了下他的肩膀，笑道："瞧你美的！快去入席吧！酒菜都凉了！"

明珠嘴上应着，心里却说："你们这帮反清复明的假道士！待到时机成熟，证据在握，定要将你们一网打尽！"

转眼，三年过去了，明珠果然仕途平顺，步步高升！不但从内务府郎中升成了内务府总管，更由内务府总管，改任侍读学士，又由侍读学士升至内弘文院学士，官居从一品之高位！而容若不但深得吴殳真传，精通软硬兵器、练就一身好武艺！更跟随两位先生遍访江南的名山古刹，结识各路能人志士，可谓眼界大开！见识非凡。但同时，他也听闻了"扬州十日"、"嘉定三屠"和"广州大屠杀"等悲烈惨剧，对饱受战乱之苦的江南百姓充满了深深的同情。

他知道，师父绝不仅是一位集天下武学之大成的世外高人，更是一位充满民族气节、拥有"收复故土，光复大明"思想的志士仁人。他们有着秘密的组织和暗中的活动，虽然每次都在有意无意地回避着他，但他还是对师父的安危充满了担忧。

吴殳对容若的疼爱，也是有目共睹！不但将徒儿喜爱的渔阳剑法和少林鞭法悉数传授，还将自己最新著述的《单刀图说》和《剑诀》交与容若誊抄，以满足爱徒求学的愿望。

这年春天，容若跟随师父，在闽南拜会过南少林的故友后，便与师叔、师伯们一道，赶赴江西，去拜访一位神秘的大人物。

进入江西境内，小容若对那位传说中的大人物愈发好奇，不禁问道："师父，我们要去拜访的先生，所居何处？真的有那么重要吗？"

吴殳听后，微微一笑道："那是当然！此人姓朱，名耷，字雪个，不但为我大明王朝的宗室，还是位颇有造诣的书画高手。所居之处名唤'青云圃'，位于南昌城郊十五里处，就在前面，不远啦！"

第九章　青云圃

"'青云圃'好有意韵的名字！可有出典么？"容若继续问。

吴殳道："此地相传为周灵王太子晋'炼丹成仙'的道场，'青云'二字，本出自道家神话"吕纯阳驾青云来降"之典，又寓'青高如云'之意，'圃'则为'园圃'，亦或为种植'园圃'之人……"

"哎……这朱真人的出世之心昭然可见哪！"何先生道。

"是啊……"众人纷纷摇头叹息。

傍晚，行至梅湖定山桥畔，只见清溪蜿蜒，溪畔农田阡陌，炊烟袅袅，竟恍若仙境一般。放眼望去，果见那水光深处，一座白墙灰瓦的道观映入眼帘。行至近前，只见山门上书"青云圃"三个大字。

"我们到啦！"小容若高兴地说。

"哈哈，是啊！"众人笑着走上前去，见院门虚掩，叫门又无人回应，便只得冒昧地走入观中。

只见此处极具江南风韵，三进式的院落，筑有三座殿宇，依次渐进。院内红茶、碧桃争奇斗艳，香樟、古松蔽日遮天，殿宇、堂阁飞檐斗拱，亭台、水榭曲径通幽。水清如鉴，倒映着笼笼修竹，鱼儿嬉戏，花影婆娑摇曳，好个清幽的所在。

行至后殿，却见有土木堆积，方知仍未完工。又见桂树芳根，繁荫广被，虬枝碧叶，生机盎然，吴殳不禁感叹道："好个千年唐桂！不愧为万天师亲手所植！果然气象非凡哪！"

话音刚落，只听有人笑道："哈哈！不错！也正因如此，才有'飞剑插地，植桂树规定旧基'之说啊！"

众人抬眼观看，只见面前站一四十岁上下的道人，此人相貌清癯，微须，束发，着素衣宽袍，倒颇有些林下散人文士之风度。

吴殳忙施礼道："雪个老弟，许久不见，冒昧来访，请多见谅！"

道人回礼:"修龄兄久违了,有失远迎,请里面坐。"

容若心下料定:此人便是朱真人。

众人上殿,只见匾额上书"净明真境"四个大字。推开门,见有许祖圣像,供桌上设有烛火炉香,即拈香注炉,礼拜三匝,方与道人行礼。

容若揪揪吴殳的衣襟,小声问:"师父,许祖是个什么神仙?"

未等吴殳开口,便听那道人说:"许真君乃我江西人士,俗名许逊,晋太康年间曾出任旌阳令,为官清廉,救民于水火,后挂冠东归,斩蛟龙除水患,受历代朝廷嘉许和百姓爱戴。乃我'净明道派'的开山祖师,此地便是许真人的道场。"

众人听后连连点头称赞。

吴殳道:"久闻老弟欲觅一个自在场头,遍访先贤遗迹,此处果然烟霞散彩,日月摇光,上风上水,人杰地灵,实乃灵福宝地啊!"

真人笑道:"吴兄过誉了!"

原来,这青云圃本是西汉南昌县尉梅福弃官隐居之处,后建梅仙祠。到了晋代,许逊在此开辟道场,易名为"太极观",从此正式形成道统。唐贞观年间,刺史周逊奏建,名"天宁观";太和五年,由于万元振天师在此修道,遂改称"太乙观",到了宋至和二年,又敕赐名为"天宁观"。历代屡废屡建,如今则被朱真人选为避世之所,更名改建为"青云圃"。

谈话间,已至客位,众人坐下。唤道童看茶。

吴殳引见道:"这位便是我大明太祖皇帝的第十七子,宁献王的九世孙,也是我相识多年的挚友,名耷,字雪个,法名传綮……"

话音刚落,便见朱真人起身施礼道:"度人无量天尊,'传綮'已成过往,如今我已由僧转道,法名道朗,号良月,叫我'个山驴'便罢。"

众人听后,先是一愣,随后才纷纷笑着回礼道:"久仰!久仰!"。

吴殳继续引见："这位是南少林九座,派入东山的长林寺开山僧,道宗禅师。我等此番,便由闽南而来。"

只见,一位五十岁上下的僧人,生得龙眉凤目,鼻直口方,起身问讯道:"阿弥陀佛,不过是被清廷烧了山门的丧家之犬罢了。"

朱耷道:"久闻大名!幸会!幸会!"

随后,吴殳又将"天都侠少"项元池、"弓马精绝"的朱熊占,以及何先生、翁惠生等人依次介绍,众人见过礼后,方拍着容若的肩膀道:"这孩子,便是我新收的徒儿,容若……"

容若忙跪地叩首:"弟子拜见朱真人。"

朱耷笑着说:"不必多礼,快请起吧。"

容若才刚起身,就见门外走来一位道士,此人身着布衣蓝袍,手持拂尘,步履轻盈,容貌与朱真人有些相似,只是脸略圆一些。

道人进屋,见有客在,便手结太极阴阳印,向众人拱手施礼。

朱耷介绍道:"这是舍弟,法名道明,号秋月。"

众人闻言,纷纷起身回礼。

秋月道人说:"不知贵客来临,多有怠慢,我去安排斋饭,采些瓜果来。"

朱耷笑道:"快去快回!"道人躬身退下。见兄弟出去,他转头啜了口茶,若有所思地说:"久闻南少林大名,不知各位从闽南前来,所为何事啊?"

吴殳看了看道宗说:"还是你来说吧!"

道宗双手合十道:"阿弥陀佛!我等此番千里而来,正是为了解救我大明的苦难众生啊!"

朱耷苦笑道:"大明?我大明早于甲申年三月十九日便已灭亡,还哪里来的大明!"

朱熊占道:"非也,非也,崇祯先帝,虽于甲申年遇难,但淮河以南的半壁江山仍是我大明的天下!何况后来,还有弘光政权、隆武政权、绍武政权和永历政权啊!"

朱耷冷冷地说:"那又如何?这几个政权除永历外,哪个不是昙花一现?那永历帝就算坚持了十六年,最终逃到缅甸,还不是被那清军追回,惨死在吴三桂的手里!"

翁惠生放下手中的茶,道:"话虽如此,但也事出有因。若不是各宗室、党派之间相互争斗,不能团结,哪会给清妖可乘之机?让那胡皇坐收渔翁之利啊!"

众人听后,纷纷点头称是。

见朱耷仍沉默不语,道宗试探着说:"眼下,我大明的百姓苦不堪言,作为朱皇宗室,您就真的忍心在这里安享清闲吗?"

朱耷冷笑道:"不然又能怎样?不是说了吗,如今,我叫'个山驴',哼!甚至连驴还不如!不过是赢赢然若丧家之狗罢了!除了装聋作哑,游戏笔墨,还能做什么?废物一个!废物一个啊!"

众人听后,面面相觑,屋里顿时安静了下来。

容若见气氛尴尬,便笑着说:"也许那满清的皇帝是位明君呢!如果没有反抗,不是也就没有战争了?那百姓们不也就能安居乐业、安享太平了吗!?"

话音一出,何先生便知闯下祸来,忙将容若拉到身边,还未开口替其搪掩,就见吴殳呵斥道:"一派胡言!小孩子懂什么?哪里轮得到你来说话!"

沉默已久的项元池,终于抑制不住满腔的怒火,厉声道:"明君?'留头不留发,留发不留头'也叫明君?看看那扬州十日、嘉定三屠、江阴惨杀、广州大屠杀吧！哪个不是积尸成丘、血流成渠？还有那辽东之屠，以及华北、江淮、江南、西南、西北等数十个省市的无辜百姓，都惨遭屠戮！死于非命！这滔天的罪行岂是明君所为？！这血海深仇要何时才能清算？何时才能清算哪！"说着，竟抑制不住激动的情绪，流下泪来。

众人也都随声附和，义愤填膺。

吴殳叹了口气道："是啊！圣人有训，'身体发肤，受之父母，不敢毁伤，孝之始也。'我华夏衣冠，乃我华夏礼仪文明之象征！可那胡皇却颁了道'剃发易服令'，让我大明子民，受尽髡刑之辱，尽穿鞑虏之服！违逆圣训，悖逆先祖！如此这般，丧尽礼义廉耻，与牛马何异？可叹那江阴百姓，死战八十一日，举城战亡，竟无一人屈降！"

翁惠生气愤地说："此外，还有那圈地令、投充令、逃人令，哪个不是置百姓于水火？令人苦不堪言哪！"

一席话，说得容若哑口无言，紧紧地依偎在何先生身边，不敢吱声。

道宗见朱耷摇头叹息，神情落寞，便顺势说道："华人髡为夷，苟活不如死！留发复衣冠，天下方可太平！身为大明皇室，理应责无旁贷！又怎能坐视不理！"

朱耷摇摇头说："我又何尝不想有所作为？！只是大明已亡！大势已去啊！"

项元池起身道："光复大明，乃我等毕生所愿！只要有大明宗室的血脉和忠于大明的子民在，我大明王朝就绝不会亡！"

"是啊！我大明绝不会亡！"众人群情激奋，齐声应和。

此时，已至掌灯时分，忽见一个道童来说："饭已备好，请贵客到斋堂用膳。"众人这才起身走出殿来。

晚饭过后，夜幕笼垂，阵阵微风袭过，树叶沙沙作响，院内更显深幽。秋月道人为众宾客安排寮房休息。容若与何先生住在一处，二人借着烛光，各怀心事地看着书。

不多时，空气中飘来一股泥土的清香，外面传来淅沥的雨声……

"容若，我们出来也有三年了吧？"何先生若有所思地问。

"是啊！这三年承蒙恩师教诲，学生眼界大开，收获颇丰！"

"嗯！只是你要切记，今后说话做事都要谨言慎行，以免惹下祸来！"容若深知先生所指，用力地点了点头。

忽然，窗外传来阵阵脚步声，容若忙到门边张望，只见吴先生与道宗等人都步出房外，冒着细雨，匆匆地朝正堂走去。

望着众人的背影，容若急切地说："先生，他们都出去了！咱们也赶紧走吧！"

何先生沉着脸道："人家叫你了么？"

容若摇摇头。

"既如此，多一事，不如少一事，安心地读你的书吧！"

容若应了一声，便又乖乖地坐到窗前，认真地看起书来。

雨越下越大，又不知过了多久，忽闻窗边传来了"喵~喵~"的叫声。容若起身观瞧，只见墙角有只白色的小猫，被雨水淋得浑身湿透，蜷成一团，瑟瑟发抖。

容若顿生恻隐之心，扭头对先生说："外面有只小猫，被雨淋得怪可怜的！我将它抱进来吧！"见先生不予理睬，便全当默认，蹑手蹑脚地走出屋去。行至窗下，刚欲伸手，就见小猫纵身一跃，朝雨中跑去，容若急忙追赶，竟不觉来到了北边的道房。只见屋内灯火通明，众人正在议事。刚欲离开，就听道宗说："我们明日启程，赶赴广东台山的汶村城。"

容若好奇，便趴在窗外，细听端详。

第九章　青云圃

只见秋月道人问："为何要去那里呢？"

吴殳说："此地靠山临海，进退自如，巷道纵横，犹如迷宫。曾有我大明唐王朱聿鐭的行宫，可叹其兄隆武帝虽励精图治，一洗前人弊端，却被拥立其继位的郑氏集团架空，处处受制于郑芝龙！此外，这里还有王兴将军的府邸，实乃反清复明的根据地啊！"

朱耷问："哦？那王兴将军又是何人？"

朱熊占说："王大将军原是绿林出身，清军入侵后，便联合海晏各村农民起义，抵抗清妖，屡败平南王尚可喜，声威大震！拥护唐藩王朱聿鐭，将'汶村城'改为'文安城'，被唐王封为左军大都督，挂虎贲将军牌。后来，却惨遭那平南王尚可喜水陆十万大军的围攻，王将军孤军苦战十三个月，终因粮尽援绝而城陷，可叹那王大将军！宁肯自焚殉国，也至死不降！"

朱氏兄弟听后唏嘘不已。

翁惠生说："虽然如此，但南海农民义军的余部势力还在！如今清妖势头正劲，若明着抵抗，显然如卵击石。因此，我们计划将义军由明转暗，在全国各地，建立秘密的同盟组织和根据地，以便联络。"

"是啊！"项元池说："台山的汶村城，便是同盟会结义地址的不二之选！"

朱耷不解地说："同盟会？贫道愚钝，还请明示。"

吴殳笑道："道宗禅师虽寄身缁流，却心怀天下！见政治风云突变，早在崇祯末年，便返回家乡，与兄弟、乡友等十八人结义，'化异姓为同姓，万众同心'，创立以'万'为姓的同盟组织，别号'万云龙'，又因结盟时排行第五，人又称'万五和尚'，后在大哥万礼的带领下，率部与郑成功联合抗清，在铜山建立军营'木杨城'并筹备成立'天地会'"。

秋月道人惊奇地问："'天地会'？不知是个什么组织？"

道宗说："当年与郑成功联合抗清时，虽颇受器重，但我等毕竟出身客家，并非郑氏嫡系，遂时刻警惕危机，暗中物色人才，于是便'以拜天为父、拜地为母'之名，成立'天地会'，发展自己的同盟力量。"

话音刚落，便见那项元池气愤地说："幸亏云龙大哥有先见之明！那郑成功果然背信弃义！万礼大哥对他忠心耿耿，随他出生入死，抗清阵亡！可他却听信谗言，将万大哥的牌位撤出忠臣庙！"

"哦？竟有此事！那后来呢？"秋月道人继续问。

项元池接着说："后来，郑成功在台湾传令万义、万禄率部赴台。云龙大哥审时度势，当机立断，策划二人叛郑降清。两人遂被清廷授予总兵之职，分别调至广西与河南赴任。云龙大哥则被授予江西督粮道之职，怎奈大哥无意官场，辞不赴任，仍旧返回诏安奉佛。"

"哦，原来如此。"朱耷点了点头。

此时，雨声渐小，容若忽觉身后一阵凉风袭过，回头一看，却并未发现什么异常，便继续趴在窗外窥听。

就见道宗啜了口茶说："来龙去脉，都已如实禀告。还望朱真人以天下苍生为重，随我等一同前往汶村城，共襄义举。"

朱耷沉默了片刻，缓缓地说："方才各位所言，令贫道十分钦佩！但若推举我为盟主，恐难胜任，倒是愿意跟随各位，前去见见世面。但不知广东台山可有人接应？同盟结义何日举行？"

吴殳笑道："雪个老弟若肯前去，我等便不虚此行！请老弟放心，台山那边早已安排妥当，端午节之日，便是共襄义举之时！"

话音刚落，容若就觉头顶仿佛有什么东西掉落，被砸了一下。忙抬眼观瞧，只见一个黑衣人影从房顶飘过，容若心下好奇，想探个究竟，忙飞身上房去追，就见人影疾如闪电，左拐右拐，晃了几晃便消失不见。待他回到院中，早已惊动众人，纷纷出来探看。

此时，只见何先生走出屋来，厉声斥道："追个猫，都要跑出去这么久！真是越来越不成体统！"

容若刚要解释，就见吴兖说："好了！男孩子贪玩儿些，也是有的！快去睡吧！明日一早，还要赶路……"

第十章
龙舟竞渡

第十章 龙舟竞渡

光阴荏苒，转眼已至五月，容若一行数人，经过长途跋涉，终于到达广东台山的汶村城。只见此地背靠笠峰山脉，面朝浩瀚南海，依山傍水，风景宜人。

远远就见有座庙宇，香烟缭绕，殿阁巍巍。

道宗说："前面就是三皇庙，我们的人就在里面。"容若跟在吴殳身后，好奇地问："师父，什么叫三皇庙？"

吴殳笑了笑说："'三皇'是指天皇太昊伏羲氏、地皇炎帝神龙氏、人皇黄帝轩辕氏，乃我华夏人文始祖，受世代炎黄子孙崇拜，此庙便因三皇同殿供奉而得名啊。"

"哦，原来如此……"小容若点了点头。

谈话间，已至近前，只见庙堂张灯结彩，香客络绎不绝，庙宇坐北朝南，高约六米，占地约七亩有余，庙前的两棵树，虽长得枝繁叶茂，却并非南方大庙常见的樟树与榕树，而是有着细长叶子，开着金黄色小花的相思树，微风拂过，飘来阵阵花香，令人沉醉。

容若站在树下，痴痴地问："庙前为何要种'相思'？"

何先生抚着容若的肩膀，语重心长地说："想是为了表达，对祖先的思念之情吧！……"

道宗笑道："不错！此庙乃我大明唐王朱聿镨亲手所建，意在明志，驱除鞑虏，不忘先祖！想当年，王兴占领此地，恭迎唐王朱聿镨入主汶村。其后，便开始铸山煮海、务农积粟、发展制盐、建立反清根据地，铸刀枪、构仓库、筑沟垒，生活了近十年的光景。此庙，便是那时所建，最初只供官家祭拜，后来才对民间开放啊……"

正说着，就见殿中走出一老者，鹤发童颜，长袍加身，精神矍铄，二目如电。

容若暗想：这不是渔阳剑仙吗？我说他老人家为何不与我们同赴江西，原来却在这里。

"老朽在此恭候多时了！快快请进！"渔阳叟施礼相迎，众人还礼，步入殿堂。

只见此庙分前后两座，以中庭为主线，厅房相连，中间有一天井分隔，两边走廊相通。为避人耳目，众人被带至后房僻静处，方才止步。

吴殳向朱耷介绍道："雪个老弟，这位是与我相交多年的挚友，武功高强、剑法卓绝的'渔阳老剑仙'，此地便由他负责接应。"随后，又转身对渔阳老人说："这位便是我等远赴江西请来的贵客！大明王朝的朱皇宗室，良月道人。"

渔阳叟久闻朱耷大名，见真神现身，便知功成一半，心中暗喜，忙双手抱拳道："久仰！久仰！今日得见，真乃三生有幸！"

朱耷还礼："彼此！彼此！"

第十章　龙舟竞渡

众人落坐，不等上茶，道宗便问："怎么只有剑仙一人在此？其他五人，现在何处？"

渔阳叟说："明日端午，那几人已赶往'将军府'安排要事，唯留老朽在此恭候。"

道宗闻言，眉头一皱："既如此，我等也不便久留，傍晚将至，需趁亮，带各位探清周遭的地势情形，切莫疏忽大意，以免功亏一篑……"

吴殳点头道："云龙所言极是！各位初来乍到，人生地疏，万一生变，也好有个保全之法。"众人皆觉有理，不敢耽搁，为免人多招眼，"兵"分两路，由道宗和渔阳叟分别带领，向汶村城行进。

只见，此城东西长约一公里，南北宽约大半里，呈长方形。城墙残破，高约三米，用黏土筑成，设有四个城门，分别为"南薰"、"北拱"、"东阳"、"西康"。除东墙外，三面都有三丈宽的城壕围绕。

道宗说："此村已有数百年的历史，此城，乃我大明举人陈王道所建，历时两年完工，当年也曾商贸繁荣，盛极一时。谁料十二年后，却在王兴将军抗击清妖时被毁，如今便成了这般模样！"

容若望着断壁残垣，触景生情，心中不免怅然若失。但城中百姓，却依然沉浸在节日的氛围里，家家户户菖蒲高挂，粽叶飘香。

沿着由三块石板并列铺成的小路行去，只见巷道曲折，纵横交错，竟如迷宫一般！容若不禁调皮地说："这地方可真是妙！若是玩儿起捉迷藏来，怕是几天也难得被人找见！"

众人一听，都笑了起来。

何先生忙说："童言无忌，童言无忌！"

道宗笑道："虽是戏言，却乃实情，这也正是我等选中此地的重要原由啊！"

穿过古朴的民舍和众多的祠堂，只见一条小河碧波荡漾，绕村而流。河面上泊着两只长长的龙舟，船上的人个个身强体壮、汗流浃背，正放下手中的橹柄，纷纷爬上岸来；岸上的人则一拥而上，捧着红花，举着彩旗，拿着锣鼓，簇拥着这些"英雄"们朝街里走去。老人们提着五彩的丝粽，孩子们挂着缤纷的香囊，跟在人群后面，欢天喜地，好不热闹！

容若遗憾地说："咱们来迟一步，不然就能看到赛龙舟啦！"

项元池嗔责道："好个顽童！我们是来看热闹的吗？！"

道宗则笑笑说："今日不过试水而已，明日那才真叫热闹！你可切莫来迟啦！"

小容若应了一声，高兴地点了点头。

也不知转过几条巷子，穿过多少座古屋，又在村中盘桓了半晌，直到掌灯时分，方才来到传说中的"将军府"。此处靠近东阳门，虽曾是"府邸"，却远没有想象中的雄伟，与普通祠堂一般无二，和东边的大庙相比，甚至还有些破败与荒凉。

"禅师，这儿真的是'将军府'吗？"容若不禁问道。

"不错，正是！与其并排的这座便是唐王的'行宫'了！"

听道宗如此说，容若更加诧异，因这着实与"宫殿"相去甚远！透过窗板的缝隙，既听不到声音，又看不到光亮，也不知里面有人没有……容若正暗自思忖，就见禅师走上台阶，轻拍木门。不消片刻，便听"吱扭"一声，门开了一道缝，道宗忙侧进身去，众人也紧随其后，方进得"府"来。

容若定睛一看，只见厅内烛光闪烁，而窗上却蒙着青色的粗布，怪道不见光亮！行至堂屋门口，见师父和渔阳叟等人早已到场，五位义士忙起身相迎，喜形于色道："大哥！您可算来了！兄弟们早已安排妥当，恭候

第十章　龙舟竞渡

多时！"道宗也喜不自胜，向众人问好。

这五人皆为三十几岁的壮年，容若曾在邵安长林寺见过，分别为蔡德忠、李式开、马超兴、胡德帝、方大洪。他们早在万礼率众加入郑成功的队伍时，便在抗清斗争中出生入死，立下过汗马功劳，被道宗视为手足亲信。可在朱耷旁边，却还坐着一位不曾谋面的老者，此人花白须髯，相貌儒雅，虽已剃发，却仍着汉服，年纪似与师父相仿，通身自有别样的气派！

"能与朱真人同居上座者，究竟何方神圣？……"容若正暗自揣度，就见李式开拉着道宗，行至老者面前，高兴地说："大哥！您看这是谁？"道宗一时懵懂，辨认不出。

李式开兴奋地说："这就是您苦寻多年的亭林先生啊！"

道宗这才如梦方醒，激动不已！忙恭敬地向老者深施一礼道："久仰先生大名！今日得见真乃三生有幸！恕云龙眼拙，多有怠慢，望先生见谅！"

老者忙起身还礼："久闻'万云龙'的英名！老朽感佩之至！"

吴殳见状，起身笑道："云龙与亭林先生本就同庚，且又志向相投！一位是少林宗师，一位乃当世大儒，更有我朱皇宗室坐阵！今日群雄聚首，实乃天意如此！我等共襄义举，必能成就大业！"

"是啊！必能成就大业！真乃天佑我大明啊！"

众人听后，纷纷应和，莫不欢欣鼓舞。朱耷则端坐其中，笑而不语。

容若好奇，偷偷拉拉何先生的衣襟，小声问："为何称之为当世大儒？"

不待先生答话，就见吴殳向他们招手："还不快来见过亭林先生！"容若等人这才走上前去，向老者躬身施礼。

吴殳道："这位是我的挚友，大明崇祯元年的榜眼何瑞徵，这位是我的义弟项元池。"老者向二人还礼。

容若跟在何先生身后，刚要随众人转身归座，就听吴殳说："后面这个孩童是我的徒儿容若……"

一听自己的名字，小家伙忙停住脚步跪地叩头："学生容若拜见先生！"

老者手捋须髯笑道："不必多礼，快起来吧。"

容若这才站起身来，恭敬地退到何先生身边。

这时，就见李式开走出人群，抱拳道："众位前辈远道而来，在下略备薄酒，为各位英雄洗尘接风！请！"

说着，众人谈笑风生，随李式开等人到后堂用膳。容若与何先生被安排在靠近门厅的次桌，与五位义士同席，其余七人则于主桌落坐。

望着满眼的山珍海味、美酒珍馐，容若越发的饿了，尤其看到那肥美的生蚝和那异香扑鼻的烧鹅时，小家伙的肚子竟不禁"咕咕"地叫了起来。何先生知道孩子饿坏了，轻轻握了握容若的手臂，让他暂且忍耐。的确，这几年颠沛流离，还从未吃过如此丰盛的宴席。

这时，就见道宗手擎酒碗，起身说道："今日高朋满座，群贤毕至！上有我大明王朝的朱皇宗室，下有我出生入死的结义兄弟，更有当世大儒亭林先生倾力加盟，在下荣幸之至！我万云龙数十年忍辱负重，总算没有白费！如今，天时地利人和皆备！明日午时，便是我'天地会'正式成立的吉日良辰！'天下兴亡，匹夫有责'！反清复明指日可待！来！为我大明王朝的复兴，喝个痛快！"

话音刚落，便见众人起身，高举酒碗，齐声和道："天下兴亡，匹夫有责！反清复明，指日可待！"说着，便在四处飞溅的酒花中，昂头仰面一饮而尽！

第十章　龙舟竞渡

容若哪里见过这等阵势，吓得紧攥衣角，虚汗直冒。何先生拍拍孩子的肩膀，为他压了压惊，二人这才随众人坐下，拿起碗筷……此时的容若心绪难宁，任何先生为他夹多少美味佳肴，也如同嚼蜡。耳边充斥着此起彼伏的豪言壮语和觥筹交错的快意喧哗。

神魂不定的他，感觉自己仿若异类，想要逃离，却又不知去往何处，竟如小猫般，被淹没在那酣畅淋漓的晚宴中……

不知过了多久，只觉背上拂过一只温热的手，耳畔传来熟悉的声音："困了吧？"容若揉了揉眼睛，这才意识到，不觉中，自己竟趴在桌上打起盹儿来。见吴殳问，忙红着脸手足无措地起身施礼："弟子……弟子……"

"好了！快去歇息吧！明天还要看龙舟竞渡呢！"

听着师父关切的话语，望着师父慈爱的脸庞，容若心里，竟涌起说不出的滋味。吴殳让方大洪将容若与何先生带至后房休息，而这里却依然弥漫着酒气与喧嚣……

外面一片漆黑，容若拉着何先生的手，借着朦胧的夜色朝后院的罩房走去，忽觉脚下一绊，"扑棱棱，咯咯咯"的声音乍起，一个球状的东西，不知从哪里滚了出来，吓得容若连忙躲到何先生身后。定睛一看，原来是个竹笼，几只鸡，被捆住了腿脚，正扑闪着翅膀，在里面死命地挣扎。方大洪见状，上前就是一脚，将鸡笼踢到了一边，又一阵惨痛的鸣叫与挣扎声响起，在宁静的夜里格外刺耳。

进屋点上烛火，方大洪回去继续喝酒，而容若却与何先生躺在床上，各怀心事，辗转难眠。过了好一会儿，容若终于忍不住问："先生，您说'天地会'真的能反清复明吗？"

何先生沉默了片刻，缓缓地说："那就要看他们的造化了。"

容若又问："我常听人说'洪门'，但不知，这又是个什么组织？"

何先生叹了口气道："说来话长啊！小孩子打听这些做什么？"

容若起身央求道："先生您就讲讲吧！学生总觉得这'洪门'和'天地会'有着某种关联，却又搞不清个究竟。"

何先生沉默了片刻，缓缓坐起身说："此话倒也不错，简言之，二者本为一体，'洪门'不过是对内的称呼罢了，人还有个别号呢，何况于它。"

容若点点头，继续刨根问底："此二字可有深意吗？"

何先生淡然一笑："这说法可就多了，依老夫之见，'漢'失中土方成一个'洪'字，你说它是何意啊……"

容若眨了眨眼睛，似有所悟，忽又问道："那当世大儒又是什么来历呢？"

何先生无奈地摇摇头说："方才敬酒之时，你可闻得'天下兴亡，匹夫有责'这句话吗？"

"嗯！"容若点了点头。

何先生慢慢闭上眼道："这就是了，想这当今世上，还有几人可担得起'大儒'二字啊！"

容若沉思片刻，恍然大悟道："莫非亭林先生就是……"

何先生睁开眼，微微一笑："不错！就是那鼎鼎大名的顾炎武啊！"

容若一听，倒吸了口凉气："既如此，那顾先生为何要与'洪门'为伍？"

何先生正色道："你师父沧尘子，不是也与'洪门'为伍么？"

一句话，说得容若哑口无言。

沉默良久，何先生才又慢慢地说："凡事皆有缘由！那顾亭林本为苏州府昆山人士，这顾氏一门，乃江东望族，人才辈出，其外甥徐元文更是高中顺治十六年的状元啊！授翰林院修撰之职。"

容若闻言，羡慕不已："翰林院？学生也想进翰林院！即使当不了修撰，做个庶吉士也好啊！"

何先生笑道："谈何容易！需新科进士，殿试高第，方有资格啊！"

容若吐了下舌头："还是先说顾大儒吧！"

何先生继续道："亭林先生幼年便过继给英年早逝的堂伯为嗣，可叹那寡母十六岁便未婚守节，独自将其抚养成人，并教以诗书经史，忠义之节。"

"难得顾先生有这么好的母亲！那后来呢？"容若好奇地问。

何先生道："后来他便以'行己有耻'、'博学于文'为治学宗旨，只可惜，参加科举却屡试不中啊！"

容若听后惊讶地说："科举原来这么难啊！连顾先生这样的大儒都考不中！"

何先生无奈地摇摇头道："'大儒'非一天而就！塞翁失马，又焉知非福啊！若不是他因此弃绝科举帖括之学，转向国家典制、郡邑掌故、天文仪象、河漕兵农及经史百家、音韵训诂之学，又哪里会成就今日的'顾大儒'啊！"

容若连连点头："先生言之有理！"

何先生接着说："自清兵入关后，他便投笔从戎，加入南明抗清。一时'戈矛连海外，文檄动江东'，后又潜回昆山守城拒敌，怎奈昆山不日便失守，数万人罹难，其生母何氏的右臂，被清兵砍断，两个胞弟也在战乱中，惨遭屠戮，其养母更是以绝食殉国！这顾亭林背负的乃是国恨家仇啊！"

一席话，听得容若目瞪口呆。

何先生顿了顿，继续道："后来，南明隆武帝授其官职，但由于养母新丧，难以赴任，便只得'梦在行朝执戟班'喽！此后的四五年中，他便奔走于各股抗清势力之间，意图纠合各地的义军伺机而动。南都败后，又因仰慕文天祥学生王炎午的为人，方改名炎武，以明其志，率众结社。"

"那顾先生可曾成功？"容若迫不及待地问。

何先生摇摇头道："难哪！虽屡遭挫败，但他却以精卫填海自比，哪怕委曲求全，背井离乡'稍稍去鬓毛，改容作商贾'也依然心存故国，不但紧密关注着沿海的抗清形势，还苦心寻找机会，希望能光复大明，建功立业！"

容若不禁感慨道："顾先生的精神，真是难能可贵！"

何先生长叹一声："唉！怎奈，事与愿违，后又遭人陷害，受牢狱之灾。顺治十三年出狱后，他便开始游历四方了。"

容若不解地问："游历四方？莫非顾先生看淡世俗，也欲做个闲逸散人不成？"

何先生摆手道："非也，非也！依亭林先生的秉性，又怎肯轻易放下！恐怕……一是为了避祸，这二么……"

"是什么？"

见容若目不转睛地追问，何先生苦笑道："二，则是为了结纳各地的抗清志士吧！不然，又怎会来到这里……"

"哦，原来如此……"小容若应了一声，便神情落寞地躺下身去。

"时辰不早了，睡吧！"说着，何先生将蜡烛熄灭，陷入了黑暗与沉思……

次日清晨，邻鸡破晓，茶白的曙光交融着淡淡的薄雾，点染着古老

第十章 龙舟竞渡

而又神秘的汶村城。随着嘈杂的人声不断聚集,喧天的锣鼓骤然响起,容若越发睡不安稳,也不知做了什么梦,忽地醒来,早已惊出一身冷汗。见四下无人,心中更是一紧,忙轻声低唤:"先生……先生……"他凝神静听,除了邻屋的鼾声和外面的嘈杂,却再无任何回响。

容若深感蹊跷,忙穿上衣服,朝外仔细寻去。只见院中空空如也,墙角的鸡笼也已不翼而飞,心中愈发忐忑,疾步行至门厅,见闩木离槽,扇门虚掩,便沿缝隙侧身而出,忙又反手将其掩上,这才靠在门边,长舒了口气。待他回过神来,只见街上熙熙攘攘,东边的庙前早已舞龙舞狮,热闹非凡。

小容若心中好奇,忙跳下台阶,飞身上树。放眼望去,就见大庙前祭坛高筑,香火旺盛,人们抬着绚丽的木雕龙头列队来到神坛祭拜,并供以粽子果品、美酒佳肴,前庭上更是龙腾狮舞,鼓乐喧天!容若见此盛况甚是好奇,忙跳下树,刚欲朝东跑去,忽见何先生急匆匆地走来。容若不胜欢喜,三步并作两步地迎上前去:"先生早!您去哪了?学生正要……"

谁知,先生却理也不理,面色凝重地径直朝他身后走去,口中嗔怪道:"荒唐!荒唐!还嫌不够招眼吗!"

容若不明所以,回身刚欲请教,却见那"将军府"的门前,不知何时竟悬了块红色的蔓菁,里面还塞了点蒜青,更稀奇的是,后面居然还挂了块白布,上书"避青"二字。容若心下疑惑,只见先生二话不说,走上前去,伸手便将其统统扯下,攒成一团,塞入怀中。随后便拉着容若,急匆匆地隐入人潮。

"先生,那是什么物件?"容若不解地问。

先生不语,容若又问:"咱们这是去哪?"先生依旧不语,只是拽着他与人流反向而行,左拐右拐,绕着"迷宫"走了半晌,竟也找不到一处清净的所在,直到太阳升得老高,才在村边废弃的砖窑里,找个僻静处,挖个坑,将那东西埋了。随后,方与容若坐在地上喘了口气,缓缓地说:"你怕吗?"

容若点了点头,忙又赶紧摇摇头道:"有您在,容儿什么也不怕。"

何先生拍了拍容若的肩膀道:"这三年跟着我,受委屈了。"

容若忙说:"不委屈!先生待我亲如祖孙,关照有加!是容儿拖累了您才对。"

老人笑了笑,将容若疼惜地揽在怀里。过了一会儿,才皱起眉,叹了口气道:"一夜无眠,便起早出去走了走,见天色未明,街上的人竟比平日多了几倍,心下着实难安哪!不想那顾亭林,却旧习难改,这当口,竟还挂这种东西!万一惹出事来可如何是好!"

"那是何物?"

见容若好奇,何先生道:"这顾大儒素有个别号,叫'避青先生',听说每逢端午,他便在门前高挂此物,以昭'不直国朝恶而避之'之心,今日,果然让老夫……见识了!"

"哦,原来如此……"容若点了点头。

此时,一阵喧闹的锣鼓过后,隐隐听得外面有个小姑娘说:"嬷嬷,我饿了!"

一位中年妇人连忙哄道:"乖啊!要不你在这等着,嬷嬷给你买好吃的去!"

女孩儿顿了顿道:"还是再忍忍吧!等我看赛龙舟的时候,您再去!"

"好好好!那咱们快走吧!"说着,便没了声响。

容若暗吃一惊,心想:此处怎会有乡音?莫非也是直隶来的么?忙起身道:"先生,咱们也去看赛龙舟吧!"

第十章 龙舟竞渡

何先生被容若搀扶起来，拍了拍身上的土道："好！咱们走！"

街上的人潮向南涌去，容若钻入其中，大步流星地四处找寻，却怎么也不见女孩儿的身影，何先生在人群中摩肩擦踵地疾步紧追道："容儿慢点！慢点……"

见先生上气不接下气，容若这才放慢脚步，回到先生身边道："刚才听外边有个女孩儿说话，像咱们直隶的口音，也不知哪儿去了？"

何先生面色一沉："此话当真？"容若肯定地点了点头，而老人的心绪却再难安宁……

不觉到了河边，两岸早已人头攒动、被围得水泄不通。好容易挤到前面，只见河中那一红一黄两条龙舟，每条都有二十多米长，足足可坐四十多名桡手。

此时，人们将红绸高系的龙头分别交到"头桡"手上。"头桡"恭敬地接过来，小心地将其扛到河边洗浴，洗毕后，方将龙头安于船首。这时，就见一位老者手持水钵、高举柚叶，行至队前，待他将柚叶，蘸上清水，洒在每位桡手的身上时，桡手们，才精神抖擞地登上龙舟，整装待发。

忽然，震耳欲聋的鞭炮声响起，三声鼓后，只见，一位长者将红色的令旗一挥，两条船竟如蛟龙般，跃出水面！在一片欢呼声中，夹着飞溅的浪花，向前冲去。船上的锣鼓声与两岸的助威声混成一片，桡手们棹桨齐飞，你追我赶，好一派群情激昂的场面！容若不禁感叹道："果真是'棹影斡波飞万剑，鼓声劈浪鸣千雷'啊！"

这时，只听旁边"啊呀！"一声，容若探身看去，只见一个小女孩儿不堪拥挤，脚下一滑，竟跌向河中！容若见状，忙拨开人群，疾步上前，迅速抽出腰中的"软鞭"，抖手就是一挥！只听"嗖"的一声，那"鞭子"风驰电掣般,霎时缠向女孩的腰间!紧接着,容若反手一拽,那女孩竟在落水的瞬间腾空而起!飞上岸来。

众人都被眼前的一幕惊呆了!纷纷为这个少年拍手叫好!容若笑了笑,在众人的喝彩与称赞声中不好意思地低下头,收起了"鞭子"。

这时,小女孩儿从地上起来,掸了掸身上的水,走到他面前施礼道:"唔该晒!"

容若猛一抬头,霎时愣住了!只见,眼前的小姑娘年纪虽幼,却生得眉目如画,清丽出尘!她那明亮的眸子似一泓清泉,恬淡的脸庞宠荣不惊,雪白的肌肤,映着粼粼的波光,竟如羊脂玉般温润剔透!乌黑的秀发渗着晶莹水珠,划过柔美的面颊,仿若出水芙蓉……她是那么的美,美得不食人间烟火,美得如诗如画!

"唔该晒!"女孩儿清了清嗓子,又说了一遍。

容若这才回过神儿来,红着脸,结结巴巴道:"你,你说什么?我,我没听懂……"

女孩儿抿嘴一乐:"我说'谢谢'!原来你不是本地人!"

容若惊喜地说:"原来你也不是!"

小女孩儿睁大眼睛,故作神秘道:"对啊!猜猜我是哪儿的?"

"听口音,像是直隶来的!"容若脱口而出。

女孩儿惊奇道:"你怎么知道!莫非你也是?"

容若笑着说:"不错!我是昌平州玉河乡人士。"

"哇!那我们还真是同乡呢!我是顺天府人士!"说着便冲他报以甜甜的一笑。那笑容灿若桃花,令人如沐春风……

女孩儿见容若出神儿地看着自己,不禁害羞地问:"那你到这么远的地方来做什么?"

容若这才回过神儿来，反问道："你一个女孩子都来得，我就来不得吗？"

说着，两人都笑了起来。

这时，忽见人群中挤出一个中年妇人，手里拿着粽子，高兴地说："小姐！小姐！您要的东西买来了！快趁热吃吧！"刚将粽子递到女孩手中，忽见她的衣服湿了，头上脸上都是水痕，忙心疼地说："哎呦！我的小祖宗！这是怎么弄的？没事儿吧？您要是有个三长两短，可叫我怎么活哦！"说着，边垂泪，边用手帕为她仔细擦拭。

女孩儿宽慰道："嬷嬷放心，我没事儿！方才险些落水，多亏这位小英雄挺身相救！"

容若忙说："姑娘言重了，不过是举手之劳而已！"

嬷嬷闻言，自是千恩万谢。

这时，忽听身后有人高喊："容若！容若！不好了！快走……快走啊！"

容若回头望去，只见何先生拨开人群，慌慌忙忙地赶来，拉着他不容分说就往外挤！女孩儿见状，忙追上前去，将一个粽子塞给他道："这个拿着！可香呢！"容若接过粽子，还来不及道谢，便被先生急匆匆地拽离了河边……

第十一章 别绪离愁

第十一章　别绪离愁

"先生，刚才您去哪儿了？我还以为，您一直在我身边儿呢！"容若边跑边问。

何先生气喘吁吁地说："快别问了！出……出大事了！……"转眼已近东阳门，只见街上满是官兵，将"天地会"的据点围得水泄不通。

容若暗叫"不好！"刚要进去，就被清兵拦住。

何先生见状，焦急万分，也顾不得许多，正色道："放肆！此乃明珠大人的公子，谁敢阻拦？"众人闻言，面面相觑，上下打量了一番，却无动于衷。

容若忙说："此乃我阿玛的恩师，还不快闪开！"

一个捕头听后，先是将信将疑，后一琢磨，忙满脸赔笑地作揖道："不知公子与先生，来此何干哪？"

容若道："休要多问！快些让路！"

"是是！是是！"那捕头忙应承着，令左右让出一条路来。容若与何先生疾步跨进将军府，却见府内空无一人！正当疑惑之际，忽闻隔壁传来打斗之声，忙又转身，急忙朝唐王行宫走去。

一进门，便见院里满是官府之人，一个身着朝服，头冠顶戴的大员，高坐于太师椅上，手下官兵分立两侧，将道宗等人围在中间。院中设有香案，案上摆有九宫八卦图和几只盛有鲜血的碗，那碗的边沿还滴着血痕。桌边扔着昨夜的鸡笼，而那几只鸡，已是奄奄一息，颈上的毛羽沾满淋淋的血迹，偶尔还扑闪几下翅膀，做着最后的挣扎。

容若定睛一看，打斗者不是旁人，正是师父吴殳和自幼教自己摔跤骑射的巴图鲁阿克敦。只见阿克敦迅猛异常！手起刀落，刀刀都奔致命的要害！那吴殳手舞拂尘，飞腾躲闪，银光万道，电扫风旋。容若深感意外，急喊："住手！"

阿克敦早已打红了眼，哪管这些，愤愤地说："我倒要看看，他有多大的本事！竟敢骑到我满洲勇士的头上！"一席话，说得吴殳一头雾水，心下疑惑。阿克敦求胜心切，趁势猛攻。

吴殳本无意与他打斗，闻其言，更想问个究竟，见刀狠劈过来，稍一侧身，手腕一抖，那拂尘竟如闪电般扫了出去，霎时，一阵冷风袭过，只听"哎呀！"一声，阿克敦一个趔趄，钢刀竟如铁片般脱手而飞。正当众人惊讶之时，只见眼前银光一闪，拂尘瞬间缠住刀柄，那"铁片"又从空中飞了回来，落于吴殳手上。

阿克敦见状，更加羞恼："我和你拼了！"说着，便如猛虎般扑了过来。

吴殳一个旋步，闪向一边："壮士息怒！"

阿克敦哪里肯听，又一个猛扑，只觉手腕发麻，被人如铁钳般牢牢锁住，一道寒光直逼颈下，动弹不得。

第十一章　别绪离愁

"壮士！我与你远日无冤，近日无仇，为何单单挑衅于我？非要与我一决雌雄？"

面对吴殳的追问，阿克敦也不作答，只对身后的官兵奋力高喊："还愣着干嘛？快将这帮逆贼抓进官府！打入大牢！"

话音刚落，只见清兵一拥而上，瞬间与"天地会"的人战作一团。

吴殳等人武功虽高，但面对重重包围，也难护全左右！眼看朱彝和顾炎武被俘，容若心急如焚，连忙飞身上房，高声喊道："住手！放过他们！一切的罪责由我承担！"

众人寻声望去，却见一个小孩儿站在房上色厉声严，都面面相觑，不明所以。

只见院中高坐的大员，抬头冷笑道："哪儿来的孩子？好大的口气！大清律例'凡歃血结盟，焚表结拜弟兄者，着即正法'！国法如山，非同儿戏！你担得起吗？"

不待容若答话，便见阿克敦急切地说："不能放过他们！明珠大人煞费苦心，才等到今天！定要将这帮逆贼一网打尽！"

话音刚落，众人又开始战作一团。

容若见状，忙跳下房来，从吴殳手中夺过宝刀横在颈前，厉声喝道："阿克敦！再不住手，我就死在你的面前！让你的钢刀沾满我的鲜血，向我阿玛邀功去吧！"

大员一惊，忙问："此人是？……"

阿克敦皱眉道："卢大人！此乃明珠大人的独子，容若！"

吴殳闻言，如梦方醒，五味杂陈！高声叫道："何瑞徵！你干的好事！"

何先生百口难辩！

容若焦急地说："师父！快跑！快跑啊！"

清兵见状，没了主意。只见吴殳飞身上房道："我不是你师父，你也不再是我的徒弟！"容若闻言，心如刀绞！众人趁势，冲出重围，四散而逃……

太师椅上的高官，不是别人，正是封疆大吏，两广总督卢兴祖。只见，他慢慢起身，走到容若跟前，拍了拍他单薄的肩膀道："想不到，小小年纪，竟有如此担当！尊师重义，是个君子！快回家吧！"随后，又转身对众人道："今日之事，全当没有发生过，若有人问，便说盗贼作乱，一切的罪责，还是由我来担吧！……"

大运河的水，依旧奔流不息，而容若的心却怅然若失。累日的奔波，掺杂着重重的心事，即使到了杭州码头，那"人间天堂"的美景也无法令他释然。

船逆流北上，渐行渐远，何先生孤独地站在岸边，依依不舍地目送着他的"孙儿"……从五岁到十二岁，整整七年，他在这个孩子身上，倾注了太多的情感与心血，一朝分别，又如何舍得？然而，任凭容若百般央求，他也不会再回去了……只是偶尔抬起那只苍老的手，朝远方默默地挥舞着……

容若跑到船尾，踮起脚尖，不住地朝恩师挥手作别："先生！您要记得来看我！来看我……"他竭尽全力地呼喊，两行热泪夺眶而出，直到声音变得嘶哑，直到先生的身影，消失在夕阳的余辉中……

"小公子，天黑了，身体要紧，快回舱吃些东西吧！"阿克敦关切地说。

容若却呆呆地望着天边，自言自语道："先生从此浪迹天涯，这一别也不知何时才能相见……"

第十一章　别绪离愁

是啊！一切都来得那么突然，那么令人猝不及防！从相聚到别离，往事一幕幕在脑海中浮现，他曾无数次地幻想过离开江南的画面，不料却是这般情景！他第一次尝到了无常的滋味，第一次品到了失落与孤独，第一次想要重新认识……自己的阿玛……

望着天上的明月，他思绪万千，师父吴殳那双温热的手，似乎还在背上，三年来的倾情相授、言传身教仍历历在目，可如今还未曾报答，师父却不再认他！容若无比自责，痛恨自己不该说谎，不该因一己私欲，去连累何先生，让那么多的人险些招来杀身之祸！然而一切皆已覆水难收……

月色下的波光不染世俗，恬淡静美。朦胧中，那水光深处，仿佛走来一位女子，低眉浅笑，素袂蹁跹。此时，他的脑海中不禁浮现出《洛神赋》中的诗句："翩若惊鸿，婉若游龙。荣曜秋菊，华茂春松。仿佛兮若轻云之蔽月，飘飖兮若流风之回雪……"她的笑容是那样的纯美，那样的熟悉……不错！是她！虽素昧平生，却一见如故。也不知她姓字名谁，是哪家的姑娘，今生可会再见……此时，他忽然想起了什么，忙将手伸向怀中，取出了她赠与他的礼物……

那是一颗龙眼大的珠子，金黄油亮，在月光与灯光的映照下，愈发剔透晶莹，似琥珀蜜蜡，又似古玉琉璃，凑近细闻，似乎还散发着淡淡的清香。不错，这正是她赠与他的那枚糯米粽，只不过被他赋予了"新生"……回想离开的路上，容若从怀里取出那枚粽子，不知是否如女孩说的那般美味，便小心地剥开粽叶，一股奇异的香气瞬间扑面而来，令人心旷神怡。他向来对粽子提不起兴趣，无论是枣泥、豆沙、莲蓉、蜜饯，还是火腿、板栗、蛋黄、菌菇，从小到大，甜的咸的，也不知尝过多少，可没有任何馅料，只有糯米和箬叶的粽子，还是头一回见！只见糯米色泽金黄，咬上一口，滑而不腻，甘而不哝，竟有着说不出的软糯清香，令人回味无穷！彻底颠覆了他对粽子的认知。容若心想："简单的食材竟能生出如此的美味！果然大道至简！"

他细细地品、慢慢地尝，眼前恍若又浮现出女孩纯真的笑容和那与她仓忙分别的画面……这是她赠与他的礼物，而他却不曾说个谢字，便匆匆离去……

渐渐地，他停住了，望着手中只剩下一口的糯米粽，便小心地用箬叶将其团成一个龙眼大的珠子，慢慢地风干，他要将它永久地保存，留作纪念……

转眼已近中秋，思儿心切的觉罗氏早已坐卧不宁，寝食难安。这一日，又半夜醒来，走到窗边，望着空中的明月，痴痴地说："也不知容儿行至何处了？"

明珠起身为夫人披上衣衫，揽着妻子的肩道："此时，怕已过沧州，快到天津卫了。"

觉罗氏叹了口气说："整整三年，不曾团聚，但愿今年的月圆之夜，容儿能在我的身边……"

明珠眉头一蹙，五味杂陈地望向了窗外。

夜幕笼垂，月光如水，容若坐在船头，沉浸在这银波似练、流动阑珊的暮色中……

忽然，阿克敦指着前方兴奋地说："快看！燃灯塔！是燃灯塔！公子，到了！到了！咱们回来了！"容若起身，放眼望去，果见天边一支塔影，在轻云皓月下，闪着如星般的光芒。

行不多时，只见河湾宽阔，河汊渐多，两侧船只骤增，岸上灯火通明，好一派繁华兴盛的景象！阿克敦不禁感叹："久闻张家湾日日为集，不想晚上，竟也如此热闹！"随后，又高兴地说："上了岸，定要好好地

第十一章　别绪离愁

喝上它一番！不醉不归！"

容若淡然一笑，却转头望向了身后，那渐渐消失的远方……

"小公子！您看！岸上！岸上是谁？"

随着阿克敦的一声呼唤，容若这才回过神儿来，转身望去，只见岸边一个熟悉的身影，瞬间映入了眼帘。他不可思议地揉了揉眼睛，没错！是额莫！额莫！他万没想到，母亲竟会亲自来接他！心情激动不已，忙踮起脚尖，用力地朝岸上挥起手来！

"夫人！是小公子！小公子回来了！"清儿指着前方高兴地说。

觉罗氏又怎能没有看到，只是三年来思念成疾，一朝见面，心里竟涌起说不出的滋味儿……她喜极而泣，一边拭泪，一边招手回应着儿子。

终于，泊船靠岸。容若三步并作两步地跳上码头，大叫一声"额莫！"便一头扑进了觉罗氏的怀里。觉罗氏紧紧地搂着儿子，宠溺地说："我的容儿终于回来了！让额莫好生想念！"

"容儿也思念额莫！"说着，他慢慢地抬起头，借着光亮，竟见母亲憔悴了许多，鬓角还生出了一丝白发，心疼不已！

"额莫，您瘦了！是孩儿不孝，让您担心了！"

觉罗氏捧着儿子的小脸欣慰地说："这是哪儿的话！我儿平安回来就好！容儿长高了！懂事了！"说着，又将容若紧紧地拥在怀中。看得众人无不动容，热泪盈眶。

"额莫，您怎么亲自来接我了？"

不待觉罗氏张口，清儿便抢答道："还说呢！自从公子走后，夫人没有一日不牵挂着公子，接到你回来的信儿后，夫人更是天天想、夜夜盼，数着指头过日子！好容易算着日子差不多了，便成日里像丢了魂儿一般。昨儿见小公子还没回来，就说什么也坐不住了，非要到这码头上来等，连老爷都劝不住！可巧，今儿就接着了！"

容若听后，扬起小脸，深情地看着母亲。觉罗氏温柔一笑，慈爱地将儿子拢在怀中。

这时，只见阿克敦率领众侍从上前行礼道："奴才给夫人请安！此番南下有负重托！我……"

"不必说了！"觉罗氏道："你的书信，老爷早已收到，此处人多眼杂，非讲话之所，有事儿回去再说。"

"是！奴才遵命！"阿克敦这才起身，与手下站到一边。

"夫人！时候儿不早了！小公子舟车劳顿，不如就此休息，明日回府，再为公子设宴接风吧！"听贵嬷嬷如此说，觉罗氏道："难得今日与我儿团聚，还是要庆贺一番才是！"

话音刚落，就见一个衣着体面的男仆，笑着走上前说："是啊！是啊！正好儿，奴才有个亲戚，就在这附近开酒馆儿，那名号在通州城可是响当当的！我昨儿就跟他打了招呼，为咱们备了几桌上好的酒席，以备不时之需！"

觉罗氏笑道："难怪老爷看重你，果然想得周全！"

容若见此人单眼皮、高鼻梁，看着不过二十岁上下的年纪，着实面生，不禁好奇地问："额莫，此人是？……"

不待觉罗氏答话，那人便打千儿道："奴才给小公子请安！"

孙嬷嬷忙说："这是咱们府里新来的大管家！别看他年纪轻，见识可不少！府里大大小小的事儿，全靠他张罗！能干着呢！"

男仆忙作揖道："嬷嬷过奖了！小的姓安，名尚仁，满洲正黄旗包衣。"

容若点了点头，贵嬷嬷补充道："因他在家排行老三，大伙儿都叫他安三儿，高丽人。"

第十一章　别绪离愁

容若不解地问:"既是高丽人,又如何成了我大清的子民和旗人的包衣?"

安三儿忙说:"不瞒主子,奴才祖上,是太宗皇帝征朝鲜时,跟了来的!这才有幸编入旗籍,伺候主子!今后还望公子多多关照!"

说着,众人跟随男仆离开码头,朝街里走去。不一会儿,已至十字街头,这十字大街最是张家湾繁华富庶之地。什么永元号茶庄、天成楼首饰店、二友轩蒸饼铺、天圣斋猪肉铺、天顺当铺、振昌合陶瓷店、义奉永布铺、庆和成粮行、济生堂药铺……真是应有尽有,琳琅满目,虽是夜晚却依旧灯火辉煌、热闹非凡。

"额莫,此地怎会商铺林立,如此昌隆?"

觉罗氏笑道:"我儿有所不知,这通州正是因漕运通济而得名,从明朝筑城至今,皆为朝廷仓储重地,南方八省的粮米货物都要在此卸载,这张家湾更是因河兴市,不但南北客商汇集于此,连各国使节进京朝贡,也要在此下船登岸。因此,商贸繁荣,物资极丰!"

"哦,原来如此……"容若点了点头。

"夫人真是见多识广!令人佩服!"

"是啊!夫人博古通今,岂是常人可比?"众人争相称赞。

行不多时,只见一座酒肆现于街心,看它飞檐斗拱、店旗招招,红灯高悬、八面玲珑,匾额上书"安晟楼"三个赤金大字,格外醒目!与京城有名的酒楼相比,也不逊分毫!看这气派,便知定非寻常人出入之所。

"到了!到了!夫人,这就是小的为您安排的宴饮之处。"

此时,早有掌柜带着伙计迎上前来:"贵客驾临,小店蓬荜生辉!夫人里面请!"。

觉罗氏对安三儿道:"过于惹眼了,要低调些才好。"

"是是！是是！"安三儿一个眼色，掌柜连忙带路，上了二楼早已备好的雅座包厢。

只见这里环境优雅，华而不俗，更有江南丝竹曲、昆山水磨调，洋洋盈耳，别有一番情致。

觉罗氏道："今儿个我们娘儿俩难得团聚，大家也出门在外不必拘礼，都入坐吧！"

众人千恩万谢，依次被伙计领入各自的包厢之中，母子二人则与贴身的丫鬟、嬷嬷们聚在一处，安三儿一旁侍候，忙里忙外。

不一会儿酒菜摆上，容若放眼看去，只见菊花蟹、炮羊肉、焖炉烤鸭、糟溜鱼片、虫草炖响螺、肚丝煲鱼翅……真是山珍海味无所不有，南北佳肴一应俱全。

小丫鬟忙为众人将温好的酒斟上，刚至容若处，就见觉罗氏道："公子还小，饮不得酒，还是吃茶吧！"

"是！"丫鬟应了一声，刚欲将香茶奉上，就听安三儿道："回夫人！这酒是奴才特意孝敬您的桂花酸梅甜酒酿，提神解乏、健脾生津，最是滋补！小公子但喝无妨。"

"哦？那倒要好好尝尝！给公子斟上吧！"

见夫人吩咐，小丫鬟忙又将茶盅放置一旁，为公子斟起酒来，容若见此人有些面善，却又一时想不起在哪里见过，便疑惑道："她也是府里新来的吗？"

众人闻言，都"噗嗤"一下，笑出声来。

清儿道："我们公子出去一趟，果然眼界高远了许多！连咱们屋里的人都不认识了！……"说着又笑了起来。

"要说这丫头呀！还是公子您领进门儿的呢！再好好瞧瞧！"

听贵嬷嬷这么一说,容若仔细打量,只见她柳叶眉、鹅蛋脸、肤色红润,身姿苗条,虽称不上花容月貌,倒也生得清秀可人。眉目间似乎还能寻得些熟悉的影子……

"哦!我想起来了!你是……妞妞!"

一席话,羞得姑娘面红耳赤,低头不语。

觉罗氏笑道:"她如今可不叫妞妞了……"

"那叫什么?"容若追问。

"叫春梅!我起的!好听吧?"清儿一旁得意地说。

容若想了想道:"宋真宗在《劝学诗》中有云:书中自有黄金屋,书中自有颜如玉。你自幼服侍我读书,又姓颜,不如就叫……'如玉'可好?"

众人连连称赞。

觉罗氏说:"还是我儿有学问!如此,甚妙!如玉,还不快谢过公子!"

如玉施礼道:"奴婢谢公子赐名!"

容若忙说:"姐姐不必多礼,几年不见,你竟出落成了大姑娘,害得我险些认不出!快过来一起坐吧!"

如玉紧张道:"奴婢不敢!"

"公子让你坐,你就坐吧!"觉罗氏说,"今后,你就是容若房里的掌房丫头了,要更加用心服侍主子才是!"

"是!奴婢定当尽心竭力!"说罢,才怯生生地坐到容若旁边……

饭毕,安三儿又命人将各色瓜果茶点呈与各处,众人边喝茶边继续谈笑。

清儿道:"小公子,方才听了你在南边儿的奇闻趣事,再说说,那边儿有什么好吃的,好玩儿的呗!"

容若笑道:"方才这满桌子的美酒珍馐,恨不得将这整条运河边儿上的特色菜肴都端上来了!你还不足兴?若好奇,就去南边儿也走上一遭!"众人听后,都笑了起来。

孙嬷嬷剥着瓜子道:"要我说,给她找个南边儿的女婿才好呢!"

清儿臊得满脸通红:"少拿我打趣!夫人您看她,真是越老越没正经!"

觉罗氏啜了口茶道:"她说的原也不错,是该给你找个好人家儿了……"

清儿一听,急得眼泪都要出来了,忙跪地说:"奴婢打小就跟着夫人,哪儿也不去!若打发我走,除非我死了!"

觉罗氏放下茶,起身搀扶道:"瞧瞧!大喜的日子,说什么不吉利的话,留着你便是了!"清儿这才喜笑颜开。

容若好奇道:"怎么不见月儿和张嬷嬷?大顺儿、茂儿可好?"众人闻言,皆沉默不语,如玉却不禁抹起泪来。

容若见状,连忙催问:"好姐姐,到底怎么了?快说呀!"

觉罗氏道:"别问她了……"

"到底出了什么事儿?"容若继续追问。

贵嬷嬷长叹一声道:"小公子走后的第二年,那张氏就染病不起,一命归西了。夫人见大顺儿忠厚能干,便将月儿许给了他,并将咱们皂荚屯儿的园子田庄,都一并托与他们管理。茂儿充了军,说是非要干出一番大事儿才回来!"

容若听后,低头不语,起身痴痴地朝窗边走去,黯然神伤地望向那依旧忙碌的码头……

"小公子,你怎么了?"清儿关切地问。等了半天,见仍不答话,众人才要再问。就听隔壁厢里一阵骚乱,呵斥声与哭求声,混成一片。

第十一章 别绪离愁

"安三儿,出了什么事?"觉罗氏问。

安三儿忙说:"回夫人,听着像是两个南边儿的小戏子,惹恼了听曲儿的大爷,正训斥着呢!"

觉罗氏放下手中的茶道:"何必跟两个孩子动这么大肝火!你过去瞧瞧,能劝就劝劝吧。"

安三儿应了一声,忙过去看个究竟,只见两个小旦跪在地上瑟瑟发抖,身上都是菜渍酒污,其余戏班人等也都拿着器乐跪了一地,桌上杯盘狼藉,地上瓷碴满地,酒水横流。

"大爷饶了我们吧!饶了我们吧!"

安三儿刚要进去,只见一个酒杯"嗖"地一声,朝自己扔来,幸亏他躲闪及时,又砸到了地上,摔得粉碎。

"我打你们这些没……没用的东西!也不问问这……这是谁的地界儿!敢……敢惹你大爷?让你们一个个都死……死无葬……葬身之地!"发飙者身材魁梧、满脸络腮、手戴扳指、衣着考究,指着安尚仁,仍不住地骂着,显然已经喝多。

此时,酒楼掌柜和伙计们也都赶来劝和,容若、阿克敦等人也已到场。

安三儿陪笑道:"大爷消消气儿!什么大不了的事儿,惹得爷动这么大火儿?告诉小的,小的替您教训他们!"

络腮胡歪斜着身子,眯着眼儿,指着满地的人说:"我……我要听八……八角鼓!他们……他们居然……不……不给爷唱!奶奶的!"

安三儿笑着说:"嗨!原来就为这点儿小事儿!他们都是南边儿的戏子,没见过世面!哪儿会那个呀!明儿个奴才一定为您请个八角鼓的戏班来!让您过足瘾头儿!"

话音刚落,只见临坐一个满脸横肉的大汉,起身朝安三儿就是一个嘴巴!呵斥道:"少来这套!爷现在就要听!"安三儿捂着脸强忍怒火。

"对!爷现在就要听!不然就砸……砸了你的招牌,烧……烧了你的酒楼!"络腮胡继续叫嚣,吓得掌柜和一众伙计不知如何是好。

阿克敦见不得自己人吃亏,上去朝大汉就是一拳!大汉一个趔趄,趴到了桌子上,残羹酒渍污了满身满脸,不禁恼羞成怒,抓起铜锅朝阿克敦就砸了过去!阿克敦一闪,竟砸到了掌柜的跟前儿,火炭崩得四处飞星,热汤更溅得天地都是!烫得掌柜俩腿哆嗦,双脚乱蹦,呲牙咧嘴,嗷嗷直叫!

"你们飞扬跋扈!倚强凌弱算什么本事?还不快放了他们!"容若说罢,便示意戏班的人快些离开。

络腮胡高声怒吼:"你是谁家的野种?胆敢在老子的地界儿上撒野!"

容若正色道:"普天之下,莫非王土!率土之滨,莫非王臣!这地界儿是当今皇上的!你竟敢居王土为己有!还有没有王法?"一席话,说得满桌的宾客面面相觑,酒竟醒了一半儿。

"王法?老子就是王法!"络腮胡继续叫嚣。

"你要造反吗?!"容若高声喝道。

"造反又怎么着?"说着,一掀桌子,朝容若就动起手来。

容若见他一身肥膘,空有蛮力,便使出四两拨千斤的功夫,三拳两脚就将他撂倒在地。众人皆瞠目结舌。只见那络腮胡趴在满是酒水油污的地上,被瓷碴扎得浑身是血,爬将不起。

大汉气得嗷嗷叫道:"臭小子!我要到官府告你!"

容若笑道:"好啊!我也正要到官府,告你们个目无王法,造反忤逆之罪!"

第十一章　别绪离愁

"容儿，得饶人处且饶人！快回来吧！"

听母亲呼唤，容若刚欲带着阿克敦等人转身离开，就见一个与自己年龄相仿的小阿哥，跳过来，拦住去路："慢着！你闯了这么大的祸，不报上名来，休想离开！"

容若冷笑道："是谁闯了祸还不一定呢！我没问你们的名字，你倒先质问起我来了？闪开！"说着，将小阿哥推到一边，大步流星朝前便走。

此时，觉罗氏已在众奴仆的陪侍下，于楼梯口等候，见儿子过来，才安心地走下楼去。

气得小阿哥望着容若的背影跺脚大喊："你等着！早晚要让你尝到我的厉害！……"

第十二章 思乡念旧

第十二章 思乡念旧

当晚,觉罗氏等人被安置在安晟楼内院的别馆之中休息,此处清幽隐蔽,通常不对外人开放。为免夜长梦多,次日不到五更天,一行人便驾车朝城里匆匆驶去。

行至半路,容若掀开轿窗朝外望去,只见旭日东升,霞光万道,而路上的景致却与来时不同,因问道:"额莫,咱们这是去哪?"觉罗氏忙撂下窗帘,笑着说:"回家呀!"见儿子一脸疑惑便接着道:"如今咱们住城里了!自从你阿玛升了内弘文院学士,就在咱们正黄旗的驻地上置了大宅子。这样,他就不用数十里路的来回奔波,咱们一家也能常年团聚了。"

容若追问:"那……那郊园……郊园呢?"

觉罗氏摸了摸儿子的头道:"瞧你!昨儿不是说了吗?都交与大顺儿两口子打理了!还不放心是怎么着?"

听了母亲的话,容若怅然若失,只"哦"了一声,便低下头去。随后,又悄悄地将窗帘掀开一道缝,朝外痴痴地望着,脑海中满是旧时的家园和儿时的记忆。

一路车马又行了半日,觉罗氏问:"安三儿,到哪儿了?"

"回夫人话,已入内城,前边儿就是地安门了!"

觉罗氏拍着容若的肩膀,高兴地说:"马上就到家了!"见儿子不语,便关切地问:"想什么呢?……"容若这才从万千思绪中收回神儿来,正襟坐好。

行不多时,只听安三儿"吁"了一声,勒马停车。众丫鬟婆子忙上前打起轿帘,放好轿凳,扶主人下车。

觉罗氏道:"容儿,你看!这就是咱们的新家!"

容若放眼看去,只见,门前碧波荡漾,漠漠晴烟如织。高大的雁翅照壁立于岸边,两侧垂柳毵毵,远山秀色如黛,风光绮丽,气韵幽然,果与别处不同。宅院坐北朝南,广梁大门台阶高筑,墀头、雀替、门簪、抱鼓石皆雕饰考究、精美非常。四个衣着不俗的小厮分列两侧,门上有一匾,匾上大书"明第"二字。更有那撇山影壁、上马石、拴马桩,愈显门庭宽阔,气派非凡。

"怎么样?喜欢吗?"

容若望着母亲,微笑着点了点头。

进得门来,绕过青石满雕大影壁,觉罗氏低声对安三儿道:"昨晚之事,暂且不要对老爷提起,免得他劳心。"

"是,奴才明白!"

此时,明珠早已下朝多时,听外面人报夫人回来了,忙从书房踱至堂屋之中。容若随母亲穿过仪门,见院中厢房华丽,甬路相衔,厅前两盆桂树"金星"点点,碧叶芳根。正中为穿堂,转过紫檀雕花嵌白玉山水大座屏,走过南大厅,见四面抄手游廊,迎面五间大正房,皆雕梁画栋;两侧厢房鹿顶、耳门钻山,四通八达。更有山石点缀、花木葱茏,整座院落宽绰舒朗,壮丽轩昂。

台阶上的丫头们见夫人公子回来,都高兴不已!纷纷迎上前来问好。另有一些没见过容若的小丫头们,则在一旁好奇地张望,痴痴地笑。

进得房来,容若见父亲高坐堂上,忙一跪三叩首道:"儿子给阿玛请安。"

明珠细细打量着自己三年未见的儿子,胸中涌起说不出的滋味,纵有万般责备,竟也语塞难言。只冷冷地说:"嗯!起来吧……"

觉罗氏忙上前搀起儿子,转头嗔怪道:"瞧你!一家人好容易团聚,本该高兴才是,竟阴沉个脸,给谁看?!"

明珠尴尬不已,还未开口,就见阿克敦等人,进来施礼道:"奴才给大人请安!此番南下有负重托,请大人治罪!"

明珠冷笑道:"从未有事发生,尔等何罪之有?"众人面面相觑。

"记住!小公子从未南下过!如若走漏了半点儿风声,当心你们的脑袋!"

阿克敦等人见老爷色厉声严,吓得冷汗直冒,忙磕头如捣蒜道:"奴才记住了!记住了!"

明珠环视了下四周,对安三儿等人道:"你们都记住了吗?"

众奴仆丫鬟忙跪地叩头道:"奴才记住了!"

觉罗氏见气氛僵冷,便笑笑说:"好啦!都起来吧!大喜的日子,别沉闷闷的!芸儿,酒席可曾备好?"

一个丫鬟忙答:"回夫人话,早已备好!"

"既这么着,都愣着干嘛?快去入席吧!"

众人这才如获重赦一般，下去用饭。

饭毕，容若随母亲穿游廊、过耳门，见一条甬路贯穿东西，屋后绿竹猗猗，路北一座院落，垂花门甚为精美，却也不入。容若好奇地问："这是何处？"

清儿笑答："这是夫人的起居之所，与小公子的只有一墙之隔！"

容若疑惑道："一墙之隔？前方道路将尽，又何来院落？"

觉罗氏神秘地说："一会儿你就知道啦！"说罢，牵着儿子继续往前走。至西墙，过屏门，谁料，此处竟别有洞天。

只见一条青石甬路，沿脚下平铺而出，直通角门。南北两侧各有院落，皆青砖围墙、绿树成荫。行至路北的垂花门处，见院门上也有两个小厮垂手侍立。

觉罗氏高兴地说："进去瞧瞧吧！"

容若抬头，见此院果与方才的院落相邻、门亦相同，前面正脊悬山，后面卷棚悬山，二者勾连相搭，形成一殿一卷之式。檐枋、花板，崇光泛彩；雀替、石鼓，细琢精雕，颇为考究。启朱门，绕绿屏，四面尽是游廊相接，布局皆与正院相仿，虽略小些，却更为精巧别致。院中山石玲珑、碧叶生姿、兰蕙飘香、鸟语莺啼，另有后院、罩房，尽显别样清幽。

此时，早有几个丫鬟婆子迎上前来，觉罗氏道："容儿，这便是你的住处，往后就由她们服侍你。"并交待如玉："要好生调教这些小丫头们，切莫有半点差错！"又威吓众奴仆："公子的起居饮食你们当格外上心才是，若有什么差池，休怪我不留情面！"

众人一听，连忙下跪道："是！奴婢遵命！"

觉罗氏这才放心地点了点头。

容若恐母亲劳累，忙关切地说："额莫为孩儿殚精竭虑、日夜操劳，

第十二章　思乡念旧

不得片刻休息，孩儿于心难安，还请额莫珍重贵体，好生将息。"

觉罗氏欣慰道："难得我儿一片孝心！你也当好生将息才是。"随后又嘱咐如玉道："回头将那几个小厮叫来，认认主子！让他们好生服侍容儿读书骑射。我也乏了，待容儿睡过午觉，你们陪他逛逛园子、散散心！"

如玉连忙应喏。

觉罗氏这才在丫鬟婆子的跟随下，穿游廊，过屏门至东院歇息。

容若随如玉进得房来，见朱粉雕窗，罗纱轻覆，古玩字画，翰墨书香，颇合意趣，便问："这屋子是谁收拾的？"

如玉忙答："是照着夫人的意思铺陈的。"容若点了点头。

行至卧房，丫鬟献得茶来，容若无心去品，躺在床上，反觉胸中憋闷，便对如玉道："不是还有园子吗？所在何处？"

如玉笑答："对面就是啊！等公子睡醒了，我带您去。"

容若一跃而起："还等什么？现在就走。"如玉无奈，只得随他。

出得院门，沿甬路往西，只见一月亮屏门，开于南墙之中。两侧皆为青瓦游龙脊，门上嵌一汉白玉石，额刻"万春园"三字。观其貌似有些年代，便问："此园是阿玛新建的吗？"

如玉想了想道："听说，这是前朝……哦，对！是元代的园子。老爷近年才盘下来的……您看！前面这片儿，连同公子的宅院，也都是新盘下来翻修的。"

容若放眼望去，见西边还有些房舍，总占地足有数十亩之阔。

进得园来，只见山石嶙峋、清溪泻玉、奇花异草、吐翠喷芳，转山坡穿花度柳，临水榭抚石依泉，更有那说不完的亭台楼阁、飞檐斗拱，道不尽的小桥流水、曲径通幽……真是移步换景，恍若人在画中。

这时，忽见前方有一古槐，枝繁叶茂、蔽日遮天，犹如一只凤凰，振翅欲飞。容若不禁感叹："真是古树浮绿气，高门结朱华！概有百年之龄，方能生此气象……"

如玉一旁赞叹："公子真是好眼力！听夫人说，此树足有两百余年了！说不定……都有灵性了呢！"

容若笑而不语，行至树下，顿觉凉风习习，倍感清幽。席地而坐，听声声鸟语、看水色天光……望着南飞的大雁……恍惚中，他仿佛又回到了彼时的江南，看到了何先生那挥动的双手，模糊在落日的余晖中……那些朝夕相处的日日夜夜、苦口婆心的谆谆教诲，又一幕幕浮现在眼前……但从此，都不会再有了……而奶妈张氏、师父吴㐨，他们或平凡或传奇，皆对自己有着莫大的恩德，却未待报答，便都匆匆离去，或天各一方，或人天永隔……

他真切地感受到了生命的脆弱、世事的无常……内心愈发的空落与孤独。

忽然，一个丫鬟，带着几个小厮匆匆赶来，如玉嗔责道："不是早就让你去叫了吗？怎么这会子才来？"

丫鬟忙说："姐姐莫怪，我方才将园子翻了个遍，也没摸着他们的影儿，后来一问马号的管事才知道，原来是趁主子午觉的空，出去放马了！才刚回来。"

后面一个稍高些的小厮忙满脸陪笑道："梅姐姐莫怪，我们这不是来了么！有什么事儿，您只管吩咐，我们听命就是！"后面几个也跟着陪笑道："是啊！是啊！我们都听姐姐的！"

如玉脸一红："少要贫嘴！谁是你梅姐姐？我如今叫如玉，今儿个把你们叫来，是让你们认认主子！"

第十二章　思乡念旧

众人一听，这才注意到坐在树下的容若，忙垂手侍立，不敢怠慢。

如玉走至容若跟前道："公子，这几个小厮就是夫人挑来，服侍您读书骑射的，往后有什么事儿，只管吩咐他们便是。"

容若站起身来，几个小厮忙打千儿道："奴才拜见公子。"

"都起来吧！你们叫什么名字？几岁了？"

见公子问，高个的忙说："回公子话，奴才名叫水生，十三了。"又一个道："奴才叫福喜，十二。""奴才叫福贵，也是十二。""奴才叫五儿，十一。""奴才叫潘儿，十岁。""奴才叫柱儿，也是十岁……"

容若见他们生得干净齐整，便问："你们是哪里人？来这儿多久了？"

水生道："回公子，小的们都是昌平州，玉河乡人士，前两年府里招仆役，哥几个不知修了几辈子的福，才从上百号人里，被挑中伺候主子，年前，老爷举家迁进城里，小的们有幸，也都跟了来。"

如玉道："夫人怕从外面找来的不稳妥，他们都是好人家的孩子，知根知底儿。"

容若点头道："如此甚好！马号何处？我正想出去走走！"

水生道："咱们府里的马号共有两处，一处在这园子的南门，所养马匹为老爷夫人所用，公子的则在这宅院的西北门上，夫人说便于小公子出行。"

容若迫不及待道："走！瞧瞧去！"

说罢，便依原路出了园子，又沿甬路往西，行至角门处，果见一马号，内有骏马十余匹，个个四肢强健，毛色光滑如缎。

"咦？我的'雪狮子'哪儿去了？"容若不禁问道。

那"雪狮子"本是容若幼年，明珠托人从西域花重金买下，送与儿子学习骑射的宝马良驹。此马性情温顺，毛色洁白如雪，其鬃蓬松如狮，日行千里、飞驰如电。容若自幼与它朝夕相伴，感情颇深，阔别三年，却不见踪影，心中不免焦躁难安。

水生道："公子莫急，'雪狮子'在老爷的马号里，一切安好！"

容若不解道："我的马，如何会在阿玛的马号里？"

水生说："公子有所不知，老爷的'万里金'去年生病，没了。听说那马原是老太爷的汗血宝马金骓所生，平日视若珍宝，一般的马又哪能入得了老爷的眼？于是就将公子的'雪狮子'牵了去。"

容若闻言，不免黯然神伤。

忽然，五儿眼前一亮道："'雪狮子'虽然归了老爷，但这匹'玉麒麟'也不错啊！"说着便到马棚，牵出一匹白马来。

容若仔细观瞧，只见此马与"雪狮子"颇为相似，只是额前多了一道闪亮的金纹，便好奇地问："此马又从何而来？"

五儿笑道："这马正是'雪狮子'和'万里金'所生啊！别瞧它还不满三岁，真跑起来，怕是连它娘也赶不上呢！"

容若大喜道："那可真是青出于蓝而胜于蓝了！我倒要瞧瞧，它是怎样的宝马良驹！"说罢，便飞身上马，朝门外奔去。

众小厮刚要慌忙去追，便听如玉道："且慢！五儿留下，万一有事，也好有个照应。"

"是！"水生等人应了一声，便急忙上马追去。

那玉麒麟果然神骏，身姿轻健，四蹄如飞，长鬃飘扬，风驰电掣！只刹那间，便到了德胜门外。众小厮哪里追赶得上，一瞅没了踪影儿，都慌了神儿。

水生道："想那公子对城里的路并不熟，估计全凭玉麒麟带，咱们若按照平日放马的路径寻去，定能找着主子！"

第十二章　思乡念旧

众人甚觉有理，驭马直奔德胜门而去。

行不多时，容若回头，见小厮们早已被甩得无影无踪，便知玉麒麟果非凡马，于是调头相迎，这才与众人汇合，奔向城外。

"公子，咱们去哪儿？"水生问。

"去郊园！"容若答。

"好嘞！"众小厮齐喝一声，快马加鞭，直奔玉河乡皂荚屯而去。

月儿与大顺儿正在郊园里忙碌，忽听门上小厮报，来了位公子，心下纳闷，正要出去迎接，便听人喊："大顺儿叔，您看谁来了？！"

大顺儿和月儿急忙出门，只见一个翩翩少年迎面走来，夫妻俩擦了擦眼睛，月儿激动得热泪盈眶："你是……容儿！"

容若激动地说："是啊！我回来了！"

月儿疾步上前，一把将容若搂在了怀里，动情地说："回来就好！回来就好！"随后，又擦了擦眼泪，含笑比划道："走的时候，才这么高，如今都快追上我了！"

大顺儿也高兴不已，激动地说："公子啥时候回来的？何先生可好？"

容若闻言，心中不免隐痛。

水生见公子不语，便笑着说："公子今儿刚进府，就急着回来看您了！"

大顺儿和月儿一听，都感动得什么似的，忙将容若请进屋去，端茶倒水，好生伺候，又让厨房备饭，要为公子洗尘接风。

一阵热络过后，容若这才顿了顿，低声道："家里的事儿……我都听说了，这两年，辛苦你们了！"

二人闻言，不免悲从中来。月儿擦了擦眼泪，笑着说："承蒙夫人信得过我，都是自家的事儿，说这些就生分了。"

大顺儿忙道："是啊！是啊！老爷夫人对俺们恩重如山，下辈子就算当牛做马也报答不完哪！"

容若叹了口气，又说："何先生不会回来了！"

"为什么？！"在大顺儿夫妇惊诧的目光中，容若将事情的经过讲述了一遍，二人唏嘘不已。

容若自责道："都是因为我！闯下大祸，拖累了先生！"

月儿宽慰道："小公子千万别这么说！凡事皆有天意……岂是人力所能违的！"

大顺儿也忙说："是啊！我送公子回来后，老爷特别交待，以后就算烂在肚子里，也决不能提'南下'二字，小公子也快别说了。"

月儿叹了口气道："是啊！过去的事儿，就让他过去吧！……"

容若点了点头，又问："张嬷嬷的坟在哪儿？我要去祭拜。"

大顺儿一惊，月儿忙说："就在西边儿不远，我带您去！"说罢，便备好果品香烛，灯花纸钱，带着容若朝张氏的坟地走去。

秋风萧瑟，满目苍凉，纸灰夹着火星，飞旋在缕缕的香烟中……容若跪倒尘埃，眼含热泪，磕下了深深的头……

明珠本想将儿子叫至书房，好生训诫一番，见夫人将其拉走，只得作罢。半日里踱来踱去，心事重重，忽然想起了什么，忙叫人去传容若。

如玉一听，慌了手脚，一面道："公子去西山骑射了！这就寻来！"一面忙叫五儿去找容若。

五儿见日已西斜，着急地说："这会子上哪儿去找啊？再过一个时辰，城门都关了！"

如玉想了想道："平日里你们放马，一个时辰必然回来，倘若这会子都未归，又能去哪儿呢？"

正当五儿挠头苦思之时，如玉眼前一亮："不会……去郊园了吧？！"

第十二章　思乡念旧

五儿道："何以见得？"

如玉说："公子离家三年，回来却不见旧时宅院，若是你又当如何？"

五儿说："我高兴还来不及啊！这宅子！这地界儿！不比那园子强多了！"

如玉听得气儿不打一处来，嗔怒道："呸！谁像你这个泼赖货！还不快去郊园寻来！"

五儿一吐舌头，忙快马加鞭，去寻容若。行至郊园，果见公子的玉麒麟和众小厮的马匹在此，心里的石头才算落了地。

此时，日落西山，月儿张罗了一桌好菜为容若接风洗尘。正当入席之时，忽听门外传来急促的叫门声，大顺儿忙去看个究竟，就见五儿不待小厮传话，便气喘吁吁地跑进来说："大……大顺儿叔，快……快叫公子回府！老爷有急事！城……城门马上就关了！"话音刚落，众人已至院中。

"事不宜迟！快走！"只见容若冲出门外，飞身上马，双手抱拳道："月姑姑，大顺儿叔！咱们后会有期！"说罢，便策马扬鞭，绝尘而去。

"容儿！路上小心！早晚天凉，多多保重！得空常回来……"月儿追在后面不停地叮嘱，直到容若的身影消失在道路的尽头……她才止住脚步，而手却还挥舞在空中……

玉麒麟四蹄生风，一马当先，不消半个时辰，便冲入德胜门内，好在城门未关。

如玉心急如焚，守在角门张望，见公子归来忙叫小厮将门打开，口中念道："阿弥陀佛！可算回来了！"

勒缰下马，容若忙问："阿玛有何要事？"

如玉道："奴婢不知，快回房换了衣裳，去见老爷！"

容若忙疾步回房，不料一进门却看到了母亲，未待请安，便听母亲嘱咐:"你父亲最近火气大,凡事别冲撞他!"容若点了点头。

明珠在堂屋内久等多时,心中愈发不快!见容若来迟,厉声斥道:"混账东西!你可知错吗?!"

容若吓得连忙双膝跪地:"孩儿知错!"

明珠面色稍缓:"错在何处?!"

容若道:"自古君为臣纲、父为子纲,惹阿玛动怒,便是孩儿最大的错!"说罢,向父亲叩头。

明珠本有一腔怒火,听儿子这么一说,竟消了一半,坐在太师椅上,啜了口茶道:"方才去哪儿了?"

容若抬起头说:"回阿玛,去郊园看望大顺儿叔和月姑姑,还……还……"

明珠气愤道:"还什么?!支支吾吾成何体统!"

"还去祭拜了张嬷嬷……"

明珠闻言,一皱眉:"不是去西山骑射了吗?"

容若忙答:"孩儿一时起意,旁人又如何知晓。"

明珠闭上眼,点了点头,沉默了半晌,才缓缓地说:"明日巳时,皇上要到南苑游猎,特许上三旗子弟随行,你可愿同往么?"

容若眨了眨眼,抱拳道:"全凭阿玛做主!"

"嗯!"明珠捋着胡子点了点头。

次日一早,容若便起来读书练武,待阿玛下朝回来,早已门前恭候,整装待发。

那雪狮子远远就认出了小主人,高兴得两蹄腾空,一阵嘶鸣!待明珠进府更衣之际,与容若和玉麒麟好生亲昵。

不多时,明珠披挂整齐,背弓挎箭,飞身上马,携容若及近侍出正阳门、过永定门,直奔南苑而去……

第十三章
西狩获麟

第十三章　西狩获麟

途中，阿克敦好奇道："老爷！以往秋狝，均是八旗各部整队随扈，逶迤数里，华盖豹尾，何等阵仗？如今却为何只令上三旗的王公大臣们携子弟前往，这般冷清？"

明珠笑而不语。

一路上，田野郊原、村落人家，别有一番景致。不多时，远远就见一条大河自西向东蜿蜒流去，上架一座五孔石桥横跨南北，足有数十米之宽！后有一座苑门，由三个方形门洞组成，中间高，两边低，皆灰瓦歇山顶，朱门红漆，高大雄伟。两侧苑墙延向远方，隐隐绰绰，望不到边。

"阿玛！前面就是南苑吗？"容若高兴地问。

"不错！过了桥，便是南苑的正门，大红门！"

阿克敦补充道："这可是自辽代以来的五朝猎场！元、明、清三朝的皇家苑囿啊！"

容若笑着点了点头。

这时，忽听耳畔一声鞭响，两匹烈马从身边带着风呼啸而过，一匹色如青缎，一匹灿若红霞，而那红马上的背影竟有些眼熟，却又一时想不起在哪里见过。

进大红门，只见迎面一座"更衣殿"，外有侍卫把守，后有几座庙宇，皆飞檐斗拱，气势非凡。众人勒缰下马，侍卫来报："皇上驻跸东宫，众王公大臣均在殿外侍驾"。

明珠等人，忙又飞身上马，朝东宫奔去。

路上，但见芳草如茵，广袤无垠，湖泊纵横、水色天光；更有那碧柳成行，荻花飘荡，雄鹰飞旋，鹭鸶声声，容若不禁感叹："好个水乡泽国！"

此时，就觉身后又有数匹快马奔来，放眼望去，只见前方几座庙宇，簇拥着一座宫殿，两侧龙旗招展，侍卫森严，早有王公大臣携子牵马，立于殿前，想必便是东宫了！

明珠忙下马，与众大臣稍作寒暄后，便携容若侍立殿前，眼见巳时已过，却仍不见圣驾，众人不免疑惑。此时，忽见前面有个小阿哥，不断地回头张望，与周边人窃窃私语。

阿克敦俯身低声道："公子，前边那位哥儿好生面善！怎么像是……"

容若忙抬手将其止住，不错！那正是安晟楼中说要给他厉害的小阿哥，真是冤家路窄！容若见他不时地朝自己指指点点，心中难免不快。

又等了约一刻钟的功夫，只见殿门打开，众人刚要跪拜，却见不是皇上，而是个衣着讲究、相貌清俊的小阿哥，看上去也就八九岁的年纪，此人稳步行至众人面前，清了清嗓子，高声道："皇上口谕！众卿皆为朝中亲贵、国之栋梁，子孙后代更应铭记'马上得天下'之祖训，应勤于骑

第十三章　西狩获麟

射，不可一日废武！不忘根本，方能保我大清江山永固！为考量各位阿哥的马上功夫，特命以此为始，以晾鹰台为终，不可行御路，圣上亲裁，得头名者，重赏！"

"奴才遵旨！"

话音刚落，就见众阿哥飞身上马，如离弦之箭般，向南奔去，王公大臣们也紧随其后。容若虽头次来南苑，不免生疏，但昨夜已命五儿找来地图，仔细观研，对这方圆四百余里的地势都已了然于心！那玉麒麟也难得来到如此水草丰美的地方，兴奋不已！大有"海阔凭鱼跃、天高任鸟飞"之势，如一道银色的闪电，御风而奔！真是"不从桓公猎，何能伏虎威？一朝沟陇出，看取拂云飞！"很快便脱颖而出，令众马望尘莫及。

容若的突出表现，令人无不惊叹！但也招来了嫉恨，特别是那安晟楼的小阿哥。只见他面色阴郁，对身边的同伴道："看那野小子张狂的很！最见不得他拔尖儿的样儿！不给他点颜色瞧瞧，就不知道咱们的厉害！"

同伴道："眼看就到晾鹰台了，料他必胜无疑！你又能怎样？"

小阿哥斜眼一乐："必胜无疑？那可不一定！"

说着，就见他拉弓搭箭，只听"嗖"的一声，一道寒光直奔玉麒麟射来！有道是，明枪易躲暗箭难防，容若得胜心切，哪里防得这些，但那雪狮子看得真切，一声嘶鸣！直接朝玉麒麟身后挡去，明珠暗叫："不好！"，忙抓紧缰绳，抽出宝刀反手一挥，如霹雳划过，只听"当"的一声，"寒光"落地。

小阿哥见状，恼羞成怒，忙又抬起弓来，这一幕正被转身回缰的雪狮子逮个正着！哪里容得麟儿再受伤害，不容分说，撒开四蹄直奔小阿哥冲去，任由明珠如何勒缰也无济于事。那小阿哥瞬间慌了神儿，匆匆射出一箭后，坐骑竟如受了惊般仰天嘶叫，扭头狂奔，一路横冲直撞，差点将他甩下马来。

"好你个明珠！堂堂朝廷要员，竟然欺负一个孩子！我和你没完！"一声怒吼过后，只见一个身强体壮，彪悍异常的大臣，气势汹汹，驭马而来，横刀刚欲拦住明珠的去路，就被雪狮子冲将过去。惊得明珠冷汗直冒，连连解释："大人误会！误会！"此人来历非凡，正是一等公图赖之子颇尔喷。

此时，容若离晾鹰台已近在咫尺，眼看胜券在握，忽闻身后一阵骚乱，又听人喊父亲的名字，不免心悬，忙调马回缰看个究竟。那雪狮子见小阿哥的马冲向水泡子，方渐渐地停下步来。那水泡子乃是南苑的四海子，周边满是芦荻，泥草湿滑，水面宽阔，深不可测。颇尔喷见险象环生，顾不得许多，忙一路紧追！谁知他越是紧追，那小阿哥的马就跑得越快，眼看就要冲入水中！就在这千钧一发之际，只见一匹白马飞驰而过，忽听"嗖"的一声，那小阿哥，竟瞬间从马背上飞了起来！落入湖边的荻草之中，众人这才松了口气。

"你没事吧？快起来！"容若收鞭下马，伸手相搀。

小阿哥惊魂未定，以为是在做梦，慢慢地睁开眼，朦胧中，却看到了那张熟悉的面孔，嗔怒道："谁让你扶？看我的笑话！哎哟！哎哟！……"说着又疼得直皱眉头，赖在地上不肯起来。

"哈哈！我还以为是哪儿来的蛮小子！原来是位格格！……"容若见"他"帽子甩落，露出了一头乌黑的秀发，这才恍然大悟。小格格愈发羞恼，忙扣上帽子，抓起身边的泥草，朝容若的脸上甩去！好在容若躲闪得快。

这时，颇尔喷急忙跳下马关切地说："珍儿，还好吧？来！阿玛搀你起来！"

第十三章　西狩获麟

小格格气呼呼地说："我不好！"随后又指着容若道："阿玛！他欺负我！快帮我教训教训这个臭小子！"

此时，众人也已纷纷赶到，就见一位稚气未脱的小阿哥，跳下马，替容若打抱不平道："哎！明明是人家救了你！非但不说个谢字，还恩将仇报，这岂是君子所为？"

一席话，将小格格瞬间敲醒，随后，又满不在乎地扯下帽子道："看清楚啦！我不是君子！"

忽然，一个响亮的声音道："子曰：唯女子与小人难养也！今日一见，果然不错！"

话音刚落，就见众人忙施礼打千儿道："奴才恭请皇上圣安！"

原来说话者并非旁人，正是当朝皇帝康熙。

"罢了！都起来吧！方才晾鹰台上，朕看得一清二楚！就让朕来断断这桩公案！"

"喳！"众人这才起身。

容若仔细打量着眼前的这位少年天子，只见他身着石青色云龙缺襟袍，脚踏黄云缎勾藤如意靴，五官端正，耳大声洪，脸上虽有天花留下的印痕，但皮肤白皙，丝毫不减他的俊朗，身高年龄虽与自己相仿，却显示出与生俱来的王者风范和那不容侵犯的高贵与威严！

皇上在众人中踱了几步，又回身，行至容若跟前道："这位阿哥，朕从未见过，不知是谁家的公子？"

明珠忙上前施礼道："回皇上，此乃奴才的犬子纳兰成德。"

康熙笑了笑道："说了多少次，咱们已入关多年，应学学那汉人，称臣，别总奴才，奴才的！"

颇尔喷忙跪地叩头道："皇上，这是我满洲八旗的旧俗，改不得呀！"

康熙挥手道："罢了！罢了！起来吧！"随后又说："既是你家公子，为何今儿才带来？"

明珠忙又施礼道："犬子自幼生长在乡野郊园，怕不懂规矩，冲撞了皇上！这不年前才举家迁进城里，方将他带了来！"

康熙点头："嗯！如此甚好！纳兰公子马术精湛，身手不凡！可见明大人教导有方啊！"

明珠与容若忙施礼道："皇上过奖！"

颇尔喷见状，气急败坏地说："明珠身为内阁大臣却以大欺小，害得小女险些落水遇难！请皇上为奴才做主啊！"

康熙冷笑道："颇尔喷，朕正要问你，朕明明叫大臣们携子游猎，而你却为何携尼楚贺前来，还女扮男装！这不是欺君罔上又是什么？！"

一席话说得颇尔喷两腿发软，"噗通"一声跪倒在地，忙叩头道："奴才冤枉！奴才冤枉！奴才的确是携子前来，无奈小女也要跟着，这才出此下策！"

康熙道："携子前来？你儿子现在何处？"

颇尔喷忙抬头四下张望："方才还在，这会子又上哪了呢？……"

此时，就听远处传来马蹄声，一个少年高声喊道："阿玛！阿玛！我得了头名！得了头名！"

众人听后，都忍俊不禁。

见少年下马，康熙道："得了头名？谁裁定的头名？"

少年忙施礼道："奴才永谦参见皇上！不知皇上在此，迎驾来迟，请皇上恕罪！"

康熙一摆手："罢了！朕不怪你！你一心只想着那得头名的赏赐，连

第十三章　西狩获麟

同胞妹妹的死活都不顾,眼里又怎会有朕?"

永谦吓得连忙跪地,叩头如捣蒜:"奴才冤枉!奴才冤枉!奴才罪该万死!罪该万死!"

康熙又走到颇尔喷面前道:"你说明珠以大欺小?而朕却看到……是你的女儿尼楚贺暗箭伤人在先,一箭不成又射二箭,明珠他护子心切,才置你女儿于险地,好在纳兰公子及时赶到,方令你女儿化险为夷!朕说的是也不是啊?"

众人听后,都交口称赞,颇尔喷仍愤愤道:"即便如此,他也不能心胸狭隘到失了体统!"

明珠忙上前施礼道:"皇上圣明!奴才有下情禀报!"

康熙道:"快快讲来!"

明珠说:"皇上有所不知,并非奴才心胸狭隘,而是我那坐骑雪狮子乃小儿坐骑玉麒麟之母,小儿容若,又是它的旧主,是她护子心急、救主心切,舍身挡箭!又无意中发现了那射箭之人,才不听奴才驾驭,上演了方才那一幕啊!"

康熙听后,惊奇地说:"哦?果有此事?!"说罢,便径直走到雪狮子面前,抚了抚那如雪的鬃发,感慨道:"好个宝马!竟通人性!有情有义!可叹有人却连你还不如啊!"

"皇上!明珠一派胡言!请皇上治他欺君之罪!"

见颇尔喷不服,康熙怒斥道:"住口!难道朕不明是非?还用你教不成?"

"皇上息怒!奴才不是那个意思!皇上息怒啊!"颇尔喷连忙叩头。

"好了!朕宣布,今日马术得头名者,纳兰成德!"

明珠与容若闻言,惊喜不已,连忙谢恩!众人纷纷道贺。

康熙笑道："刚才朕传口谕，得头名者重赏！你们可知，朕赏什么？"

大臣和阿哥们都十分好奇，纷纷猜测。这时，就听皇上打了一声响亮的口哨！众人忙四处张望。忽听空中传来一阵清远的鹰鸣声，那声音极富穿透力，由远及近，飞旋直下。众人忙抬头观看，就见一只雪白的海东青，挥着巨大的翅膀从天而降！康熙伸出手臂，那神鹰扑闪着无暇的羽翼，稳稳地落于康熙的臂膀之上，身上笼罩着神圣的光芒。

众人无不赞叹！明珠崇拜地说："常言道，十万只神鹰，才出一只海东青！这一万只海东青，才出一只白璧无瑕的玉爪啊！此乃稀世珍禽！神的使者！愿上天保佑我大清江山永固！国祚隆昌！皇上万岁！万岁！万万岁！"说罢，倒身便拜！众人也纷纷跪拜，齐呼万岁！

康熙笑道："都平身吧！本来，朕只想赏件黄马褂儿，但今儿见了成德，朕高兴！不知怎的，就想把朕的玉爪赏给他！朕觉得，他配得上这神鹰！"

纳兰父子闻言，大喜过望！忙叩头谢恩。明珠激动得眼泛泪花，声音颤抖着说："奴才受宠若惊啊！犬子何德何能，竟得圣上如此垂青！纳兰一家誓为皇上当牛做马！肝脑涂地！报效朝廷！以谢隆恩！"说罢，又连连叩头。

康熙微笑着点了点头道："起来吧！"随后又踱着脚步说："朕有一事不明，特想请教纳兰公子……"

容若忙施礼道："皇上请讲！奴才定当知无不言言无不尽！"

"你刚才救尼楚贺时，用的是什么物件儿？可否容朕一观？"

众阿哥也好奇道："是啊！是啊！让我们也瞧瞧！"

容若忙从腰间取出一团绳索，伸出手道："皇上请看！就是它！"

康熙接过来仔细观瞧，只见绳索约有一丈二尺长，由蚕丝与发丝混合

第十三章　西狩获麟

编就，手指粗细，一端为绳头，可结成圆环套于手上，另一端则系一瓜纹宝葫芦状铜锤，约有二斤来重，末端钻有象鼻孔，以贯铜环、配响环，后系彩绸，下以绳索环扣。

康熙好奇道："这不是我满人的鞭子，你们都来瞧瞧，是个什么？"

众人一听，都兴冲冲地围了上去，你一言我一语，看了半天，也没说出个究竟。明珠心里一紧，生怕引出江南之事，忙走到容若身边，暗中揪了揪他，以作警示。容若何等聪明，马上明白了父亲的用意，知道从此要谨言慎行……

这时，忽有个侍卫走上前来，对康熙拱手道："皇上，可否容奴才一观？"

康熙高兴地说："阿舒默尔根，你来得正好！快帮朕瞧瞧这是个什么？"侍卫接过绳索仔细一看，竟皱起眉来……

明珠心里一沉，康熙道："怎么？连你也不认得吗？"

侍卫道："奴才若没猜错，此物虽非我满人的鞭子，却也算是鞭类软兵器的一种，奴才瞧着……怎么像是……少林的……"

听到此处，明珠的心提到了嗓子眼儿，容若也紧张得渗出汗来。

"皇上！……皇上救我！皇上救我！……"

忽然，一阵急切的呼救声，打断了谈话。放眼望去，只见一个小阿哥，悬在马上，从远处奔来。他的身后，竟有两只猛虎，狂追不舍，惊得那马，慌不择路，一路狂嘶，颠得小阿哥，险些跌落，忙抓紧缰绳拼命呼救。

"不好！子清有难！快随朕猎虎救人！"康熙一声令下，众人飞身上马，直奔猛虎而去！

那虎不愧为兽中之王！虽见大队人马来势汹汹，但也丝毫威风不减！

反由八字形两面夹击，变为直线式并肩作战，惊得那马更加疯狂。扰得众人看不清目标，无从下手！

康熙见状，忙喊道："众人听令！两面围攻！我带队往西！成德，你向东！"

"尊令！"话音一落，明珠与容若等人便火速向东围去。谁知，众人都愿追随皇上，容若这队，除了父亲和阿克敦外，便只有那位帮他说话的小阿哥和一位不知姓名的大臣。

眼看情势危急，容若刚要搭弓拉箭，就听一声长啸，有只猛虎倒下地来。容若暗想：谁的箭法这般厉害？！看来此中必有高手！另一只虎见同伴倒下，悲愤不已！咆哮一声，发起了猛攻！只见它纵身一跃，竟跳出近十米远，将前面的马瞬间扑倒，小阿哥惊叫一声，摔落泥泽。

容若心说"不好！"忙急射一箭，就见那虎歪下身去，众人这才松了口气。容若快马加鞭，来至小阿哥跟前，刚欲下马，忽听"嗷！"的一声，玉麒麟一个趔趄，将其甩下地来！原来那虎并不曾死！未待容若翻身，就觉一股凛冽的杀气向自己扑来，他随即旋身而起，抽出钢刀朝后猛劈过去，只见，寒光过后，万点桃花！那猛虎终于惨叫一声，挣扎着倒下地来。明珠与阿克敦忙又过去补上几刀，才确定那虎必死无疑。

"成德真是好功夫啊！"随着康熙的一声赞叹，大队人马也已赶来。

容若忙上前施礼道："皇上过奖！若不是方才有人先射一虎，恐怕此时还难以脱险！"

颇尔喷高傲地说："那是当然！皇上十矢九中！岂是人人可比的！"

"是啊！是啊！……"众人忙随声附和，争相称赞。

"原来是皇上射中的！奴才钦佩之至！自愧不如！"容若由衷感叹。

康熙笑道："朕骑射的功夫都是阿舒默尔根教的！他才是弓马精绝的

第十三章　西狩获麟

大英雄呢！"

阿舒默尔根连忙说："皇上过奖了！奴才愧不敢当啊！"

此时，忽见明珠身边的大臣惊呼道："皇上危险！快快闪开！"随后，便"啪"的一箭，朝康熙身边射去，众人一看，大惊失色！谁知又是一只猛虎！只见它刚欲扑人，便长啸一声，栽下地来。射箭者忙跑上前去，又狠戳几刀，方将其毙命。众人定睛一看，原来这虎正是皇上之前射中的那只，谁料他受伤未死，又来偷袭。

康熙道："安亲王护驾有功！这虎朕赏你了！"

大臣连忙谢恩。原来，此人正是清太祖努尔哈赤的第七个儿子阿巴泰之子，安亲王岳乐。

此时，泥泽中的小阿哥渐渐清醒，爬起身，走上前叩头道："谢皇上救命之恩！"

康熙连忙将其搀起："你该谢谢成德！是他救了你！"

小阿哥忙又向容若施礼："谢公子救命之恩！"

容若还礼道："愧不敢当！"

"来！我介绍你们认识认识！"康熙笑着说，"这是我的侍从，曹寅，曹子清！这是明珠大人的公子，纳兰成德！"

容若忙拱手道："在下成德，字容若，幸会！"

康熙细品道："成容若……这个名儿好！"随后又说："来来来！你们这些公子阿哥们也都过来，让容若认识认识！"

话音刚落，就见一旁的小阿哥说："我叫塞楞额，小名儿明瑞。"随后，又拉着一旁的安亲王说："这是我阿玛！"

容若忙上前施礼："见过明阿哥！见过安亲王！"

众阿哥见状也都纷纷过来，与容若熟络。

忽然，小格格尼楚贺惊奇道："哎！你们快看！那是什么？"

众人循声望去，只见泥草之中，一个明晃晃、金灿灿的东西煞是夺目！曹寅连走两步，俯身将其拾起，"是什么？是什么？快给我们看看！给我们看看啊！……"众阿哥们都好奇地围了过来。只见，此乃一只颇有文彩的累丝嵌宝赤金麒麟长命锁，只可惜，锁链已断。

容若见此物一惊，紧摸项间，发现金锁不见，忙说："这是我的，想是刚才跌落马时，掉下来的。"

话音未落，就见明珠疾步向前道："罪过！罪过！这可是太皇太后赏赐的呀！"说罢，忙将金麒麟小心接过，仔细擦拭。

阿哥们纷纷面面相觑："太皇太后赐的？我们怎么没有？……"

众王公大臣忙一旁训斥道："怎么没有？太皇太后赏赐的东西还少吗？……"

康熙慢慢踱至明珠身边，拿过金麒麟仔细观瞧，若有所思地说："这麒麟虽为瑞兽，却也难逃'西狩获麟'的命运啊！"

众阿哥好奇道："西狩获麟？什么叫'西狩获麟'？……是啊！皇上见多识广，快给我们讲讲！"

康熙叹了口气说："这是孔子在《春秋》中提到的典故，据说孔圣人出生前，天降麒麟于自家院中"口吐玉书"，书上写道'水精之子，系衰周而素王'，随后孔子出世，只可惜他生不逢时，究其一生都有志难酬啊！唯以办学育人、修书立言传世。到了晚年，鲁哀公和他的臣子们西狩于大野泽，突然发现了一只从未见过的'兽'，出于好奇便拼命地追赶……"

明阿哥忙问："追上了吗？"

康熙顿了顿说："当然！其中，要数大臣叔孙氏手下的钥商，跑得最快！将那'兽'射中并捕获……众人见它生得蹊跷，都以为是不祥之物，便要将其抛弃。孔子见后，万分悲痛地说，此乃麟也！天下第一仁兽……"

"后来呢？后来那麟怎样？"众人好奇地问。

康熙长叹道："后来，那麟被抬回去不久便死了，孔子得知后，泪如雨下！心如刀割地说，'吾道穷矣！'从此绝笔，不再修书，没过多久，便也故去了。"

众人听后都唏嘘不已。

安亲王感慨道："麒麟降世，却无人识晓，反被'怪而杀之'，真是可悲！可叹哪！"

尼楚贺好奇地说："那麟死了，孔子为何要哭呢？"

容若道："这个问题，孔子的学生子贡也曾问过，孔子答：'麟之至为明王也，出非其时而见害，吾是以伤之。'"

康熙拍拍容若的肩膀，笑了笑说："还好！这是大清朝！朕若遇到麟，一定认得！非但不会伤它，还会好好地供养它！以保我大清江山永固！国泰民安！"

众人听后，忙跪地叩头道："皇上圣明！吾皇万岁！万岁！万万岁！"

康熙笑道："都起来吧！以后，你们这帮亲贵子弟，可要时常进宫，多陪朕玩玩啊！朕有的是故事讲给你们听！免得整天无所事事，闷得慌！"

颇尔喷忙上前道："皇上乃一国之君，当以国事为重啊！"

康熙冷笑着说："朝中有你叔叔鳌拜替朕分忧，朕清闲得很哪！……"

第十四章 故人初见

第十四章　故人初见

傍晚，觉罗氏见儿子还未回来，心里不免七上八下，在堂屋里踱来踱去、忧心忡忡地说："这是容儿头次去南苑，又是初次见皇上，俗话说伴君如伴虎，也不知这会子是个什么情形？那些王孙公子们是否欺生啊？……"

清儿宽慰道："夫人放心！不是还有老爷呢嘛！再说，小公子何等聪明，又满腹经纶、见多识广的！什么事儿能难得住他呀？！"

觉罗氏点了点头："话虽如此，可我还是……"

正说着，忽听丫鬟来报："老爷和小公子回来了！"觉罗氏一听，忙双手合十："阿弥陀佛！"这才放下心来，迎出屋外。

"额莫！"随着一声欢快的呼喊，就见容若如小鸟般飞进院中。众丫鬟婆子忙迎上前去，如玉道："可算回来了！让夫人好生担心啊！"

容若忙疾步行至母亲跟前，施礼道："孩儿给额莫请安！让额莫悬心了！"

觉罗氏慈爱地将他搂起，心疼地说："我的儿！累了吧？快回房换件衣裳，喝口茶去！"

容若应了一声，便被众丫鬟婆子簇拥着朝后院走去。

觉罗氏看儿子一脸的喜悦，便知此行顺利，见明珠进院，忙笑着说："老爷满面春风，想必定有喜事！"

明珠道："夫人真是神机妙算啊！"说着便被迎进东屋，一面更衣，一面道："容儿今日可算大显身手，出了风头！皇上龙颜大悦！不但将那玉爪神鹰赏赐给我儿，更特许容儿进宫，陪皇上读书练武呢！"

觉罗氏惊喜道："真的？！如此说来，老爷的脸上岂不也添了光彩！"

明珠笑着点了点头："是啊！我的一片苦心总算没有白费！"

觉罗氏高兴地说："既如此，我明儿就陪着容儿进宫谢恩！给太皇太后请安！"

明珠握着觉罗氏的手道："夫人说的正是！太皇太后待我们一家恩重如山！如今是时候该为她老人家分忧，为国效力了！"

正说着，只听外面一阵轻快的脚步声，丫鬟进来报："小公子来了。"

觉罗氏忙说："快去传饭吧。"

话音刚落，就见容若已进得屋来，给父母请过安后，便兴奋地说："额莫，孩儿今天射了一只好大的老虎！"

觉罗氏道："如此说来，我儿也成了打虎的英雄？！"

容若得意地说："那是当然！不仅如此，皇上还赏了我一只雪白的海东青呢！"

觉罗氏赞叹道："我儿好本事！将来定能成为朝廷的栋梁！"

容若高兴地点了点头！

谁知，明珠却脸色一沉道："不过打了只虎，小小年纪就如此狂妄

第十四章　故人初见

自大、得意忘形！成何体统？！连'满招损，谦受益'都忘了吗？既如此，那些圣贤之书又读来何用？将来还指望你有什么作为？"

容若忙施礼道："阿玛教训得是！孩儿下不为例！"

一语未了，菜已上桌。觉罗氏道："好了！好了！瞧这一桌子的美酒佳肴，都是我犒劳你们爷俩的！快用饭吧！别扫了兴！"一家三口，这才围坐一团，边吃边聊起来。

觉罗氏问："今儿陪皇上游猎的都是些什么人哪？"

明珠啜了口酒道："之前不是说过嘛！莫非夫人忘了不成？"

觉罗氏一乐："我是说，辅政大臣们都去了没有？"

明珠一惊，沉思片刻道："竟一个没去！非但如此，他们的子弟竟也没有去的……啊不！倒是去了一个人！"

觉罗氏好奇道："谁？"

明珠说："鳌拜的堂侄，瓜尔佳颇尔喷……"

听到这，容若仿佛想起了什么，忙放下筷子说："对了！额莫，您可知咱们在安晟楼见到的那个'小阿哥'是谁？"

觉罗氏摇摇头，容若道："竟是那颇尔喷的女儿！名叫……哦对！尼楚贺！小名儿……'珍儿'！"

明珠疑惑道："这又是怎么回事？"

容若刚要答话，便被母亲拦了回去："还是我来讲吧！"只见觉罗氏慢条斯理儿地说："那安晟楼，本是安三的亲戚在张家湾开的一处买卖，我接容儿回来，便在此落脚。不料，晚上却遇见一伙儿人，在那里飞扬跋扈，恃强凌弱！不但喝酒闹事儿，还口出狂言，说什么……那是他们家的地盘儿，竟连皇上，都不放在眼里！这些人中，便有容儿说的那位……'小阿哥'！"

明珠听罢，一拍桌子，怒不可遏道："真是无法无天！鳌拜党羽仗势欺人！圈地，竟圈到皇家码头上来了！这还了得！"

觉罗氏忙说："老爷息怒！当时，我也纳闷儿，什么人敢这么大的口气！今儿个一说，全明白了不是？！"

明珠冷笑道："哼！颇尔喷一家都不是省油的灯！咱们以后还是少沾惹的好！"

觉罗氏微微一笑，给明珠布了口菜道："说的正是！"随后又问："容儿，那些王孙公子们可好相处？没有为难你吧？"

不待容若回答，明珠便说："除了瓜尔佳氏父女，谁还敢在皇上跟前放肆？"

觉罗氏忙问："怎么？出了什么事？"

明珠放下筷子道："没什么！无非是见不得人好，想给我纳兰家难堪！可惜，他们打错了算盘！让皇上好一通奚落，反倒弄得自己没脸！"

觉罗氏笑着说："那就好！"随后又转念一想道："今日秋狝，可有当朝元老？"

明珠沉思片刻说："除了安亲王资历稍长外，其余人等皆与我无异。"

觉罗氏眼睛一亮："如此说来，便大有文章了！老爷，你可要抓住机会啊！"明珠听后，会意地点了点头……

夜阑人静，容若回想起这一天发生的事，思绪万千、辗转难眠，虽听不懂父母话中的"玄机"，却也久闻鳌拜的大名，猜得到皇上心里的苦，自己也想为朝廷效力，却苦于年纪尚小，无有用武之地……此时，他忽然想起了那个金麒麟，忙从枕下取出，悄悄地行至桌边，点上蜡烛，仔细观瞧，见链子已被修好，这才安下心来。随后，又想起了那"西狩获麟"的典故，不禁黯然神伤……这时，只觉身上多了件衣服，回头一看，却见如

第十四章　故人初见

玉手捧热茶而来。

"快喝了吧！当心着凉。"

容若接过茶，啜了一口，却依旧望着那金麒麟出神儿，半晌无语。

如玉轻声道："累了一天，快歇着吧！明儿个还要进宫呢！"

容若这才回过神儿来，应了一声。如玉忙将麒麟重新包好，刚要放回枕头边，却被容若拦住，将其慢慢地锁到了盒子里……

次日不到五更，觉罗氏便起来梳洗理妆。随后，又更衣盥手，焚香诵经，亲自服侍明珠用过早点，目送他'黎明进奏'，方回来与容若共用早饭。

待收拾完备，正欲进宫，忽听丫鬟来报："曹府大奶奶给夫人送礼请安来了！"觉罗氏先是一怔，随后又想到昨日南苑之事，料定她必是曹寅之母、曹尔玉之妻——孙氏，忙说："快快有请！"

不多时，便见一个身着品月色缎绣海棠花夹袍的端庄妇人，带着位小阿哥，连并几个随侍的仆从走了进来，施礼道："给夫人请安！"

"哎呀！快快请起！"说着，觉罗氏忙起身让坐，叫丫鬟看茶。

容若早认出了子清，高兴地走过来直拉他的手。

觉罗氏笑着说："容儿，还不快见过曹夫人！"

容若忙过来施礼问安。

曹夫人赶紧搀扶道："哎呀！快别拜了！这怎么受得起！"又转头对觉罗氏道："按说，我们原是您娘家府里的包衣呢！"

觉罗氏笑道："那都是旧黄历了！如今，咱们是一样的！"她明知曹夫人姓孙，但由于初次见面，却还是礼貌地问："不知夫人贵庚，怎么称呼？"

曹夫人坐下来道："我如今三十有五了，娘家姓孙。"

觉罗氏啜了口茶道:"我今年也三十挂零了,您既比我年长,若不嫌弃,往后就叫您'姐姐'了!"

孙氏连忙起身道:"哎呀!您是金枝玉叶!这怎么使得!"

觉罗氏放下茶杯说:"什么金枝玉叶!又有什么使得使不得的!不瞒您说,我与姐姐一见如故,早从您送我们哥儿针线的时候儿起,就想拜您为师呢!今儿个,总算见着了!姐姐快快请坐吧!"

孙氏坐下来,不好意思地说:"我那手艺都是宫里的苏嬷嬷教的!拙手笨脚,实在不成敬意!承蒙您瞧得起!"

觉罗氏笑道:"我说呢!原来是名师出高徒啊!姐姐不必过谦!宫里的针线,我虽见的不多,但能赶上姐姐的,却也是凤毛麟角!"

孙氏听后心里暖暖的,忙从怀里掏出一个红缎绣花包来,解开缎带,慢慢地展开。觉罗氏一瞧,好不眼熟!刚要开口,就听孙氏道:"夫人可还认得它?"

众人一看,只见此乃一支光彩夺目的累丝嵌宝蝴蝶点翠赤金簪。

觉罗氏道:"如何不认得!姐姐收着它干嘛?还不曾戴么?"

孙氏低下头,笑了笑说:"哪里舍得啊!听说这是您的随身之物,又如此的贵重……"

话音未落,就见觉罗氏已拿起簪子,替孙氏插在了头上,笑道:"瞧瞧!这多好看呐!"

孙氏不好意思地红着脸道:"快拔下来吧!别弄坏了!"

觉罗氏道:"再好的东西,也要用起来才有价值!总放着,那才叫糟蹋呢!你们说是不是呀?"众人连连称是。

孙氏见状,也不好推辞,忽又想起了什么,忙说:"瞧我这记性,来了半天,竟把正经事儿都忘了!"说着,便让侍女将一份礼单递了上去。

觉罗氏接过，只见上面写道："藕荷地织彩缠枝洋花纹妆花缎六匹，水绿地兰花纹妆花缎六匹，竹青地织金妆花锦六匹，湖蓝地缠枝莲妆花绸六匹，绛红地喜上眉梢妆花绒六匹，雪灰地百蝶纹妆花纱六匹，宫用各色缎纱绫绸十二匹。"

孙氏不好意思地说："按理儿早该来府上拜望，只是年前一直随我家老爷在江宁任上，不得功夫，昨儿又听我们哥儿说幸得贵公子舍身相救，才免于危难。特备薄礼，不成敬意，还望夫人笑纳。"

觉罗氏忙拉着孙氏的手说："姐姐太客气了！容儿不过举手之劳，只是这礼，实在太过于贵重了！那云锦本为锦中极品，一个工人一天怕也织不了两三寸！这'妆花'就更是云锦中极难得的工艺了！常听人说'一寸妆花一寸金'！这让妹妹如何消受得起呀！"

孙氏笑道："贵公子的救命之恩，本当重谢！如今，您又称我为姐姐，更该受得这礼！"随后，又让侍从将礼物呈上来，给觉罗氏过目道："这是金陵的特产，如今，我家老爷在织造的任上，就拿这些还便宜些！看看这时新的颜色花样儿可还喜欢？"

觉罗氏笑道："这都是'上用'的东西！如何不喜欢？！"

孙氏说："只是这新式样儿，产的不多，宫里头，也是才送进去的，妹妹可别嫌少啊！"

觉罗氏道："怎么会！那我可是沾了姐姐的光儿了！"随后又说："我瞧着贵公子，聪明伶俐、丰神俊朗，别说，还真像和您一个模子里刻出来的！怪不得能进宫，陪在皇上的身边儿呢！"

孙氏面露尴尬地笑了笑："啊……是啊……"

觉罗氏见她欲言又止，知有不便，又见容若与那小阿哥低声玩笑，窃窃私语，便说："容儿，屋里头怪闷的，带着曹公子到园子里玩儿吧！"

容若见母亲发话，爽快地应了一声，便拉着曹寅高兴地朝外跑去。随后，她又对那些仆妇们说："你们头次来府里，又抬了这么些个东西，辛苦了！跟着芸儿去领赏钱吧！顺便也出去逛逛！"

众人闻言，都千恩万谢，忙高兴地随芸儿出去领赏。

觉罗氏这才转回身，轻声道："姐姐有什么话，尽管说来！"

孙氏啜了口茶说："我们这位哥儿……本是姨娘顾氏所生，名叫曹寅，我见他生得乖巧，又和我亲厚，便将他收到我这房来养了。"

觉罗氏点头道："哦，原来如此！那姐姐可有亲生儿女么？"

孙氏放下茶杯，顿了顿，若有所思地说："早些年，在宫里头当差，进宫前曾生育过一儿一女，可惜，儿子夭折……只留下个女儿，如今十三了。前几年出宫后，又得了个儿子，今年四岁了。"

觉罗氏见她黯然神伤，忙安慰道："这么说，也算得儿女双全了！姐姐终是有福之人！"

孙氏叹了口气说："若不是那些年在宫里，孩子小不得照顾，我那儿子也就不会……"说着，不禁潸然泪下。

觉罗氏忙宽慰道："姐姐虽没了自己的儿子，却保住了我大清的天子！于国于家都功不可没啊！"

孙氏忙用手帕拭了拭泪道："妹妹过奖了！咱们关上门儿，说句戳心窝子的话，玄烨那孩子，也是个苦命的！可怜他七岁丧父，八岁丧母……如今又被那鳌拜欺负！哎！……回想起他小时候那会儿，宫里头闹天花儿，我抱着他离开紫禁城，去往西华门外'避痘'的日子，可真是叫天天不应，叫地地不灵啊！每当夜里，听着外面刮着那呼呼的西北风，看着他扎在我怀里，没着没落儿地哭，昏迷着喊'额莫'的时候，我的那个心呐，真比针扎的还要疼！……"说到动情处，竟又流下泪来。

第十四章　故人初见

觉罗氏忙用手帕为孙氏擦拭道:"好在皇天不负有心人!咱们皇上福大命大造化大!在姐姐的悉心照料下,竟化险为夷,遇难成祥!幸而得了这场天花,又奇迹般地好了!不然那皇位也就不会传到这儿了!"

孙氏点了点头!随后又欣慰地说:"那孩子,可真是天生聪慧!打小就知道用功!五岁入上书房,不论寒暑,昼夜苦读!哪怕累到咯血,都手不释卷!后来太医不得不用艾灸为他治疗,害得他一闻到艾味儿就吓得跟什么似的!"

觉罗氏忙起身,亲手为她斟茶道:"从小就这样勤勉上进,将来也必定勤政爱民!此乃我大清之福啊!"

孙氏一面吃茶,一面出神儿地说:"我只愿他珍重身体!一辈子平平安安,没灾没病的!比什么都强!"

觉罗氏坐下来,由衷地感叹道:"看来,姐姐是真待皇上胜过亲生啊!"

孙氏一怔,忙醒过神儿,放下茶说:"岂敢!岂敢!真是折煞我了!我本就是奴才!伺候主子不过是自个儿的本分罢了!"

觉罗氏道:"姐姐不必妄自菲薄,贵公子常伴君侧,将来也必非池中之物啊!"

孙氏笑了笑说:"什么常伴君侧,这孩子原也在江南来着!不过是我们家老太太近些年,越发受不了那南边儿的气候,非要搬回来住!为了照顾她老人家,我这才叫那顾姨娘留在金陵伺候老爷,自己则带着儿女们跟了来!不过是皇上知道了,偶尔传他进宫说说话儿罢了!"

觉罗氏啜了口茶道:"这样岂不更好!在皇上身边儿好歹做个侍读,也能跟着长长见识不是?"

孙氏笑着说:"长长见识不假!侍读他可做不了哦!"

"如何做不得?"觉罗氏好奇道。

孙氏掩嘴一乐："整比皇上小四岁呢！哪儿跟得上趟儿啊！不过是陪着皇上解解闷儿罢了！"

觉罗氏也跟着笑了起来，随后又说："才刚，我也正要带着容哥儿进宫，给太皇太后请安呢！赶巧姐姐来了，正好儿！咱们一块儿去！"

孙氏道："妹妹可真会取笑！我原是宫里的奴才，既出了宫，没有传诏，又怎能随便进去？倒是妹妹……这会子去恐怕不妥。"

觉罗氏不解道："此话怎讲？"

孙氏笑着说："妹妹莫不是忘了？太皇太后此时，怕是正忙着呢！且不说晨起诵经、用早膳，就是那宫里的太后、太妃、皇后、妃嫔们请安也要好一阵子！再加上这会子，皇上怕是已下早朝，正在听日讲官敷陈经史，稍后也要到太皇太后宫里问安，妹妹想想，哪得功夫？"

觉罗氏笑道："瞧我这记性！久不居宫中，竟连这些都忘了！幸亏姐姐提醒，那我午后再去！"

孙氏道："正是。太皇太后通常未正前用晚膳，妹妹不妨未正后过去，岂不更得说话儿？况且，皇上下午也传我们哥儿进宫呢！正好和贵公子一道儿。"

觉罗氏点了点头："如此甚好！"

孙氏起身，笑笑说："时候儿不早了，讨扰了妹妹半天，我也该回去了！"

觉罗氏忙起来劝道："难得咱们姐儿俩见面，又如此投缘！姐姐用过饭再走吧！"

孙氏含笑着说："不了，我们老太太，还在家等着呢！赶明儿有空，妹妹若不嫌弃，也带着哥儿到寒舍去坐坐！"

觉罗氏佯嗔道："瞧你！说得哪里话来！一定登门拜望便是！"随后

第十四章 故人初见

又说："姐姐若执意要走，我就留曹公子在这儿，他们小哥儿俩，也好说说话儿！"

孙氏推辞不过，只得依她。

午后，容若与曹寅和母亲一道，骑马直奔紫禁城而来。过景山，只见一条长街横贯东西，街的对面，便是那高大庄严的城门。过护城河，见门前的谕令碑格外醒目！上用满、蒙、汉文刻："官员人等至此下马"。

觉罗氏高兴地说："咱们到了！"众人忙勒缰下马。

曹寅道："我听母亲说，此乃皇室专用之门，非常人可走，皇上既传我，我还是照旧从东华门进吧！"

觉罗氏笑道："呦！年纪不大，懂的礼儿倒不少！快去吧！"

曹寅施礼别过，飞身上马，朝东奔去。侍从忙将觉罗氏母子的马牵过，拴于马桩之上。

容若抬眼观瞧，只见此门足有三十余米高！朱红城台，辟三座券门，券洞外方内圆，朱门金钉，每扇皆为九行九列八十一颗。上建城楼，白玉须弥座，四周围廊，环以汉白玉石栏杆。金黄琉璃瓦重檐庑殿顶，飞檐斗拱，梁枋间饰墨线大点金旋子彩画。上檐悬蓝底鎏金满蒙汉文"神武门"华带匾，气势非凡！

门外守卫森严，觉罗氏刚欲上前，就有侍卫将其拦住。只见，她从容地取出一枚温润的羊脂玉如意令牌，守卫一见，不敢怠慢，忙令人将侧门打开，让进宫去……

容若随母亲沿西路向南，穿过一道道高大而凝重的宫墙，经过一座座金碧辉煌的殿宇，终于来至'昭圣太皇太后'孝庄的宫门外，太监问明来意后，忙进去传话儿，不一会儿，便有个上了年纪的嬷嬷和两个宫女迎了出来。

觉罗氏一见，反上前施礼道："五格儿见过苏嬷嬷！"

苏嬷嬷忙上前相搀："哎呦！老奴可担不起呀！快进去吧！这些年太皇太后总念叨您呢！真真儿的把人想死喽！"

原来，此人正是从小服侍太皇太后，并伴随孝庄身历天命、天聪、崇德、顺治、康熙五朝风雨的贴身侍女，苏麻喇姑。

容若随母亲走进门去，只见一条高台甬道直通正殿，两侧廊庑向北直抵后殿，东西庑正中各开一门。迎面一座殿宇，金黄琉璃瓦重檐歇山顶，面阔七间，肃穆庄严。上悬匾额，蓝底金字，满蒙汉鎏金文书：慈宁宫。

觉罗氏带着儿子上玉阶，穿檐廊，进大殿，随苏嬷嬷行至西暖阁前，只听里面传来一个温厚而又熟悉的声音道："是我的五格儿吗？"

觉罗氏闻言，心中瞬间涌起一股暖流，鼻子一酸，竟湿了眼眶。忙进屋行至榻前，跪地叩首道："五格儿给太皇太后请安，太皇太后吉祥！"

容若也忙学着母亲的样子，在后面跪地叩首。

"快起来吧！臭丫头！可算来瞧我了！"觉罗氏这才站起身来。

容若抬头，只见榻上坐着一位长者，身穿杏黄色团龙纹暗花缎常服袍，手持一百零八颗金刚菩提红珊瑚念珠，头盘发辫，不御珠翠。虽装扮朴素、面容慈善，却难掩那通身的贵气与威严。

觉罗氏偷眼观瞧，却见太皇太后身边，还有一位雍容典雅、汉人装扮的女子。只见她头戴莲花冠，下着百褶裙，宽衣阔带、大袖广襟，心中暗想："这莫不是先顺治爷的汉人妃子么？"

此时，就听孝庄道："来，见过恪太妃。"

觉罗氏忙又携容若跪地给恪太妃请安。

太妃道："免礼平身。"随后又对孝庄道："时候不早了，臣妾明日再来给太皇太后请安。"

第十四章 故人初见

孝庄点头，恪太妃这才跪安离去。

"来！到这边儿坐！"

见太皇太后发话，觉罗氏忙奉命行至御榻旁，又施一礼，方恭敬坐下。

"哟！这是谁呀？快过来给我瞧瞧！"

容若见太皇太后招手，忙走上前去。

孝庄一把将他拉到身边，拍着他的肩膀道："哎呦！这就是容儿吧？瞧这小模样儿，生得多好呀！"随后，又对觉罗氏嗔责道："你可真行啊你！这么些年也不来看我！孩子都长这么大了，才让我瞧见！"

觉罗氏忙说："太皇太后莫怪！那会儿是怕孩子小不懂规矩，今儿不是给您带来了嘛！再说，那些逢年过节的朝贺……还有去年皇上大婚，我不是都来了嘛！"

孝庄瞥了她一眼道："嗯！不错，是来了！还不是和那些命妇们一道儿来的？隔着老远，哪儿得说话儿呀！丫头啊！你和旁人可不一样啊！"

觉罗氏忙说："是！丫头知错啦！该打！该打！"

孝庄将容若搂在身边儿，语重心长地说："唉！我的这些儿女……你也是知道的！远嫁的远嫁，早走的早走……跟前儿竟没什么说话的人儿了！可别叫我白疼你一场！"说着，竟垂下泪来。

觉罗氏忙跪地叩首道："太皇太后待五格儿恩宠备至、胜似亲生！五格儿一无父母，二无公婆，全凭太皇太后眷顾，才有今天！五格儿全家就算当牛做马，也难报太皇太后的厚德深恩哪！"

容若见状，也连忙跪地叩头。

孝庄擦擦泪道："行了！快起来吧！我不过说说罢了！"

觉罗氏这才起身，坐回原处，说："自打容儿在娘胎里，您就疼他！

这些年来，无时无刻，不念叨着您的好儿！这不，太皇太后送的金麒麟还一直贴身儿带着哪！容儿，快拿出来，给太皇太后瞧瞧！"

容若心里一紧，摸摸脖子，低头支吾道："昨儿个骑射时，不慎跌落，链……链子断了……不过，已经修好了！"

觉罗氏忙说："想是怕再有闪失，舍不得戴，收起来了？"

容若犹豫地点了点头……

第十五章 中华功夫

第十五章　中华功夫

孝庄搂着容若道："什么要紧的东西！倒是你，下次可得小心喽！若是摔出个好歹，可不是闹着玩儿的！"随后又对觉罗氏道："昨儿个听皇帝说，你这个儿子功夫了得呀！"

觉罗氏忙笑道："承蒙老祖宗抬爱！若论骑射的功夫，谁比得过您呀！太皇太后不但马上功夫了得，还是咱们满蒙公认的第一才女！文韬武略，博古通今！这满朝的文武，谁不敬服？"

孝庄叹了口气道："老喽！不中用喽！这满朝的大臣，有几个让我省心的？且不说旁的，就说这四个辅政大臣吧！那是先帝临终托孤，委以重任哪！亏得他们还在先帝灵前，对天盟誓，说什么……同心同德……不谋私利、不结党羽！可后来又怎么样呢？"

觉罗氏道："虽说鳌拜专权跋扈，遏必隆为人圆滑、随风倒，苏克萨哈即便与鳌拜有过节儿，可势力又差的悬殊，但必定有索中堂与您站在一边儿哪！"

孝庄冷笑着说:"那索尼虽为开国元勋,又是辅臣之首!但若不是我一改太宗、世祖两朝,均在我蒙古科尔沁博尔济吉特氏家族中选择皇后的传统,册立他的孙女儿赫舍里氏为皇后,那'老狐狸'恐怕还倚老卖老地在家装病呢!"

觉罗氏称赞道:"太皇太后这步棋,走的可真是妙啊!那索中堂既与太皇太后结成了盟友,那他在这辅臣中,岂不一人独大了!……虽说他年事已高,但毕竟是四朝元老!若论资历和威望,朝中更是无人能敌!俗话说'虎老余威在',太皇太后给了他们家这么大的恩典和荣耀,那索尼父子还不豁出命去为皇上效力呀!"

孝庄笑道:"说的不错!丫头,你这《通鉴》可没白瞧啊!"

觉罗氏笑着说:"还不是老祖宗教的!不过话又说回来了,若不是太皇太后当初拒绝'垂帘听政',又哪来的这么多麻烦事儿啊!"

孝庄长叹一声道:"丫头啊!'后妃不能干预朝政'这是大清的祖制!我岂能违背?想当年,太宗皇帝谢世时,皇位承袭之争是何等的激烈,你又哪里见过!好容易福临登基,却又因年幼,受制于摄政王多尔衮……唉!那些年,我们娘儿俩,为了大清的江山和祖宗的基业,委曲求全,受了多少苦啊!可见,亲王摄政不终止,玄烨的帝位也难稳固,我又怎能重蹈覆辙?!思来想去,唯有用异姓大臣辅政,还便于控制些!如今的这些麻烦事儿,和当年比起来,又算得了什么?!"

觉罗氏恍然大悟道:"原来如此!太皇太后真是雄才大略!深谋远虑!"

孝庄叹了口气道:"不过……这些'功铭钟鼎'的勋旧大臣,也该换换了……"

正说着,忽见太监来报:"皇上有旨,传纳兰成德到南书房议事。"

觉罗氏忙说:"皇上传你,还不快去!"

第十五章　中华功夫

容若忙领旨跪安，随太监朝南书房走去……

行至南书房外，容若见曹寅侍立一边，父亲与皇上正在议事，忙放慢脚步，进来施礼道："纳兰成德参见皇上！"

康熙高兴地说："容若，你来的正好！方才正与你阿玛谈论弓马骑射之事！没想到他竟能百步穿杨！"

明珠忙说："哎呀！惭愧！惭愧！那都是从前的事了！如今莫说是百步穿杨，就是十步穿杨，怕也不能够了！"

康熙笑了笑说："明大人何必过谦？容若身手不凡！想必定得你的真传！"随后又说："容若，你除了骑射，还会些别的功夫吗？"

容若忙施礼道："回皇上，奴才自幼生长在山野郊园，不过会些花拳绣腿罢了！"

康熙笑道："花拳绣腿？……有哪些花拳绣腿？说来听听！"

明珠忙说："不过都是些小孩子练着玩儿的！皇上见多识广，不听也罢！"

康熙一拍桌子，怒斥道："大胆明珠！私结逆贼！欺君罔上！该当何罪？！"

纳兰父子一听，吓得胆战心惊、冷汗直冒、双腿一软，跪下地来。

明珠口中连说："奴才冤枉！奴才冤枉啊！……"

康熙起身，走下书案，踱至明珠身边道："你说冤枉？那朕问你，南苑秋狝，纳兰成德用的究竟是什么兵器？"

明珠支吾不语。

"阿舒默尔根！"

"奴才在！"

"告诉他们那是什么！要细细儿地讲，慢慢儿地说！"

这时，就见侍卫阿舒默尔根忙上前道："启禀皇上，据奴才所见，此乃少林流星锤！属少林软兵器中的暗器！可随意藏于身上，不易被发现。通常由锤身、软索和把手三部分组成，但把手多为初学者使用，奴才细瞧，纳兰公子的绳索上并无把手！"

康熙回身，背着手冷笑道："好啊！居然会用少林兵器！且还是个老手！"

阿舒默尔根接着说："不仅如此，此类暗器实属软兵器中最难练的一种！需通过长时间的刻苦操练，方能将流星锤运用自如，使其既能像枪棍一样形成直线，又能像大铁锤一样威猛有力！通常讲究两个大形，五种用法……"

康熙故意抬高声音道："哦？都是些什么？给明珠大人和纳兰公子好好儿讲讲！"

阿舒默尔根说："两个大形分别是抖和挥，五种用法分别为'抖、劈、撩、扫、缠'。其中，这'抖'是撞击类技法的演变，'挥'是挥击类技法的模拟，'缠'则是擒拿手法的延续！流星锤若想练得好，最讲'缠'、'绕'、'点'！尤其这'缠'实乃软兵特技，非高手而不敢用！奴才瞧纳兰公子竟将这'缠'的技法用得炉火纯青！实不多见哪！"

康熙踱至容若身边，冷笑道："不但是老手，还是高手！"随后又厉声道："少林功夫虽名满天下，但我大清律令，'汉人不得聚众习武'！嵩山少林已被重重监视，量也不敢有传武之人！而南少林却皆是些反清复明的逆贼！虽遭灭门，但也保不齐有那落网之鱼！纳兰明珠！你若非私结逆贼，欺君罔上，又当何解？！"

一席话，吓得明珠瑟瑟发抖！心里如翻江倒海般，不知如何作答，身上也渗出了一层冷汗。这时，就见容若双手抱拳道："启禀皇上，巴

第十五章 中华功夫

图鲁果然见识非凡！说得一点儿不错！奴才的兵器连同武艺，确得高人传授，但并非少林和尚……"

康熙一惊，疑惑道："哦？那是何人？还不快快讲来！"

容若说："此人姓吴，乃隐居江湖的世外奇人……"

康熙道："奇在何处？因何隐居？又如何会在你的家中？！"

未等容若开口，明珠便抢先答道："此人奇就奇在可将天下武学融会贯通！十八般兵器无所不精！且性格孤傲不驯，来去皆无影踪！"

"哦？天下还有这般人物？他叫什么名字？又如何与你相识？"

见皇上问，明珠连忙答道："因小儿倾慕中华武学，故而奴才遍寻武师而不得！一日，听奴才家里的管家安尚仁说，他有个亲戚是开镖局的，里面的镖师个个武艺高强！身手不凡！奴才便想……何不让犬子去那镖局，以当学徒为名，跟着长长见识？"

康熙走上前道："这个主意不错！后来呢？"

明珠接着说："后来奴才就将犬子送去了！不想，还真跟着镖师学了不少本事！再后来，在一次押镖的途中，便结识了这个世外奇人……"

康熙睁大眼道："那快说说！他是哪里人士？姓字名谁？现在何处？"

明珠想了想说："奴才只记得他姓吴，是个道士，好像是……昆山人士，这人脾气古怪的很！再问什么就都不肯说了！好在，他与犬子还有些个缘分，教了些本事！只可惜，没过多久就走了！"

"去哪儿了？"康熙着急地问。

明珠摇摇头道："莫说奴才不知，就连那镖局的人，也无一知晓！后来奴才又派人暗中查访他的下落，至今都杳无音信啊……"

康熙感叹道："天下竟有如此奇人！若能找到，朕定要封他个官儿做！将他请到宫里，也教教朕！"

明珠抱拳道:"皇上贵为天子!他哪里有那个福分!怎能与我满洲巴图鲁相比!帝师阿舒默尔根,才是武功盖世!无人能敌啊!"

康熙挥挥手说:"行了!都起来吧!我不过想学学那汉人的功夫罢了!"

明珠父子这才长舒口气,虚惊一场,站起身来。容若万没想到,父亲竟能在这么短的时间内,将真真假假揉捏自如,又可进可退,无懈可击。

康熙若有所思地绕着纳兰父子踱了一圈,忽又一转身道:"容若,快说说!都会些什么中华功夫?"

明珠忙催促道:"皇上问你!还不如实说来!"

容若道:"十八般兵器略知一二,其中,尤擅弓、剑、刀、鞭;拳脚上,擅三十二势长拳、八闪翻。但中华武术讲究'兵拳合一',唯有'兵拳合一',方始见'名士风流'"。

康熙笑道:"好个'名士风流'!说来听听!"

容若说:"吴真人将武学果位分为'神化、通微、精熟、守法、偏长、力斗'六品,认为最末流的品位便是'力斗'。他说,第六品的人,根本不谙虚实生克之理,一动手就犯硬蛮干,这是最低级的。所谓'名士风流',就是一定要像诸葛武侯那样,可以羽扇纶巾,谈笑间,便让敌人飞灰烟灭!这才算'神化'的高手!绝不能像那猪圈里的猪一样,冲来撞去的靠蛮力来浑斗。"

话音未落,就见康熙哈哈大笑道:"说得好!说得好!"随后又说:"容若啊!今后你就做朕身边的少年侍卫!朕赐你个令牌,随时听宣!没事儿也陪朕练练那中华功夫,让朕体验一把'名士风流'!"

明珠忙拉着容若跪地叩头道:"谢皇上隆恩!"

此后,明珠对儿子的怨气渐消,父子间又恢复了往日的融洽。容若这

第十五章　中华功夫

三年来的成长和蜕变，着实令明珠刮目相看，倍感自豪！他认为一切的付出都是值得的！他要竭尽全力培养儿子，使他成为国家的栋梁，令其前途无量！

瓜尔佳氏父女，自南苑回来后，便各怀心事。一个对明珠耿耿于怀，另一个则莫名其妙地翻箱倒柜儿。颇尔喷忍不住责问道："你到底在倒腾什么？非要将整个公爵府翻个底儿掉吗？"

夫人完颜氏驳斥道："珍儿想翻就让她翻！怎么着？难不成你有什么见不得人的东西！还藏着掖着的？！"颇尔喷气得有口难言，只得甩手，坐到一边。

尼楚贺不耐烦道："哎呀！都别吵吵了！我问你们，小时候儿，太皇太后可赏过我什么物件儿没有？比如……金锁、金项圈儿……金麒麟什么的？"

完颜氏想了想道："好像……赏过一对儿金镯子！……嗨！又不是什么值钱的玩意儿！想要什么只管跟额莫说！我立马叫人给你弄去！"

尼楚贺满不在乎道："谁稀罕你的东西！"

颇尔喷一听，气儿不打一处来地指着女儿道："好啊！我说你在翻腾什么！闹了半天，是因为那个臭小子，得了太皇太后个金麒麟，你也要找个来，跟他配对儿是怎么着？"

尼楚贺恼羞成怒道："怎么说话呢？谁要找金麒麟？谁要跟他配对儿啦！"说着，竟将桌上的东西划落在地上，不由分说地哭了起来。

吓得完颜氏赶忙上前安慰："哎呦！我的小祖宗！行了！行了！他那个长什么样儿？回头额莫也给你照着做一个去！"

颇尔喷气愤道："你让她哭！越发骄纵得不成样子！做什么做！别再跟我提那个野小子！"

尼楚贺反驳道："提又怎么了？要不是他，我早就掉到水泡子里淹死了！你和我哥，哪个指得上？一个比一个没用！"

颇尔喷道："哦！现在说他好了！不是当初他在张家湾打你舅舅，欺负你的时候了？"

尼楚贺道："谁让舅舅那么笨的！活该被打！再说，明明是我欺负他嘛！……"

正说着，忽见丫鬟来报："启禀老爷！鳌中堂传您，到府里议事呢！"

颇尔喷这才换上衣服，悻悻而去。

眼看中秋将至，觉罗氏备上丰厚的水礼[2]，先遣人送到曹家府上，随后又携容若登门拜望。刚进门，便见孙氏带着曹寅和她那一双儿女迎了出来。随后又见众丫鬟婆子簇拥着一位满头华发的老妇人，也迎了出来。觉罗氏心想：这莫不是曹尔玉之母、曹振彦之妻欧阳太夫人吗？忙上前施礼，众人好一阵寒暄，方转到屋里。

容若见曹家的宅院，虽比不上自家的富丽，倒也清幽雅致，别有一番意趣。

丫鬟看过茶，欧阳太夫人对觉罗氏道："您能屈驾前来，我们曹家就已蓬荜生辉啦！还带这么丰厚的水礼做什么！让我这老太婆可怎么消受得起哟！"

觉罗氏笑道："这算什么？不过应个中秋的景儿罢了！都是些上不得台面儿的东西！哪儿比得上那寸锦寸金的妆花儿缎呢！"

欧阳太夫人道："夫人取笑了！当年承蒙英王爷的照顾！王爷的好儿曹家没齿难忘啊！本想发迹了好好报答他老人家！可谁承想……"

未待太夫人说完，孙氏就连忙拽了拽婆婆的衣襟，示意她别说那不合

2、注释：谓酒食之类普通食物，相对于贵重礼物而言。

第十五章　中华功夫

时宜的话。

觉罗氏忙岔开话茬儿："嗨！这都是过去的事儿了！瞧您！还老挂在心上！您老高寿？身子骨可好？"

欧阳太夫人说："我今年六十有九啦！身子骨儿硬朗着呐！哟！这是容哥儿吧？老听寅儿念叨他！"

觉罗氏笑道："是啊！"随后又转头对容若说："还不快过去让太夫人瞧瞧！"

容若忙走上前去，欧阳氏稀罕得什么似的！赶紧将他拉至跟前，仔细端详道："贵公子真是好相貌啊！从前常听戏文里说……什么'貌若潘安，冠如宋玉'！当时我就在想呀……这潘安、宋玉，被夸得跟神仙似的，得长什么样儿啊！不会是浑说，哄人的吧？今儿个一见容哥儿，总算是信啦！八成儿，就长这个模样儿！"

众人一听，都忍不住哈哈大笑起来。

觉罗氏忙说："太夫人，可真会抬举他！"

孙氏也笑着说："还是我们老太太有见识！"

曹寅忙补充道："容若哥哥不但相貌姣好，身手更是了得！咱们旗人的摔跤骑射自不必说，还会那高深莫测的中华武术呢！上次在宫里头，把皇上都给镇住了！直嚷嚷着，要让容若哥哥教他汉人功夫呢！"说着，竟跑到容若身边，拉着他的手道："好哥哥！往后你除了进宫教皇上，得空儿的时候儿，也教教我呗！"

容若见他诚心向学，便点头应允。众人见状，更笑得合不拢嘴。

欧阳氏心里愈发欢喜，因又问："容哥儿今年几岁啦？属什么的？"

容若不好意思地说："十二了，属马。"

觉罗氏补充道："顺治十一年腊月十二生的！"

欧阳氏道："呦！还是个小生日呢！"随后又笑着说："我这么一瞧啊！别说，跟咱们家梦瑶，还真挺般配的呢！"

这时，就见孙氏身边的女孩羞得满脸绯红，扭过身儿去。

孙氏忙道："这是怎么话儿说的！人家的门第咱们怎么高攀得起！再说，这朝廷有令，凡八旗女子，年满十三至十六岁，都必须参选秀女，未经参选者，不得聘人哪！"

欧阳氏冷笑道："哼！我是老糊涂啦！可你别忘了，咱们如今，虽说是上三旗的官宦人家，但必定是内务府的包衣出身！放着好好的人家儿不攀，你还指望这丫头进宫，给你当个皇妃不成？！"

觉罗氏见状，忙打圆场道："要是能结这门亲，那敢情好！只是朝廷的律令也是要遵守的！况且，算命说容儿不宜早婚，现在还当以学业为重，也不知他将来，有没有这个福分！"

容若本已紧张得冒汗，听母亲这么一说，才如释重负……

冬去春来，明珠见容若每日里读书练武，虽然勤勉，但在学业上，还需有个良师的引导，方能精进。于是便留心为儿子寻觅新师。

一日下朝回来，就见他兴冲冲地将容若叫进书房道："容儿啊！阿玛如今又给你请了个新的先生，明日就让他进府，指点你的学业如何？"

容若高兴地说："全凭阿玛做主！"

这时，就见觉罗氏进屋道："哟！不知此人又是哪里的饱学之士，竟能得你明大人的青眼？"

明珠道："此人姓董名讷，字兹重，号默庵，山东平原人氏。今年的新科进士，高中一甲第三名！乃是皇上钦点的探花呀！殿试时，适逢我为读卷官，见此人书法遒劲、力透纸背、文采斐然！那篇策问，论及天下民生,更是写得句句有典、见解独到,惊世骇俗啊!"

觉罗氏笑道:"呦!这么说,他岂不成了你的门生了?"

明珠忙摆手道:"岂敢岂敢!此乃天子门生!如今在翰林院,授编修之职。他的表弟,更是那顺治十八年的进士!乃精春秋三传、深邃于史学的张玉书,如今在国子监任司业之职。"

觉罗氏掩嘴一乐道:"他的表弟顺治十八年就中了进士,那这人今年得多大呀?"

明珠笑道:"那张玉书中进士时,不过十八九岁的年纪,这董讷如今也才不过二十几岁。"

觉罗氏点点头说:"常言道,自古英雄出少年!此人虽不及何先生资历深厚,想必也能为我儿带来些新的气象……"

容若欣喜道:"如此甚好!多谢阿玛!"

此后,董讷便成了容若的授业先生,他感念明珠的知遇之恩,每日里往返于翰林院与明第之间,不辞劳苦。见容若虽为孩童之相,却上知天文、下晓地理、博古通今,欹崎不群!又见他读书一目十行、过目成诵,可谓聪敏绝世!更难得的是他尊师重道、敏而好学!便暗下决心,定当竭尽全力,倾囊相授!

容若从此更加发奋,果然如虎添翼,学业大进!

一日午后,容若又被传进宫去,刚至武英殿门口,便见皇上大发脾气!举着自己的手腕道:"你们看看!你们看看!朕才亲政几天啊!那鳌拜就对朕下如此毒手!他眼里还哪儿有我这个皇上!"

几位大臣连忙下跪叩头道:"皇上息怒!皇上息怒!"

容若见自己的阿玛也在其中,便进来施礼道:"奴才参见皇上!"

康熙摆手："都起来吧！"众人这才站起身来。

"容若！你来得正好！快过来瞧瞧！那鳌拜竟在朕御门听政之时，将朕伤成这个样子！他用的究竟是什么功夫？"康熙迫不及待地说。

容若上前一看，只见皇上的腕上，竟有五个红红的指印，显然是被人握伤所致，但那肿起的印痕中，有的竟已发青，甚至变紫。忙问："皇上除了皮外伤痛，可有其他不适？"

康熙愤愤地说："骨头如断裂般疼痛！幸而这是左手，若是右手，怕是几个月也写不得字了！"

容若皱了皱眉，道："奴才观此伤，虽说不出确切的功夫，但此人力大无穷，功力深厚，绝非等闲之辈！"

康熙忙说："对！方才阿舒默尔根，也是这么说的！但这不足为奇！那鳌拜，本为我满洲第一巴图鲁！有些个力气，也是自然的！朕是问你，看这伤势，他到底用的什么功夫？"

容若道："这伤，的确有些蹊跷，非寻常力士所为。"随后又若有所思地说："奴才在学艺时，常听师父言道，若论掌法硬功，当属少林的铁砂掌最为厉害！"

康熙好奇地问："此话怎讲？"

容若说："铁砂掌又名'黑砂手'，需以铁砂混以药料辅助，方可练就。练成后，可碎砖裂石，威力无穷！乃元明绝续之季，由独杖僧所创。此乃少林的秘传功法，即便当今，会的人也是寥寥无几啊！"

康熙怒斥道："好啊！鳌拜！竟敢私结少林党羽！他是要谋反不成？！"

容若忙说："皇上息怒！奴才只是揣测！若真如此，那鳌中堂，对皇上已是手下留情，怕是连一成功力也不曾用上！"

第十五章　中华功夫

康熙诧异道："哦？说来听听！"

容若说："此掌有毒。习练者需仰仗药力，练后唯有以特配的秘方洗手，方可去毒消肿，强筋壮骨。若着人肌肤，则轻者伤，重者亡！且非秘方而不得医治啊！"

康熙听后，不禁一身冷汗，着急地说："那何处才有解药？"

容若道："皇上不必忧心，奴才看这伤势，并无大碍！只需着太医，开些活血化瘀、祛痛消肿的药，内服外敷，不消个把月，便可痊愈。"

康熙这才放下心来，行至案前，对大臣们道："你们都听见了！那鳌拜只用一成的功力，便将朕伤成这个样子！若是用上十成功力，这大清的江山，岂不都被他端了去？！"

众人一听，忙跪地叩头道："皇上息怒！皇上息怒！"

康熙踱至众人中间，接着说："如今索尼病故，好在他在临终前，再三上疏，恳请朕遵循世祖章皇帝，十四岁亲政的先例，朕才打破辅臣专权的局面，得以亲政！但朕以大局为重，顾念旧情，给足了辅臣们的面子！非但没有罢免他们，反而对其加恩进爵，仍命佐理政务。不想那鳌拜却不识抬举！愈发猖狂！今天，竟不惧天子之威，痛杀苏克萨哈，让朕丢尽了颜面！你们说，朕这个皇上还怎么当？怎么当！"

明珠皱眉道："如今，四个顾命大臣，只剩下了两个，且那遏必隆又与鳌拜同旗结党……这眼下的局势……恐怕……不妙啊！……"

其中一个大臣道："若依苏克萨哈上疏，解其辅臣之任，准其前往遵化为先帝爷守陵，那遏必隆和鳌拜也顺理辞任，怕是还好些……"

康熙冷笑道："噶布喇呀，噶布喇！亏你还是国丈！那鳌拜权欲熏天！又怎肯轻易放手？若非苏克萨哈上疏，触其要害！那鳌拜又怎会罗织二十四条莫须有的罪名,将其凌迟处死,灭他的全族啊!可叹!我一个堂堂亲了政的皇帝!非但无力保全苏克萨哈的性命,却还被那鳌拜当着满朝文武的面,攘臂羞辱,险些伤了自己的性命!此仇不报,更待何时?!"

这时,就见另一个大臣抱拳道:"皇上切莫心急!想那鳌拜党羽遍布朝野,盘根错节,绝非一日可除!若皇上明着硬来,非但难以如愿,反倒容易打草惊蛇!行动稍有不慎,必将酿成大变啊!"

明珠忙说:"皇上!索大人言之有理啊!"

康熙想了想,踱至大臣身边,俯下身道:"索额图!那你说,朕该怎么办?"

索额图说:"依奴才之见,需想个万全的法子!若除,就除他个干净!既然硬的不行,咱们就来软的!明着不行,何不来他个智取?先不动声色,暂忍一时之辱!待到时机成熟……"说着,用手一比划……众人纷纷点头……

康熙打定主意,行至案前,高声道:"索额图!"

"奴才在!"

"朕命你辞去吏部右侍郎之职,改任头等御前侍卫!"

"是,皇上!"

随后又说:"噶布喇!"

"奴才在!"

"朕擢你为领侍卫内大臣!"

噶布喇忙叩头道:"谢皇上隆恩!"

康熙正色道:"辅臣之首索尼虽然病故,但你们兄弟,身为皇亲国戚,更应同心协力,报效朝廷!方对得起你们死去的阿玛和先皇的重托！"随后又缓声道:"如今,朕将内廷的安危系于你们身上,可别辜负了朕的信任和太皇太后的一片苦心哪……"

噶布喇与索额图心领神会,忙叩头道:"我兄弟二人,必将竭尽全力效忠朝廷!肝脑涂地,在所不惜!"

康熙拍案道:"好!……"

第十六章 智擒鰲拜

第十六章 智擒鳌拜

转眼,隆冬将至。随着漫天飘飞的大雪,宫里传来了太妃薨逝的消息。明珠作为内阁大臣,被连夜诏往宫中听命,直至第二天傍晚才回。

觉罗氏将明珠迎至书房,替他掸掉身上的残雪,脱下官帽及外氅,又从丫鬟手中接过热茶递与明珠,才慢慢儿地问:"不知是哪位太妃薨了?皇上竟这般重视?"

明珠手托茶舟,轻拨碗盖道:"先帝爷宫中唯一的汉人妃子,你说还会有谁?"

觉罗氏吃惊道:"可是恪太妃么?!"

明珠坐下来,一手托茶,一手将碗盖轻轻地拨开一道缝儿,举到嘴边小啜了一口,说:"正是!皇上有旨,辍朝三日,并令大内及宗室人等素服三日,不祭神。王以下、奉恩将军以上,公侯伯、都统、尚书、骑都尉等,以及公主、福晋以下,奉恩将军恭人以上,均照例齐集,入朝随班,安爵守制。并敕谕天下,凡有爵之家,一年内不得筵宴音乐,庶民三月不得婚姻。丧礼按照太祖寿康太妃，博尔济吉特氏之例筹办！"

觉罗氏惊叹道："一个汉妃，葬礼如何这般隆重？"

明珠放下盖碗道："这恪太妃，本是吏部侍郎石申的女儿。当年世祖章皇帝稽古制，选汉官之女备六宫时，便对她恩宠备至，礼遇有加！不但赐居永寿宫，还特许其沿用汉式冠服，独步六宫啊！"

觉罗氏坐下身，啜了口茶，若有所思地说："是了，这可是从未有过的先例！"

明珠接着道："非但如此！先帝爷还传诏，特准恪妃之母，也就是那石申之妻赵淑人，乘肩舆入宫呢！且是从那西华门进，至内右门才下呀！"

觉罗氏惊奇道："呦！这倒是从未听过的新鲜事儿！"随后又问："先帝爷宠她也就罢了！可咱们当今的皇上，如此兴师动众地大操大办，又是为了什么呢？"

明珠笑了笑说："八成儿，是做给人看的吧！"

觉罗氏恍然大悟道："是了！如今，虽说这天下……瞧着太平，但那南边儿，却仍危机四伏，汉人还始终不得真心归顺哪！……若想满汉团结、政权稳固，这面儿上、面儿下的功夫……还得狠狠儿地做呀！……"

明珠连连点头……

话说容若一早，见外面银装素裹，一派冰雪琉璃，心中不胜欢喜！忙叫上曹寅，和小厮们一道，跃马扬鞭，至西山狩猎赏雪，并在郊园美美地吃了顿火锅，方才回来。

换过衣裳，见母亲不在房中，便知阿玛回府，忙到前院儿给父母请安。刚至书房门口，便听阿玛说："今日朝中，又听了件令人唏嘘的事儿……"

觉罗氏惊奇地问："怎么？又出了什么大事儿不成？"

第十六章　智擒鳌拜

明珠摇摇头说："倒也算不得什么大事儿！只是此人……可惜了！"

觉罗氏催促道："那你就别卖关子了！快说呀！"

这时，就见贵嬷嬷出屋道："呦！小公子，大冷的天儿，在这儿做什么呀？还不快进屋儿去！"

容若忙将手指放到嘴边，示意她别出声儿。贵嬷嬷知趣地点了点头，悄悄地走开了。

容若忙又竖起耳朵，凑到窗边，就听阿玛说："……两广总督卢兴祖，因不能屏息盗贼，被革职查办……不想，昨儿个竟也殁了！"容若心里顿时一沉。

觉罗氏惊讶道："哟！好好儿的人，怎么说没就没了呢！再说，身为封疆大吏，为个小小的盗贼，犯得上被革职吗？"

明珠冷笑道："这里面……可就大有文章了！"

觉罗氏接过丫鬟递过来的手炉道："哦？说来听听！"

明珠起身，在书房内背着手踱了几步，若有所思地说："这卢兴祖，本是国子监官学生出身，顺治三年授为工部启心郎之职，乃是汉军镶白旗人……夫人想想，他是谁的部下？"

觉罗氏眼前一亮："苏克萨哈！"

明珠点了点头说："不错！那苏克萨哈，虽为叶赫纳兰氏，却与我祖上并非同支。想必夫人也知道，他曾是睿亲王多尔衮身边儿的大红人儿！只因在世祖章皇帝亲政后，看出了顺治爷对多尔衮的不满，便出卖了主子！率先讦告多尔衮生前蓄谋篡位、死后龙袍随葬，令那堂堂的睿亲王，入土难安，落得个被掘坟鞭尸的下场！顺治爷出了气，龙颜大悦！才擢任他为议政大臣和镶白旗护军统领！那卢兴祖又因是苏克萨哈的部下，不久便也得到了提拔和重用，先后任汉军巡城理事官、大理寺少卿之职。后来，苏克萨哈又在先帝爷驾崩、新皇登基之际，被擢升为辅政大臣，位高权重！那卢兴祖，便也被先后提拔为了广东巡抚和广东总督啊！……"

觉罗氏叹了口气道："唉！真是世事无常！料我十四叔怎么也没想到，竟养了这么只白眼儿狼！要说那卢兴祖的官儿也的确升得够快的！"

明珠冷笑道："这还不算！自那卢兴祖上任后，苏克萨哈见他勤于政务，积极改革，更是对其大加赞赏！每次上疏，都屡被准奏！认为他是自己的得力干将，便裁撤广西总督，让卢兴祖兼任，这才使他成为两广总督，封疆大吏呀！"

觉罗氏点头道："这就叫朝中有人好办事儿嘛！"

明珠叹了口气说："可惜，好景不长！这苏克萨哈毕竟是两白旗的人，而那其他三个顾命大臣又都是两黄旗！想当初，正白旗多尔衮擅权之时，曾对两黄旗多加打压！如今朝局已变，两黄旗抬头，正白旗失势。那苏克萨哈虽以白旗投靠黄旗，但又因他背主求荣，得罪了两白旗和太皇太后！你想，谁又能瞧得起他呀？！再加上他与那鳌拜向来不和，特别是为两黄旗与正白旗更换圈地之事，更是斗争惨烈！直接导致了他的同党：大学士兼户部尚书苏纳海、直隶山东河南三省总督朱昌祚、直隶巡抚王登联，被绞刑处死。其余党羽，也都被革职或降级调用……你想，这苏克萨哈势衰至此，他的部下又能好得到哪儿去？！……再加上，如今他被灭了门！你说那卢兴祖头上的红顶子还能待得长久吗？"

觉罗氏叹了口气道："唉！要说这苏克萨哈，也是罪有应得！只可惜了这帮党羽……覆巢之下安有完卵哪！"随后又问："那这'不能屏息盗贼'的罪名儿，又是打哪儿来的呢？"

明珠冷笑道："这，就得去问问你那宝贝儿子喽！"

觉罗氏一惊："怎么？这事儿跟容儿还有关系？"

第十六章　智擒鳌拜

容若此时，脑袋"嗡"的一声，立即想到了汶村城之事……不错！他的确说过，"所有的罪责由他来担！"莫非他真的？……容若不敢再往下想，忙甩了甩头，让自己的心情尽量地平复，接着往下细听。

明珠踱至桌边，坐下来，啜了口茶道："苏克萨哈倒台后，不久就有人上疏，弹劾卢兴祖，说他勾结汉贼，反清复明！还举出了去年广东汶村城之事，说他故意放走反清逆贼，告他意图谋反之罪。朝廷派人稽查，他却矢口否认！只咬定，是盗贼作乱。后因朝廷未查出有力证据，方暂且做罢……"

觉罗氏不禁倒吸了口冷气："哟！这谋反的罪名，若坐实的话……可是要满门抄斩的呀！"

明珠叹了口气说："想必那卢兴祖，正是怕夜长梦多，牵涉无辜，为保全一家老小，才以盗窃案日多，无力治理为由，自请罢斥的吧！……哼！那鳌拜果然立即准奏！只可惜这卢大人，竟莫名地殁了……"

觉罗氏握着手炉，若有所思地起身踱步道："人这一殁，岂不就死无对证了？！……要说那卢兴祖，也真是位难得的大义之士！非但以一己之命，保了他全族……"随后，又猛一回身，抬眼道："更保全了咱纳兰家的前程啊！"

明珠瞿然一震，仰天长叹道："是啊！他卢大人的这份情义……我，算是欠下了！"

容若听罢，心情无比沉重！竟僵在窗外，任凭风雪拍打在他那冰凉的……脸上……

转年开春儿，皇上从上三旗的亲贵子弟中，挑选了二十名身强体壮的少年进宫，由索额图带着他们练布库戏，陪着皇上"解闷儿"。曹寅和明阿哥由于年纪较小，难免体力不支！便央求容若，没事儿的时候，教他们练练功夫，长长本事。

　　一个雨后的清晨，容若如约来到曹家，却听小厮说，曹寅因昨夜偶感风寒，身体不适，还未起来，请容若暂且到花园等候。

　　容若转回廊，绕闲池，踏着湿冷的台阶，望着满地的落花，不免黯然神伤。忽闻远处，传来辘轳的声音，走近一看，却空无一人，只有井上，那汲过水后的摇柄，还在偶尔地晃动，弹过两滴残留的雨水……似是莲上的清露，又似离人的眼泪……

　　他正自出神，忽闻身后传来了一个女子的声音："呦！容若公子，大清早的，在这儿发什么呆呀？"一回头，见是曹寅的姐姐，刚欲行礼，却无意间，发现了那个梦中熟悉的身影！心头不禁为之一颤！不，不可能！怎么会是她？再仔细瞧去，没错！就是她！

　　只见，此人身着素服，云鬟轻挽，口若含丹，蛾眉轻蹙……较之从前，更加飘逸出尘……似那南国的茉莉，又似那雨后的丁香，不食人间烟火，却又沾染了一层淡淡的哀愁……

　　"怎么，你们认识？"梦瑶好奇地问。

　　容若这才回过神儿来，心跳不止，忙将眼睛移开，不好意思地点了点头，又紧张地摇了摇头。梦瑶掩嘴儿一乐道："这倒令人糊涂了，到底算认识，还是不认识呢？"

　　一席话，问得容若面红耳赤，更将女孩问得不明所以，抬眼一看，不想正与容若的目光对个正着，心里蓦地一惊，忙又羞涩地垂下头去。

　　正在这时，忽听曹寅道："容若哥哥久等了！二位姐姐，娘和姨妈叫你们去用早饭呢！"两人这才应了一声，各怀心事地走开了。

　　见无旁人，容若迫不及待地问："子清，方才那位姑娘是谁？如何会在府上？"

第十六章　智擒鳌拜

曹寅道:"哦,那是姨妈的女儿,姨父原为封疆大吏,去年不幸病故,才刚入土为安。姨妈处理完后事,携子女回京,城里虽有房舍,但娘说,还要重新收拾,不如搬过来暂住,行得方便!再加上姐妹俩多年未见,也好叙叙旧。"

容若点头道:"原来如此……不知她姓字名谁?芳龄几何?"

曹寅道:"表姐姓卢,名月兮,听说是丁酉年生的,比我略大一岁。"

容若自语道:"姓卢……"随后,又若有所思地说:"莫非,她的令尊,就是那两广总督,卢大人吗?"

曹寅惊奇道:"正是啊!容若哥哥,你怎么会知道?!"

容若百感交集,心中久久难平……

自那日回来,他便心事重重,魂不守舍,晚上更是辗转反侧,彻夜难眠……不消个把月的功夫,人竟瘦了一圈儿!他不敢再去曹家,虽然心心念念都是她……

午夜,容若又独自踱到窗边,望着月亮出神儿。那皎洁的月光,似姑娘纯美的笑容,令人陶醉其中,不愿醒来……而卢大人的话语,更似那山谷的回音,萦绕在心湖,激起万千波澜……

次日一早,就听丫鬟来报:"明阿哥找公子进宫,陪皇上练布库戏呢!"

"知道了!"容若应了一声,便在如玉的服侍下,连忙穿戴整齐,与明瑞一起,跃马扬鞭,直奔紫禁城而去。

行不多时,却见有人拦住去路,走近一看,竟是那颇尔喷的女儿尼楚贺。只见她一手掐腰一手晃着鞭子道:"此山是我开,此树是我栽,要打此路过,留下买路财!"

明瑞笑道:"呦!几日不见当刮目相看啊!居然学着汉人的样儿,当起了女劫匪!"

尼楚贺高傲地说："少废话！这是本格格的地盘儿！不拿银子就甭想走！"

明瑞不服道："你也太霸道了！连皇城根儿的地都敢圈？！"

尼楚贺一瞪眼儿道："谁圈地啦？看清楚了！这可是我家！是我家！"

容若一看，果然到了公爵府前，忙下马道："瓜尔佳氏一族，不是镶黄旗吗？如何搬到了这里？"

尼楚贺抬眼道："不错！我们家宅子多，之前是不住这里！但这正黄旗的地界儿上，本该有我家的份儿！"

明瑞不解道："这是为何？"

尼楚贺骄傲地说："我祖上的旗籍，的确为八旗之首镶黄旗！曾祖父费英东，更被世祖章皇帝称为开创佐命第一功臣！我爷爷图赖也因功高盖世而被封为一等公！可他老人家不想处处拔尖儿！一高兴，就将旗籍改成了正黄旗。唉！我们也只好委曲求全，跟着将就啦！"

容若道："既如此，还不快叫你哥哥永谦出来！和我们一道进宫，陪皇上练布库戏？"

尼楚贺不听则已，一听便气儿不打一处来道："还说呢！要不是你们天天玩儿那个破游戏，我哥也不会被摔得那么惨！现在还在炕上躺着呢！我哥说啦！他不去了！要玩儿，你们玩儿去！"

明瑞不禁笑道："他自个儿偷懒儿，不求上进，挨摔怪谁？"

"喂！你再说！再说我撕烂你的嘴！"不待尼楚贺动手，明瑞便做个鬼脸儿，飞身上马，朝远处奔去，容若也忙快马加鞭，紧随其后。气得尼楚贺甩着鞭子，跺脚大叫道："喂！你们等着！有本事，就别叫我撞见！……"

行至南书房，见里面除了曹寅，并没有其他少年，相反，却都是皇上

第十六章　智擒鳌拜

的心腹重臣。容若与明阿哥，忙上前施礼道："奴才参见皇上！"

康熙道："起来吧！"随后又说："纳兰明珠，朕让尔等纂修的《世祖章皇帝实录》可曾修好？"明珠忙说："已经修好，只等皇上过目。"

康熙点了点头，又转身问："安亲王，那鳌拜的亲信可已离京？"

岳乐忙说："回皇上，据奴才所知，除内三院的人外，其余握有兵权者，皆已奉命离京，前往外省各地。"

康熙若有所思地踱了几步，又转向赫舍里氏兄弟道："禁卫军是否安排妥当？"

噶布喇忙说："亲军营、护军营、前锋营、骁骑营、火器营及内务府包衣护军、前锋、骁骑三营，皆已安排妥当。"

索额图补充道："九门军巡捕三营、丰台大营，总计三万六千兵马也皆已部署完毕！"

康熙踱步道："如此甚好！"随后又说："梁九功，将那弹劾鳌拜的三十条罪状，给议政大臣们呈上来！"

"喳！"这时，就见一个太监，将一沓奏折，呈与安亲王岳乐及明珠等人。

康熙冷笑道："万事俱备，只欠东风！"随后又一皱眉说："只是，这'请君入瓮'的地点，设在哪儿才好呢？"

明珠想了想道："这南书房太小，恐无法施展。保和殿虽好，但因太和殿重建又过于喧闹，且太皇太后有谕，此乃举行典礼的庄重之所，不宜再作他用。而那乾清宫又在修缮……依奴才之见，不如就设在皇上的暂居之所武英殿！正好可借请鳌拜审阅《世祖章皇帝实录》之名，诏他入宫！量他也不会起疑！"

康熙大悦道："正合朕意！明日巳时，传鳌拜进宫！"

众臣忙应道："喳！"随后，他又将曹寅，容若等人，叫到一边，小声耳语了一番，众人纷纷点头会意。转至武英殿，又忙活了好一阵子，方各自散去……

夜深人静，容若又踱至窗边，望着天上的明月，驻足良久……卢大人的身影，再一次浮现在眼前，令他意绪难平，不由得默默攥紧了拳头……

次日不到五更天，容若便与曹寅、明瑞等人进宫，又与皇上将那昨日安排之事，演练了一遍。

康熙坐下来啜了口茶道："一会儿将那颇尔喷的儿子传来！"

明瑞忙说："不行呀皇上！永谦被咱们摔得起不来炕，昨儿个还在家躺着呢！"

康熙冷笑道："这些日子，他可没少帮咱们给那鳌拜吹耳边风，朕得好好儿谢谢他呀！再者说，一会儿还有好戏等着他演呢！不来怎么行？"众人听罢，不禁会心地一乐。

康熙胸有成竹地说："今天朕定要以'名士风流'之态，将那'蠢猪'擒得口服心服！"

众人忙齐声称赞："皇上英明！"

话音刚落，就见十几个布库少年，已被索额图带进殿来，齐刷刷跪地行礼道："奴才参见皇上！"

康熙一摆手："都起来吧！"众人这才站起身来。

索额图道："启禀皇上，奴才已将他们训练妥当，今日之事，也已交待清楚！"

康熙点了点头说："好！养兵千日用兵一时！成败在此一举！你们是怕朕，还是怕鳌拜？！"

众人异口同声道："怕皇上！"

第十六章 智擒鳌拜

康熙又问："你们有没有必胜的决心？"

众人异口同声道："有！"

忽然，一个洪亮的声音从门口处传来："好！自古英雄出少年！你们就是我大清未来的栋梁！我大清的江山，就靠你们了！"

众人转头一惊，忙跪地叩头道："奴才拜见太皇太后！"

这时，就见孝庄在苏麻喇姑的陪侍下，走到众人面前，搀起跪在地上康熙，拍拍他的肩，语重心长地说："孙儿呀！勇敢地干吧！从今往后，这普天之下，唯你独尊！你要挺起胸膛！迈开脚步！做个顶天立地、万民景仰的好皇帝！"

康熙眼含热泪道："孙儿谨遵皇祖母教诲！"

眼看到了御门听政的时辰，康熙照旧像往常一样上朝。下朝后，又如往常一样听日讲官敷陈经史，到慈宁宫给太皇太后请安……一切，似乎都再平常不过！而紫禁城内外，却早已布好了层层埋伏，等待着一场暗潮汹涌的风云巨变！

巳时一到，那鳌拜果然毫无防备地来了！刚至武英殿门口，便被索额图迎面阻拦道："鳌中堂，皇上是请您审阅《世祖章皇帝实录》的！您看您，带什么刀呀？再者说，皇上如今大了！靠这玩意儿已经吓唬不住皇上了，您还是把它放下吧！"

鳌拜一听，倒也有理，便将刀交给索额图道："老夫平日带习惯了！也罢！就烦劳索大人代为保管吧！"说着，便大摇大摆走进殿去。

容若一看，只见此人身材魁梧，体格彪悍，剑眉鹰目，长脸络腮，步伐雄健，走路生风！果然英武不凡！又知他身怀绝技，心里更加上了十二分小心，不敢怠慢。

鳌拜进门，见十几个布库少年，正两人一组练着摔跤，而那小皇帝也正沉迷于嬉乐，看得起劲儿，还不住地拍掌叫好儿！竟将自己晾在了一边，不禁清了清嗓子道："奴才参见皇上！"

康熙佯装一惊："呦！鳌中堂几时来的？快快请坐！"说罢，忙命曹寅将椅子搬到自己的跟前。

鳌拜也不客气，随意坐下来道："不知皇上叫奴才审阅的书，现在何处啊？"

康熙忙笑着从桌案上拿起那本《世祖章皇帝实录》说："哦，这是明珠才刚编完的！请鳌中堂过目！"鳌拜接过书，刚要翻阅，就听康熙道："梁九功，快给鳌中堂看茶！"叫了两声不见回应，便说："永谦！还傻站着干嘛？还不快将茶盘端过来！给你鳌大爷看茶！"

永谦应了声，便皱着眉头，一瘸一拐地将身边的茶盘端到了鳌拜跟前。

鳌拜见他一脸怂样，便厉声斥道："摔个跤都能成这样！我瓜尔佳氏的脸，全被你给丢尽了！"说罢，便接过茶来，刚要饮用，不料茶杯却奇烫无比，令其灼痛难忍！不禁手一松，只听"啪"地一声，水杯落地，茶汤四溅！

鳌拜怕失了颜面，忙俯身将杯拾起，谁知他身子一倾，椅子腿儿竟不知何故，突然折了！令其失去平衡，一个趔趄栽下地来！

容若与明瑞见状，忙扑上前去。曹寅喊道："鳌中堂栽了！快来抢救啊！"众布库少年闻声一拥而上！

鳌拜原以为这些小儿是来扶他，谁知，却被死死地摁在地上，动弹不得！他抬头望着永谦道："你！你……"

永谦吓得连连摇头摆手："不！不是我！不是我！……"

鳌拜恼羞成怒！就在众人以为胜券在握之时，忽见他大吼一声，鱼

第十六章　智擒鳌拜

跃而起！真不愧为满洲第一巴图鲁！一下子便将布库少年挣脱开来，甩在地上！

康熙暗叫"不好！"忙喊索额图护驾！索额图挥刀而上，与鳌拜战作一团！见打斗声起，噶布喇一声令下，宫内数千禁军，直奔武英殿而来！宫外数万禁军则黑压压地将紫禁城层层围住！吓得鳌拜余党四散逃窜，却又插翅难飞！

那鳌拜果然神勇非凡！不到几个回合，就将索额图打得钢刀飞落，喷出血来！众布库少年蜂拥而上，不消片刻，也都被打得七零八落，狼狈不堪！他趁机拾起兵器，更加如虎添翼！令众人既无招架之功，也无反手之力，只得躲闪腾挪，却难以近身！

几番周旋过后，只见鳌拜手起刀落，眼看索额图命悬一线，忽听"铛啷啷"一声，那钢刀竟从鳌拜手中飞了出去！未等众人醒过闷儿来，就见容若腾空而起，抖手一挥，又听"嗖"地一响，只见一条"银蛇"喷着寒气，风驰电掣般直奔鳌拜的哽嗓咽喉！说时迟，那时快！就见鳌拜大叫一声，被钢鞭死死地缠住喉咙，竟勒出血来！他刚要用手去抓，却见容若咬紧牙关又猛地一收！险些将他的气管绞断，令其无法呼吸，空有蛮力而不得施展！终于挣扎着倒下身去！众人见状忙一拥而上，用尽全力，将其制伏！

此时，禁卫军也如潮水般冲进殿中，将其团团围住！可叹！一代权臣鳌拜，终于倒下台来！被人五花大绑，抬押了出去……

欲知后事如何，且看《纳兰容若传》第二部《一生一代一双人》。

后记

创作传记体小说《纳兰容若传》系列，是在朋友们的提议与鼓励下，几经犹豫与挣扎才拿起笔的。因我生怕写不好，更不会为了去迎合谁而创作违背初心的作品，那就失去了传播纳兰文化的意义！

我是个崇尚天性，顺其自然的人，做事没有功利性，只想遵循本心，做自己喜欢的事。包括之前做音乐，画画，也皆遵循曲由心生，画由心生的原则，很少主动去宣传，因那只是我的一种表达方式，是我生活中的一部分。这也是为什么我为自己的服饰品牌取名"天生就"的原因，天生就是如此，自然就好！

很幸运，我成为了纳兰文化的守护者和传承人，做着自己喜欢的事业，承担起了继承与发扬纳兰文化的责任与使命，令我的生命更有意义！倍加珍惜与感恩！

出于从小对纳兰文化深深的热爱，既然决定要写，便不可等闲视之！不但要尊重历史，更要尽可能地还原历史，做到有史可依，有据可查。最起码让人读后，能够学到一些东西，而不仅是消磨时光，看个热闹。

从立项到第一部书交稿，历时一年。可以说，在这一年的时间里，我用最"笨"的方法进行创作，完成了一次思想与心灵上的成长与蜕变。创作的过程中遇到的最大阻碍，便是自己的心性。我从小便注意心性上的修持，自认为可以轻松驾驭。但真到落笔时，却经历了从反复怀疑到逐步自信、从心浮气躁到逐渐安定、从进得去到出得来的过程。

尤其是我并非专职作者，每天事务缠身，写作只能在"鞍前马后"完成。最怕的是才写进去，马上就有事情需要处理或有活动需要组织，一耽搁便是十天半月，再进去可就难了！

有时，即使进去了，一句话或一段很不起眼儿的描写，就会遇到瓶颈，便要查阅大量的资料，花上几天的时间！甚至用上个把月的功夫，沿着纳兰的足迹，实地走访、切身感受，搜集大量的一手素材，沉下心来，抽丝剥茧，才能过去那个"坎儿"。致使进度上不去，心里干着急！

每到这时，我便鼓励自己，要向前辈老师们学习，有坐冷板凳的真功夫！沉住气！因此，每当有朋友们问我"大作"进展如何时，我便自嘲：如织云锦。

在创作的过程中，赵秀亭先生和赵宝军老师给予了我很大的帮助！每当我遇到不明白的问题向两位老师请教时，可谓知无不言言无不尽！并鼓励我，按照自己的思路和想法勇敢地写下去！在此，向两位老师表示衷心的感谢！

此外，还要特别感谢叶嘉莹先生、文怀沙先生、关纪新先生和牛颂主任、叶言材教授、于佩琴老师对我的支持和鼓励！感谢纳兰文化出版中心的所有专家、编委！感谢北京市民委、民族联谊会！感谢海淀区委宣传部、海淀区文联、海淀区文促中心！感谢国际文化出版公司、中国宋庆龄基金会研究中心（宋庆龄故居管理中心）！感谢所有给予我支持和帮助的师长、各界同仁和兰迷朋友们！

最后，还要感谢一直以来给予我支持和鼓励的家人们！让我可以自由地成长，没有生活压力和后顾之忧，活成自己想要的样子，全身心地投入到我喜欢的事业中去。

子菲

2017年冬月于北京